Italienne, Simonetta Greggio écrit en français. Elle est l'auteur de cinq romans, *La Douceur des hommes* (2005), *Col de l'ange* (2007), *Les Mains nues* (2009), *Dolce Vita 1959-1979* (2010), *L'Odeur du figuier* (2011) et d'une nouvelle, *Étoiles* (2006). Elle vit entre Paris et la Provence.

Paru dans Le Livre de Poche :

Col de l'Ange

La Douceur des hommes

Étoiles

Les Mains nues

SIMONETTA GREGGIO

Dolce Vita

1959-1979

ROMAN

STOCK

© Éditions Stock, 2010.
ISBN : 978-2-253-16177-6 – 1ʳᵉ publication LGF

*À Pietro, deux ans, Amelia, six mois,
Avec toute ma confiance dans l'Italie qui viendra.*

*La notte fiumi di lucciole scorrevano
dolcemente nel grano.*

« La nuit, des fleuves de lucioles coulaient
doucement dans les blés. »

Curzio MALAPARTE,
Il Cristo proibito

« Et ne dites pas que vous ne voulez plus rien savoir, que vous êtes découragés.
Tout cela est arrivé parce que vous n'avez rien voulu savoir. »

Giacomo OLIVI,
fusillé à Parme la veille de la Libération.

« Le film dont on croyait être de simples spectateurs n'était autre que l'histoire de notre vie. »

Italo CALVINO

« Tout est inutile quand on ne veut pas ouvrir la porte. »

Dernière lettre d'Aldo MORO à sa femme.

Tous les événements et les personnes de ce livre sont réels sauf les deux personnages principaux, le prince Emanuele Valfonda et son confesseur, le jésuite Saverio, fictifs bien qu'inspirés de deux hommes ayant existé.

Pour des raisons personnelles, il m'était impossible de les mettre en scène nommément, mais leurs croyances et leurs convictions, leurs espérances et leurs doutes m'ont guidée dans ce terrible et somptueux labyrinthe qui a pour nom Italie.

Rome, piazza del Popolo, vide dans la nuit

Noirs très noirs de la voiture, de la robe et des lunettes d'Anouk Aimée, blancs très blancs de la chemise de Marcello Mastroianni et de l'œillet jeté sur le tableau de bord de la Cadillac. Dégradés gris de la fontaine muette et des vieux murs silencieux. Marcello, nœud papillon, poignets dégagés sous les manchettes amidonnées, allume une cigarette. Gestes paresseux et lents. Son sourire s'ouvre, mélancolique, très tendre :

— *A me Roma piace moltissimo. E' una specie di giungla tiepida, tranquilla, dove ci si puo' nascondere bene.* J'aime infiniment Rome. C'est une jungle tiède et douce, où on peut bien se cacher.

— Moi aussi j'aimerais me cacher. Mais je n'y arrive pas. Je n'y arrive pas.

Anouk, Maddalena dans le film, appuyée à sa Cadillac, fine, un cheveu, soupire qu'elle voudrait s'acheter une île déserte. Mais elle ne sait pas si elle aurait envie d'y habiter.

— Vous savez, lui répond Marcello, votre problème, c'est que vous êtes trop riche.

Elle soulève à peine ses énormes lunettes. Un cocard sculpte sa haute pommette et maquille son œil-de-chat. D'une voix basse, ennuyée, elle réplique :

— Et toi pas assez.

Cinéma Fiamma, Rome, 3 février 1960

Exquise soirée d'un printemps romain précoce. Première du film *La Dolce Vita*. Tout le monde est là. Le producteur Giuseppe « Peppino » Amato près d'Angelo Rizzoli, qui fume cigarette sur cigarette ; un nuage flottant au-dessus de sa tête l'enrobe ainsi que sa fidèle Anna, comme toujours à ses côtés ; Nino Rota, qui a composé la bande originale ; Guidarino Guidi, bras droit de Federico Fellini, à l'inquiétante silhouette de *freak* ; les plus belles femmes de Rome avec leurs maris ou leurs amants, parfois les deux. Quelques-uns des acteurs qui ont participé à cet étrange film sont présents parmi les autres spectateurs. Les écrivains, les peintres et leurs muses se mêlent aux techniciens qui ont pu se libérer des tournages en cours ; Cinecittà, La Mecque du cinéma italien, ne ferme jamais. Même Giulio Andreotti, jeune ministre, au bras de son épouse Livia, réservée et sereine, qui roule les *r* comme en russe, a voulu venir. Dans la grande salle rouge et dorée, murmures, petits rires. Le faisceau blanc du projecteur effleure Sophia Loren, non loin de Fellini au premier rang, penchant la tête vers un homme dont on n'aperçoit que le profil à la belle bouche et au nez romain, le col d'une chemise éclatante et les revers du smoking.

Tazio Secchiaroli, le *paparazzo* dont Federico s'est inspiré pour le portrait du photographe voleur de secrets, violeur d'intimité, chuchote à son voisin Walter Santesso, l'acteur qui a joué son rôle, qu'il ne comprend rien au film, tout cela n'a pas de logique. Ce qu'il dit tout bas, ils sont beaucoup à le penser dans la salle comble. Il leur semble qu'il s'agit d'une carte postale vite signée sur un coin de table au Strega, au Doney, au Café de Paris ou à n'importe quelle autre terrasse de via Veneto. Que rien n'y est profond, que tout est superficiel et quotidien, rien que des faits divers, la *cronaca* rose et noire d'une ville qu'ils connaissent dans ses replis les plus intimes. Même Alberto Moravia, sans sa compagne Elsa Morante en voyage aux États-Unis, même Pasolini, un inconditionnel, un collaborateur de Federico, ont tenu à être là, aux côtés de leur ami réalisateur. Ils ont l'air d'aimer, mais…

— *Senti un po', cocco, vieni un momento qua.* Viens un peu par ici, mon coco.

— *Dice a me ?*

Dans le night-club, à l'écran, Marcello a demandé à paparazzo de photographier le trio à la table centrale, un aristocrate romain chauve au milieu de deux femmes, une blonde à choucroute, une brune à l'ovale de madone, diadème sur mantille sombre et longs gants blancs. Le flash déclenche la panique. Paparazzo se fait jeter dehors, Marcello, attrapé, cherche à biaiser. L'aristocrate l'appelle, lui ordonne de s'asseoir ; pas de chaise. Le journaliste s'accroupit sur ses talons. Philosophe. Blasé. Les deux femmes regardent dans le vide. L'homme exaspéré menace de casser la figure de Marcello, *birichino* – petit malin – *ma io ti spacco il musetto, sai ?*

Marcello, qui vouvoie tout le monde, lui répond en le tutoyant, sourire canaille aux coins des lèvres :

— *Mi ammazzerai*, tu me tueras, et alors ?

Maddalena vient d'entrer dans le club. Elle jette un regard absent sur les artistes qui terminent leur spectacle saugrenu, exotique, terriblement provincial, et se préparent à quitter la salle. Le barman se redresse lorsqu'elle vient vers lui. Royale, familière et hautaine, elle se retourne, dos au bar, coudes sur le comptoir, pour examiner une assistance qu'elle ne semble pas voir.

— *E' arrivato* ? Il est là ?

— Non, pas encore, mademoiselle.

— Dès que tu le vois, dis-lui que c'est un crétin. Et donne-moi un whisky.

Coup d'œil à son cocard dans un minuscule miroir, puis :

— Qu'attendez-vous pour fermer cette baraque ? Elle est infréquentable.

Le contrebassiste fait irruption sur la scène, virevoltant autour de son instrument. Entrent sur la piste de danse une femme à chapeau, les mains brassant l'air comme des essuie-glaces, une autre avec un bonnet de bain à grosses marguerites. Jazz des années soixante, clinquant, léger.

Quelqu'un rit ouvertement au fond du cinéma. Un rire charmant, le rire d'un homme qui s'amuse, franc et solaire. C'est don Emanuele, neuvième prince de Valfonda, quatorzième comte de Palmieri, assis au dernier rang comme un écolier turbulent. Un prince, un vrai, que tout le monde, les intimes comme ceux qui aimeraient l'être, appelle Malo. Il a participé au film en tant que figurant, ça lui a plu; d'ailleurs, tout lui plaît.

Malo a les cheveux bouclés comme les anges des fresques qui décorent les plafonds de ses palais. De ces anges sensuels et sérieux il a aussi la bouche et le corps d'éternel adolescent. C'est une tête brûlée, un séducteur. Ses amis se nomment Marlon Brando, Truman Capote, Jean Genet, Curzio Malaparte. Ses amies, Jane Fonda, Brigitte Bardot, Leonor Fini. Pas un jour sans qu'une feuille à scandales ne publie le compte rendu de l'une de ses bravades. Pas une semaine sans que paraisse la photo de sa dernière conquête, vraie ou supposée. Mais celle qu'il tient par la nuque et sur le long cou de laquelle il dépose un baiser n'est pas l'une des prises qu'on lui attribue : Paola est sa femme. L'alliance qui brille à son annulaire n'a pas eu le temps de ternir. Une jeune fille encore. Elle contemple l'écran en retenant son souffle.

Dans le night-club, à l'écran, Maddalena accueille Marcello d'une moue accablée :
— Tout va mal ce soir.
— Vous buvez une vodka avec moi ? Ou vous préférez danser ?
— Non. Je pars.
— Je vous accompagne ?
Haussement d'épaules :
— Pourquoi pas ?
Ils s'en vont, frôlés par une grand-mère en vison blond dans les bras d'un garçon boutonneux; la brune à diadème et longs gants blancs, yeux voilés, danse avec l'aristocrate chauve qu'elle dépasse d'une tête.

Dans son fauteuil, Malo rit à nouveau. Tout le réjouit. Tout lui réussit. Il a trente-cinq ans et rien ni personne ne peut lui résister. La nuque de Paola ploie sous la caresse du prince. Elle frissonne, avide. Cette vision du monde, cette histoire décousue qui se déroule à l'écran, cruelle mais vraie... Elle s'y retrouve, s'y perd, aimerait ne pas savoir. Pour l'homme qui rit à ses côtés, elle éprouve les mêmes sentiments confus. Tous les jours elle remercie le ciel de cette rencontre, et en même temps elle préférerait ne l'avoir jamais croisé. C'est son obsession, sa folie. Sa fièvre, sa raison de vivre.

Ni elle ni lui n'imaginent que le nom de Malo, don Emanuele Valfonda, sera à jamais associé à ce titre, à ce film, à ces années qui commencent à peine et leur semblent éternelles.

Malo n'en a cure. Il se fiche de tout. Il rit.

Torre Cane, Ischia, automne 2010

La lumière d'un matin méditerranéen joue sur les murs et dans le jardin d'une maison à pic sur la mer. Ce n'est pas un palais ni l'un de ces châteaux où la vie de don Emanuele s'est déroulée, juste une vaste demeure aux volets fermés qui sent la cire et les meubles anciens, aux vases en terre cuite débordant de verveine, au grand parc peuplé d'oliviers et de chênes verts, une allée d'oléandres blancs et de cyprès. Les vagues et les rochers en contrebas et, au fond, la silhouette de Capri, nacrée dans un brouillard de chaleur.

Dans l'ombre d'une tonnelle de vigne aux roses entremêlées, un lit de camp couvert d'un drap, une canne à pommeau d'argent aux pieds. Le prince étendu, habillé d'un costume en lin trop ample, garde les paupières closes. Son panama a roulé à terre, à côté des chaussons en velours noir. Le blason brodé, étoile, tour et aigle rampant, est fané. Derrière lui, une bonbonne d'oxygène portative dont le prince refuse de se servir malgré les exhortations de son infirmier. D'avoir trop insisté il en a été congédié. C'est le troisième en une semaine, depuis que son état s'est aggravé.

Près de le toucher, raide sur une chaise en bois, Saverio, son confesseur, est assis, jambes allongées.

Rien dans son attitude ou dans sa tenue n'indique sa condition de prêtre. Sa chemise aux manches retroussées, le pantalon gris bien coupé lui donnent l'air d'un vieux jeune homme chiffonné. Bien qu'il soit rasé depuis peu, l'ombre d'une barbe naissante envahit déjà ses joues. Malo et Saverio pourraient être père et fils. Ils y pensent tous les deux, mais ne le disent pas.

Une grande chienne au pelage clair couchée sur une couverture écossaise garde le museau posé sur le lit de camp. La main osseuse du prince s'égare sur sa truffe noire, puis se lève et cherche une clochette en argent dans le fatras des coussins qui soutiennent le haut de son corps. Un majordome en gilet rayé vert et or accourt avec deux verres, un gobelet en argent et une carafe d'eau. Dans chaque verre, une feuille de menthe prisonnière d'un glaçon. Malo remercie, demande d'un signe de tête à Saverio s'il a soif, n'obtenant pour toute réponse qu'un regard dur. Il s'éclaircit la gorge, grondement sourd, bruit d'eau morte dans laquelle roulent des cailloux, et commence à parler. Sa voix condescendante, le ton hautain. Une sorte, aussi, de malice fatiguée.

— Tu n'avais pas envie de venir. Ne dis pas le contraire.

Pas un muscle ne frémit sur le visage du jésuite. Le prince continue :

— J'ai quatre-vingt-cinq ans. J'en ai plus qu'assez. Ce n'est pas l'âge qui me torture, tu sais, juste l'usure. Ce cancer qui avance au ralenti sans me lâcher. Mes cellules ne se renouvellent presque plus, cette saloperie mord mais ne me dévore pas comme elle le ferait si j'étais plus jeune ou en meilleure santé. Un comble, ne pas mourir parce qu'on est trop vieux pour ça !

La chienne bâille, se redresse et avance vers le jésuite en remuant la queue. Saverio la regarde mais ne bouge pas. Le prince tend sa main pour la caresser, puis reprend :

— Ce que je vais te dire te concerne aussi. Nous serons libérés tous les deux. Tu le sais. C'est pour ça que tu es venu.

Saverio, lèvres raidies :

— Je vous écoute.

Cinéma Fiamma, Rome, 3 février 1960

La projection au cinéma Fiamma n'a commencé que depuis un quart d'heure mais déjà ceux qui ont travaillé à cette *Dolce Vita* semblent douter. Dans les rangs qui se desserrent on craint le pire, on renifle le bide, on tremble pour Fellini – et pour soi.

Nino Rota, lui, ronfle doucement. C'est un virtuose qui n'aime que son piano, les heures à improviser, les notes qui s'égrènent et collent, comme par miracle, à l'histoire qu'on lui demande d'accompagner. Il regrette la version précédente du film, lorsque les voix réelles et les langues des acteurs se mêlaient, le français d'Alain Cuny, Magali Noël, Anouk Aimée et Yvonne Furneaux, l'anglais d'Anita Ekberg et Lex Barker – Tarzan après Weissmuller –, l'accent *romanesco* de Mastroianni et des autres acteurs, figurants compris. Ce Babel donnait un ton, un rythme hétéroclite et cocasse aux images qui se succédaient, intercalant la musique aux bruits divers, soupirs, éternuements, éclats de rire et de colère du Maestro. Mais enfin, il paraît que ce n'est pas possible, une copie de travail n'est pas quelque chose qu'on peut montrer au public. Il regrette néanmoins. Il aimerait pouvoir suivre l'action à l'écran, mais n'y arrive pas. Pas assez de notes, trop d'images, ce n'est pas son langage, c'est celui de Federico. Chacun son boulot.

Assis près du musicien, Peppino Amato, le producteur qui a réussi à coopter son ami Angelo Rizzoli dans ce projet, frémit en silence. Si Angelo a décidé de racheter les droits du scénario à l'autre grand producteur italien, Dino De Laurentiis, mari heureux et despotique de la sublime Silvana Mangano – pour soixante-quinze millions de lires, pas une somme énorme, juste le prix d'un défi, même si le film dans sa totalité en coûtera six cents –, c'est par goût du risque. Peut-être cela ne se vendra-t-il pas, a dit Rizzoli le jour de la signature du contrat, mais je crois que de toute façon ça vaut la peine d'essayer. Ce type, Fellini… c'est un saltimbanque, peut-être même un charlatan. Mais c'est aussi un génie.

Angelo Rizzoli est un joueur invétéré. Parti de rien il a tout gagné, femmes, fortune, célébrité, comme seuls peuvent gagner ceux qui n'ont rien à perdre. C'est un parieur, quelqu'un qui paye tous les jours sa dette à la chance. Les empires, on les construit avec moins que ça.

Sur la piazza del Popolo, à l'écran, un homme et une femme prennent la lumière avec la netteté de l'immuable jeunesse. Marcello tourne son beau visage las vers une Maddalena inconsolable, tête entre les bras, corps abandonné sur l'arrière de la Cadillac. Danse de séduction, regards qui se cherchent, refusent, se reprennent, se tiennent un instant pour mieux s'échapper.

— Qu'est-ce qu'on fait maintenant ?
— On reste. On s'en va. Quelle importance ?

— En attendant, nous voilà tous les deux, ensemble. Et puis quoi?

— Ce n'est pas un problème, ça. Nous sommes désormais si peu nombreux à être mécontents de nous-mêmes... Qu'est-ce que vous avez à l'œil?

— Rien.

— Vous ne devriez pas vous préoccuper. Vous avez tellement d'argent que même si vous vous effondrez, vous retomberez sur vos pieds.

— Tu crois, toi... moi, je n'arrive même pas à rester debout!

Ennio Flaiano frémit. Il est l'artisan, avec Tullio Pinelli, des dialogues du film. Un ombrageux. Pessimiste, misanthrope et casse-pieds. Il a aimé retranscrire les conversations sans fin qu'il a eues avec son ami Federico au cours des heures passées à la trattoria Cesaretto devant un plat de *rigatoni all'amatriciana*, dîners vite balayés par Fellini qui plongeait son crayon sur la nappe pour croquer les personnages: une robe bleu nuit pour Anita Ekberg, avec un sillage d'étoiles, une Voie lactée, une flamme prise dans la longue traîne qui l'enveloppera et de laquelle elle surgira comme une statue de chair, des cravates indisciplinées et un maquillage avec faux cils et mine un peu blême pour donner un air fatal à Marcello. Tout cela, la préparation, l'enthousiasme, les désarrois, les victoires, Flaiano les a aimés. Ce qu'il n'aime pas, c'est... Cet homme pour lequel la littérature constitue le seul univers digne d'être vécu n'est passionné que par les grands écrivains, il n'y a que les maîtres qui trouvent grâce à ses yeux. Il se dit qu'il ne fait cela que pour l'argent, pourtant le voici encore une fois prêt à négliger ses écrits en échange d'une assiette de *pastasciutta*.

Mais à la maison, avec une femme déprimée et une enfant retardée, où chercher le calme nécessaire à l'écriture ? Alors, les cafés, les bars, les restaurants, et la vie qui s'en va à grandes goulées, et le roman qui ne s'écrit pas. Ce sera la dernière fois. La dernière, promis. Ce sont pourtant cette tendresse, cette espèce de compassion sorties de sa plume qui font la différence. Délicatesse du cœur. Flaiano, qui écrit difficilement, exerce son esprit tourmenté sur les plus belles pages de l'œuvre, donnant le ton et la morale : sa poésie naît de la clémence qu'il ressent pour les personnages, même les plus abjects. La vie est si complexe, qui êtes-vous pour vous arroger le droit de juger ? En amitié, en amour, qu'est-ce qui est plus important que l'indulgence envers ceux qu'on aime ? L'acceptation, puisqu'il n'y a pas d'autre choix.

— Paolina, chérie, pourquoi pleurez-vous ?
— Je ne pleure pas, c'est une poussière dans l'œil.

Le prince sort son mouchoir et essuie les larmes sur le visage de sa jeune femme qui se laisse faire, yeux fermés. Elle ne comprend pas grand-chose à tout cela, ne peut même pas imaginer le rôle que jouera son prince dans les années qui viennent. Elles ont commencé depuis peu, comme ce film à l'écran qui la fait pleurer. Elles ont commencé depuis peu, et personne ne sait qu'elles seront exceptionnelles. Née de la faim et de la rage, cette Italie nouvelle sortie des ravages de la Seconde Guerre mondiale s'élance à la conquête de la vie et de l'art. Tout ce dont le pays a été privé se mue en force vitale. Tout ce qu'on y plante croît à démesure, prolifère, foisonne avec la violence qui vient du manque. Fellini l'a perçu. Ce qui est dérobé, clandestin, furtif, il le crève, le fouille, l'étale. Les faits divers, les hommes et les femmes qu'il côtoie, leurs petites habitudes, leurs vices, leur candeur aussi, il les mord, les broie en ogre insatiable. Dépravation, lasciveté, veulerie, superstition, crédulité sont les os qu'il ne cesse de ronger.

Paola n'a que vingt ans, dont treize passés au couvent. Elle essuie ses larmes en cachette.

Saverio, Ischia, automne 2010

« Je vais mourir. Viens Saverio, fais vite, je t'en prie. »
Je le hais, je croyais en avoir terminé avec tout ça, et me voilà. C'est la première fois que le prince me demande quelque chose. Est-ce pour ça que je suis là ?

Choc avec Ischia. À Paris hier soir froid et pluie, et ici, c'est encore l'été ; tout est grillé, calciné, jaune et noir. Brûlé.

Naples grouillant de monde, ce premier bateau presque vide. Des îliens, les vieux Allemands avec leurs horribles chaussettes blanches, et moi. En quelques minutes, tout le monde disparaît dans les ruelles de Forio. Boutiques fermées, cafés aux stores baissés. Derrière une fenêtre un rideau se lève pour retomber aussitôt, comme si un courant d'air et non la main d'une femme l'avait fait bouger. Mon sac sur l'épaule, la plage blanche, déserte. Décourageante. Je suis revenu.

Un jeune type efflanqué passe, pantalons relevés sur les mollets, marcel gris délavé. Sourcils froncés, pieds maigres traînant dans l'écume, grains de sable collés aux chevilles et à la toile mouillée, il s'éloigne. Lent, voûté.

La mer à nouveau. Une minute, deux, j'allume une cigarette et son ombre est là, debout devant moi. Le garçon veut fumer. Je sors une autre cigarette en la faisant sauter du paquet. Le pouce sur l'index, il me fait signe de la lui allumer. Je ne veux pas me lever. C'est lui qui se baisse, puis s'assied près de moi. Nous restons côte à côte sans parler. Une minute, deux, il jette son mégot dans l'eau, me salue et s'en va.

Je rince mes mains, mon visage dans la mer. Plonger la tête, me laver de la poussière des trottoirs, je n'ai envie que de ça, mais on m'attend. Jusqu'à Torre Cane, la tour des chiens si bien nommée, en haut de la colline, le chemin est long. Je me souviens qu'on y allait à dos-d'âne, en Ape et en Fiat 500. Depuis qu'on a construit la grande route, le sentier semble abandonné, envahi par les chardons et les liserons bleus. Touffes d'immortelles, parfum de réglisse et de curry, toute mon enfance revient sous mes pas. D'avoir sous la plante des pieds la pierre chaude, le sable et le gravier, j'ai de nouveau cinq ans, ma main droite dans la main de maman, la gauche dans celle de don Alessandro. De temps à autre, par jeu, ils me soulevaient de terre. Je plongeais dans le vide en fermant les yeux, comme plus tard je les ai fermés à d'autres vides en moi. Un vertige. Me pelotonner, ne plus bouger. M'étendre sur le sol tiède, n'avoir plus rien à affronter, ne plus manquer de rien, ne plus souffrir. Que mon cœur cesse de battre, tout arrêter, me laisser aller. Mais je ne peux pas. Le seul pays auquel je reste lié est celui-ci. Honte, rage et nostalgie. Comment parler de l'amour qu'on porte à sa terre sans se sentir ridicule, aujourd'hui ?

Je sais que le prince n'a pas participé à la curée. Mais qu'a-t-il fait d'autre que danser avec ses semblables, les beaux et les damnés, sur les décombres d'un pays qui brûlait ?

Cinéma Fiamma, Rome, 3 février 1960

Maddalena, tout habillée sur le lit loué pour la nuit à une prostituée, allonge les bras au-dessus de sa tête. Marcello, appuyé au chambranle de la porte d'entrée, la dévore des yeux. Surpris, malgré le désir. Amusé, malgré l'envie.

— *Vuoi fare all'amore qui ?* Tu veux faire l'amour ici ?

— Non ?

On s'agite au fond de la salle. Quelqu'un sort. Fellini est pétrifié dans son fauteuil, les producteurs en oublient de fumer, Peppino Amato se souvient de la question qu'Angelo Rizzoli lui avait posée après la lecture du scénario :

— Tu as compris quelque chose, toi ?

Il avait répondu par un prudent *mmm mmm*, en hochant la tête. Rizzoli avait repris :

— Moi, je n'y ai strictement rien pigé. C'est pour ça qu'il faut produire ce film.

Mais voilà, *La Dolce Vita* va être un fiasco. On va se moquer de leur flair. Redoutable, vraiment. Et perdre un beau paquet de millions. La main de sa femme vient chercher la sienne mais Peppino n'a aucun besoin de secours. En grinçant des dents, il lui demande s'il lui reste des cigarettes. Son paquet de Mercedes menthol est vide. Il était plein lorsque les lumières du cinéma se sont éteintes. Beau score pour quelqu'un qui a arrêté de fumer.

Sur l'écran, c'est le matin. Marcello tend la main à Maddalena qui lui sourit en la prenant. Ils sont aussi propres que s'ils avaient couché dans un grand hôtel, la chemise de Marcello toujours aussi bien repassée, son nœud papillon droit, la robe de Maddalena lissée sur ses hanches de moinillon. La Cadillac fait marche arrière dans le terrain vague qui jouxte les *palazzoni* en construction, tout autour.

Anita Ekberg, assise derrière Fellini, s'ennuie. Elle n'était pas dans cette scène, ne sera pas encore dans la suivante. Elle rit tout bas puis cesse brusquement lorsque apparaît la fiancée de Marcello qui râle dans le lit défait. Énième tentative de suicide. Marcello oscille entre colère et attendrissement, rage et pitié :

— Mon amour, pourquoi ? Qu'est-ce que tu as encore fait ? Mais je vais te laisser mourir, moi, espèce de folle, espèce de malade, qu'est-ce que j'ai fait pour mériter ça ? Viens, mon trésor, je vais te porter, passe tes bras autour de mon cou, comme ça…

L'Alfa Romeo Giulietta Spider de Marcello roule à toute allure sur la route poussiéreuse ombragée de pins parasols, puis c'est l'hôpital nu et blanc, pas tout à fait achevé. La nouvelle Rome se construit sur l'ancienne. Une bonne sœur en cornette s'avance rapidement, la fiancée de Marcello est transportée à l'intérieur. Un photographe, collègue du journaliste, l'assaille de questions et se fait chasser. Marcello est admis dans la pièce où sa fiancée se repose après le lavage gastrique. Il lui embrasse les mains, les yeux. Il se sent coupable, il en est désolé – et furieux.

Dans le couloir de l'hôpital la sœur en cornette fait les cent pas. Deux infirmiers fument près de la grande fenêtre. Marcello demande à la cantonade s'il peut passer un coup de fil. Le téléphone sonne dix fois. Maddalena renversée sur son lit dort tout habillée. Rien ne peut la réveiller.

Dans la salle, une femme se lève pour sortir. Sa silhouette taille de guêpe cache une partie de l'écran. La jupe en corolle balaye l'image d'Anita Ekberg jaillissant de l'avion et qui dévale l'escalier sous les flashes des photographes pris de folie. Soixante kilos de blondeur nordique, jambes divines, seins drus, deux pastèques pointues. Le fantasme parfait de l'Italien d'après guerre, malingre, noiraud, famélique, frustré. Une autre femme se lève et s'en va.

Anita Ekberg occupe tout l'écran. Elle court, vole au-dessus des marches en colimaçon qui portent au sommet de la coupole de Saint-Pierre au Vatican. Les paparazzi qui la suivent ne peuvent tenir le rythme de la belle costumée en curé, chapeau rond compris. Seul Marcello tient la cadence, bourdon poursuivant l'abeille reine. Arrivés tout en haut, ils se penchent pour contempler les fidèles qui ont pris possession de la place Saint-Pierre, attendant la grande messe papale. Le chapeau d'Anita s'envole, les sourires des deux jeunes gens se font face, éclatant, innocent, celui de la femme, celui de l'homme, avide et émerveillé.

Brièvement, le feu d'un briquet brille dans la main brune et lisse de Malo qui allume une cigarette à son voisin. Le cinéma est saturé de fumée, Les yeux de Paola scintillent dans le noir, mais ses cils sont toujours mouillés alors qu'elle sourit en voyant Adriano Celentano entrer en scène. Elle connaît déjà ce jeune chanteur désarticulé qui danse sur l'écran au côté d'une Anita déchaînée.

Des murmures courent entre les sièges dans le noir, enflent et se muent en rires nerveux. Personne ne semble suivre le fil rouge du film. On ne voit plus la tête de Fellini, on dirait qu'il a été avalé par la moquette pourpre de la salle de cinéma qui se vide en une lente hémorragie pendant qu'Anita joue de la harpe d'eau dans la fontaine de Trevi, idole grandeur nature au milieu du bassin. Marcello la contemple, envisageant la fuite ou la chute. Il finit par la rejoindre après avoir ôté ses chaussures. On s'attend presque qu'il enlève son pantalon et le plie sur une chaise.

— *Ma chi sei ?* Qui es-tu ?

Il la frôle, la caresse de loin, trop impressionné pour la toucher ou l'embrasser. Elle cueille de sa main quelques gouttes d'eau et les lui verse sur la tête. Silence. La fontaine cesse de couler et, brusquement, c'est le matin.

La salle est presque vide quand le film se termine. Deux ou trois salves d'applaudissements et quelques sifflets accueillent le mot Fin. Fellini est le dernier à se lever de son fauteuil, en reniflant. Saloperie de crève, marmonne-t-il.

Malo prend par l'épaule Paola et dans le même mouvement se penche pour un baisemain à sa cousine, la princesse Patrizia qui, comme lui, a participé au film. Paola n'écoute pas leurs commentaires légers, ces propos féroces et sans gravité que l'on échange à la sortie d'un spectacle pour en régler le sort en un mot.

Dehors, un jeune vendeur de journaux crie, *Fred Buscaglione morto in un incidente d'auto.* Un des chanteurs les plus aimés d'Italie vient de mourir dans un accident de voiture, volant la vedette à un film qui, de toute façon, embarrasse tout le monde. Un film mortné, dont personne ne parlera jamais.

Torre Cane, Ischia, automne 2010

— Pourquoi vous a-t-on appelé le prince de *La Dolce Vita* ?

— Parce que je l'étais. Même si je ne le savais pas à ce moment-là. Avec mes frasques, ma manière de parler toutes les langues et aucune – un tic partagé par d'autres qui deviendra grotesque, une vraie caricature –, bref, avec ma façon de me conduire, de dévorer et de gaspiller, avec mes palais et mes domaines, mes ancêtres et mes statues, mes jardins et mes serviteurs en perruque talquée, je représentais un univers qui allait faire naufrage. Mais sous nos masques de cire, certains d'entre nous ont su rester debout à la proue pendant que le navire coulait.

— Ce film… vous y avez participé, non ?

— Oui, dans un petit rôle. Je jouais mon personnage, comme d'autres de ma clique. Les critiques ont dit que nous étions des caricatures. Ils ne pouvaient pas savoir que nous étions vraiment comme ça. Fellini l'avait deviné.

— Vous étiez marié ou… je ne sais quoi… à cette époque-là ?

— J'étais marié à Paola, ma première femme. C'est avec elle que j'ai assisté à la première de *La Dolce Vita* – la vie des aristocrates et du *café society* vue par ma gouvernante, comme l'a dit Luchino Visconti qui ne pouvait pas sentir Fellini. Les plus belles filles d'Italie habillées en papillons étaient là. En équilibre sur des escarpins démesurés, enroulées dans des étoles et des soies. À la fin de la projection, Sophia Loren s'était approchée de Federico et l'avait embrassé en disant : *Poverino, ma cos'hai dentro*, qu'est-ce que tu renfermes en toi ?

Le prince secoue à nouveau la clochette en argent. La chienne lève le museau, renifle, puis le repose en soupirant. À nouveau, le majordome apparaît, avec une carafe d'eau sur un plateau. Cette fois-ci Saverio ne refuse pas son verre, qu'il boit d'une gorgée. Le prince s'humecte la bouche, pose le sien dans l'herbe, essuie ses lèvres avec un mouchoir tiré de la manche de son costume d'été.

— C'est curieux la façon dont certains événements prennent de l'ampleur par rapport à d'autres. Cette soirée, c'est comme si je l'avais vécue la semaine dernière, je me souviens des moindres nuances des robes de mes voisines, des parfums qui flottaient… et pourtant elle a eu lieu il y a cinquante ans ! Souvent les journalistes ont demandé à Fellini d'où lui était venue l'inspiration de ce film. Il ne répondait pas, fatigué par cette question qu'il trouvait bête. À ses proches, pourtant, il ne se privait pas de dire que tourner *La Dolce Vita* avait été comme se filmer pendant qu'on baise. La via Veneto était le décor, les personnages, des contemporains, les célèbres comme les anonymes. Tout était vrai, et ce qui ne l'était pas donnait plus de chair encore à l'invraisemblable réalité… Tu avais quel âge ?

— Sept ans.

— Je m'en rappelle. Oui. Ton père, Pietro, venait d'être embauché au domaine de Valfonda comme aide-jardinier. Un homme précieux. Très vite, en deux trois ans je crois, il en est devenu le régisseur. Et ta mère… ta mère était une splendeur !

— Avec votre respect, ce n'est pas de ça qu'il faut qu'on parle, don Emanuele.

— Appelle-moi Malo, comme tout le monde. Ce titre, dans ta bouche, ne nous correspond guère.

— Continuez, je vous prie. Nous n'avons pas le temps de…

— Laisse-moi aller à mon rythme. S'il te plaît. Est-ce que tu sais que *La Dolce Vita* n'a pas été tournée à via Veneto mais dans les studios de Cinecittà, avec la rue reconstruite à l'identique sauf qu'elle montait légèrement, parce que Fellini avait décidé que les prises de vue seraient visuellement plus efficaces ? Eh bien, c'est dans l'un de ces cafés de la via Veneto que vivait à cette époque – et je dis bien vivait, car il y passait le plus clair de ses journées – l'un des poètes les plus émouvants de l'Italie d'alors, Vincenzo Cardarelli. Pauvre, grand Cardarelli ! C'était l'homme le plus frileux que j'aie jamais connu. Il avait toujours sur lui deux manteaux l'hiver – le doux, bref hiver romain –, et au moins un l'été ! Mais où en étais-je ? Ah, oui… Les années cinquante, le début des années soixante. Quel souvenir merveilleux ! C'était un temps où, malgré la confusion, la peur, le désarroi, la vie pouvait être douce. La foi en quelque chose de meilleur nous habitait, nous entraînait. C'était… une force spirituelle, si je peux me permettre d'utiliser ce mot avec toi, qui nous avait remis d'aplomb. Il régnait une sorte de confiance, et même si la Démocratie chrétienne tenait les rênes d'une Italie de droite, tout le reste était à gauche, le cinéma, la littérature, l'art... c'est là que, *boom*, le miracle économique a explosé.

Un nouveau silence. Bruit des vagues, gémissements de mouettes comme des cris de bébé, de chats en amour. L'envoûtement dure, puis Saverio touche légèrement le bras du prince qui recommence à parler.

— Le soir de la première de *La Dolce Vita*... C'était surtout l'air, le ton que la Loren avait pris pour chuchoter ces mots à Fellini qui m'avait plu. J'ai toujours eu une sorte de compassion pour la tendresse des belles femmes. Il n'y avait que ça qui pouvait les mettre à l'abri de mon désir. Mais pas éternellement. Les bons sentiments, je les ai toujours oubliés avec bonheur...

Le prince se penche, frôle l'épaule de Saverio du bout de sa canne puis la pointe sur l'île de Capri qui émerge de la mer, toute blanche :

— Personne ne peut imaginer ce que c'était. Comment on vivait. Ce *way of life* a complètement disparu en même temps que la faune éthylique, droguée, futile, polyglotte, extravagante, friquée et ruinée. Sodome et Gomorrhe, Éros et Lesbos. Ces animaux racés, divins et bronzés. Tu ne peux pas savoir, Saverio... ces corps de page, ces airs de princesse, ces corps de rêve, ces airs de putain. Ambassadeurs, marxistes honteux, prédicateurs, favorites en fuseaux noirs, diseuses de bonne aventure, don Juan, poètes silencieux et peintres désabusés, prêtresses saphiques en tunique rose et caniche de la même couleur, couturiers, anciens as de l'aviation, grandes amoureuses, érotologues, feux follets et âmes perdues. Mon peuple, mes amis, mon monde englouti ! Et ces soirées qui se prolongeaient en nuits interminables et en matins abrutissants, ces dîners dans les villas de l'Appia Antica qui se transformaient en triomphes d'impudeur, de vulgarité même, parfois… je me souviens de la soirée dont le pays entier a parlé pendant des mois, au cours de laquelle une jeune Turque s'était déshabillée dans un restaurant. Aujourd'hui, tout cela semble si dérisoire, pourtant ce fut comme une foudre parcourant le ciel et brûlant tout sur son passage. Des années de silence et de décence, brutalement, se terminaient. Le couvercle avait sauté, et rien n'a plus été comme avant. Ce qui m'a le plus frappé n'était qu'un détail qui m'est revenu par la suite… les vestes que les hommes avaient déposées sous le corps de la fille offerte…

Une respiration plus laborieuse du prince fait craindre à Saverio un accès de toux, mais don Emanuele se lève. La chienne bondit, le suit pendant qu'il fait quelques pas en direction de la mer en crachant plusieurs fois, puis revient à sa place, derrière le jésuite qui n'a pas bougé.

— Il y aurait tant à dire… mais je voudrais continuer à te parler de cette soirée au Rugantino qui a fait couler plus d'encre que tant de faits plus importants. Cette jeune Turque nue… Le sexe, à l'époque, c'était autre chose. On ne baisait pas nus. On ne se couchait même pas nus, d'ailleurs. Pas moyen d'obtenir d'une femme « bien » autre chose qu'un soupir un peu prolongé. Le reste, fellation, sodomie et autres fantaisies, il n'y avait que les professionnelles pour les accepter. Ne me regarde pas comme ça, je n'ai pas utilisé des gros mots et tu es un grand garçon…

Saverio ne répond pas. Il ramasse un journal qui traîne par terre, près du lit de camp du prince, et s'en évente, l'expression du visage impénétrable.

— Je te parle d'un temps où l'article 589 du code civil était encore en vigueur. Seul l'adultère féminin était puni, car on partait du principe que l'infidélité de l'épouse pouvait troubler la sérénité de la famille. Je ne sais pas si tu es au courant, mais ce n'est qu'en 1971 qu'a été aboli l'article du code pénal qui condamnait à des peines de prison quiconque pouvant inciter à des pratiques contre la procréation. Tout se tenait, la famille était une prison et l'Église régissait tout ça d'une main de fer. Bref, pour en revenir au Rugantino, j'ai revu les photos dans un magazine, il n'y a pas si longtemps... Les femmes mi-figue mi-raisin, robes noires, colliers de perles et verre à la main, les hommes hilares, émoustillés, cigarette au bec. Les musiciens déchaînés. Ça avait l'air si vieux, les coiffures, la coupe des vêtements, la décoration de la salle. Une Italie en équilibre entre deux ères, deux règnes. J'ai compris ce qui m'avait heurté pendant cette soirée. Je me suis souvenu d'un fait divers banal, une jeune fille était montée dans une voiture avec trois garçons, dont un cousin, qui l'avaient violée puis tuée. Mais avant de l'obliger à s'agenouiller et de la frapper, son cousin avait mis sa veste par terre, pour éviter qu'elle se blesse aux genoux.

— Vous avez du souffle pour quelqu'un qui va mourir, don Emanuele.

— C'est tout ce qu'il me reste. Je tiendrai jusqu'au moment où il ne m'en restera plus. On avisera à ce moment-là.

Soir du 5 novembre 1958. Rugantino, un restaurant loué pour une fête privée. Quartier de Trastevere

Novella Parigini, disciple et amie de Salvador Dalí, figure indispensable à toute réunion mondaine à Rome comme à Paris, est déjà là, avec ses grands yeux verts de chat, les longs cheveux serrés en chignon. Olghina di Robilant, pupilles dilatées sous sa frange blonde, épaules nues, long collier, bavarde avec son amie et passe en revue les détails de dernière minute. Les bougies sur les tables, les dizaines de bouteilles de champagne au frais. Le plastron des musiciens, la liste des invités : nobles blasés par ces nuits qui traînent en longueur dans les boîtes de via Veneto, jeunes industriels fringants, héritières, peintres, écrivains. C'est la première fois qu'une fête de ce genre est donnée à Rome où les aristocrates restent d'habitude entre eux, où les artistes ne fréquentent que leurs semblables, où ce qu'on appelle le monde et ce qui est, de fait, le demi-monde, se frôle aux tables de café sans sortir de sa bogue, ne se mélangeant qu'occasionnellement sans jamais s'enchevêtrer.

Olghina di Robilant, rejeton rebelle d'une vieille famille vénitienne blasonnée, consentirait à faire du cinéma. Encore faudrait-il qu'on le lui propose. En attendant elle voudrait être vue, se trouver au centre de l'attention, faire parler d'elle. Pour briller elle imite, ce soir, Marc Doelnitz, ce maître de cérémonie de la rive gauche, à Paris, dont les journaux se sont mis à parler. Voilà quelqu'un qui a pris au sérieux son rôle d'amuseur. Pendant l'été, une série de fêtes, les unes plus étincelantes que les autres, a réuni sous son ergot les plus belles actrices et les avant-gardistes, des énormes fortunes et des zazous anticonformistes, des existentialistes et des chanteuses de piano-bar. Les barrières s'écroulent, les peuples de la nuit se mêlent. On s'attrape, on tombe amoureux, on se déteste, on s'épouse, on se quitte. Il y a du sang qui gicle des plaies ouvertes, mais c'est du sang neuf, et ses violentes saccades lavent de la morosité de ces dernières années, grises, conservatrices, compassées.

Ce soir à Rome, Olghina di Robilant et son mécène Howard Vanderbilt, américain et milliardaire, épaulés par Enrico Lucherini, cynique mais aimable instigateur de tout événement relaté dans les gazettes, vont essayer de bouleverser les coutumes romaines en brouillant castes et tribus. Sortir de la province, éclater les archétypes, quitte à scandaliser. Ils ont une petite idée derrière la tête, mais est-ce que ça marchera ? Il est presque 22 heures, les invités sont déjà là, assis devant une coupe de champagne qui tiédit. Les tablées se sont formées, dans la pénombre de la salle : même la délicieuse Linda Christian qui a divorcé du ténébreux Tyrone Power, même Anita Ekberg, l'explosive actrice suédoise, passent presque inaperçues dans les murmures déjà lassés des invités. Personne ne danse. On écoute d'une oreille distraite le Roman New Orleans Jazz Band, l'orchestre de jazz le plus célèbre d'Italie. On met à la porte un jeune

Américain ivre qui s'en va sans protester. Personne ne cille dans la salle enfumée ; on sert le rosbif.

Il faut que quelque chose arrive. Vite.

C'est alors qu'Anita, Anitona comme l'appelle Fellini, débordante dans une robe en velours trop ajustée, chevelure platine dégoulinant sur les épaules, longues boucles d'oreilles en jais, se jette dans un charleston. Son cavalier, le photographe Gerard Hearther, la soutient fermement pour lui éviter de chuter. Il faut des muscles pour ça. Enrico Lucherini respire. Enfin. Il a essayé de la lancer dans un strip-tease, mais même un peu grise Anita sait se tenir. C'est un élastique qui ne casse pas. Elle a l'habitude. Une autre va s'exhiber à sa place, une inconnue chapitrée et dûment caressée par le trio Lucherini-Robilant-Ekberg. Une fille que personne n'a encore remarquée, mais dont, demain, tout le monde parlera. La contrebasse, puis le saxo se taisent. L'attente s'étire, le silence se fait.

Solo de tambour. Tam-tams, reconnaissance du terrain, frôlements de peaux, cœurs qui bourdonnent. Le sang bat dans les veines. Tam-tams, terre qui vibre, fleuve de lions, herbes qui oscillent, vent chaud. Le ciel s'ouvre, un soupir. Les hommes ôtent leurs vestes et les jettent au sol, tapis bigarré, gardénias piétinés sous les pieds de la sombre ballerine aux yeux mi-clos. Tam-tams qu'on cogne du poing, cuirs tendus frappés du plat de la main, grondements rapprochés. Les colliers de perles s'embuent, les verres s'alourdissent au bout des bras. Pupilles phosphorescentes, les hommes tiennent leur cravate à la main. Pâleur des chemises ouvertes, cous empourprés. Sourires comme des rictus de squelette, dents serrées, gencives exposées. Sueurs mêlées.

Elle s'appelle Aïché Nanà, elle est turque, c'est une danseuse du ventre. Jolie fleur brune, cheveux bouclés, hanches méditerranéennes, seins de guêpe, longues jambes musclées. Les tam-tams se font plus insistants, le cercle autour d'elle est clos, elle ne peut plus reculer. Comme on se jette du haut d'une falaise elle fait tomber sa robe. D'un coup de reins la voilà presque nue.

Restent le porte-jarretelles et les bas, un slip en voile et dentelle. La clarinette accompagne le tambour maintenant, Aïché sourit, enlève le porte-jarretelles, soulève une jambe et tire un bas qu'elle lance aux hommes accroupis à ses pieds. Le deuxième s'envole vers les mains qui se tendent. Le tambour roule entre les cuisses écartées de la danseuse à terre, doigts sur les seins, moue triste collée aux fossettes. Les femmes redoublent d'attention, les hommes ferment la bouche. Le clarinettiste repousse le percussionniste pour ne rien perdre de cet instant. Aïché bondit, les larmes aux yeux. Quelqu'un rit trop fort. C'est fini. Ça vient de commencer.

Centro San Fedele, cœur de la communauté de la Compagnie de Jésus, 30 janvier 1960

À Milan il fait froid, brumeux. Encore une avant-première de *La Dolce Vita*, très privée celle-ci. Selon la règle en vigueur, le film doit être accepté par la commission compétente pour obtenir le visa de censure et être ensuite distribué dans les salles. Cela ne peut se faire sans l'imprimatur de l'Église.

L'époque n'est pas à la tolérance, le procureur général de Milan va bientôt « obscurcir » plusieurs scènes de *Rocco et ses frères* de Visconti. Et encore, quelle chance pour Visconti : au lieu d'être purement et simplement coupées, ces scènes essentielles ne seront qu'assombries lors des projections, pour que le public ne puisse pas voir une Annie Girardot se contorsionnant sous les coups de couteau de son amant qui la poignarde comme s'il lui faisait l'amour.

Fellini est inquiet. Déjà avec ses films précédents, *Les Nuits de Cabiria* – « désacralisation de la Ville éternelle » que le représentant du ministère de l'Intérieur avait vue comme une « insulte à la dignité nationale » et dont il avait demandé l'interdiction – et *La Strada*, il a eu maille à partir avec le blâme ecclésiastique. Pour *La Dolce Vita* ça va être encore plus compliqué, car les scènes tournées à Rome, au Vatican notamment,

« offensent la ville et l'Italie tout entière » ; la capitale y est montrée comme la métropole du vice. Il va falloir obtenir le « sceau pourpre » du cardinal, coûte que coûte. Angelo Arpa, l'ange gardien de Fellini, va s'y employer.

Le père Arpa est un jésuite d'une intelligence lumineuse, un être hautement spirituel mais aussi parfaitement pragmatique lorsqu'il le faut. Présent ce soir dans la salle du Centro San Fedele, il incarne et symbolise le lien fragile entre le monde de son ami Federico et celui du cardinal Siri, sorte de vice-pape, guide religieux des dirigeants de la Démocratie chrétienne. Que se passe-t-il lors de cette projection ? Nul ne le sait, l'Église a ses secrets que le monde séculier ne pourra jamais pénétrer. Le cardinal Siri, qui avait tenu à voir le film dans la plus complète solitude chez lui, à Gênes, ne s'est toujours pas prononcé. D'une réserve plus que prudente, il attend. Ses rapports avec la curie milanaise sont déjà très tendus et il ne veut pas les aggraver, car le cardinal lombard Giovani Battista Montini, bientôt pape sous le nom de Paul VI, s'intéresse de très près à cette *Dolce Vita*. Les rumeurs selon lesquelles il serait près de lancer un anathème enflent d'heure en heure. Le père Arpa, pressé par Fellini d'un côté et par l'aile politique proche du président Gronchi de l'autre, décide alors d'utiliser l'ambiguïté prolongée du cardinal Siri pour déclarer qu'il n'y a pas d'avis négatif.

C'est une bombe : les hostilités sont déclarées entre la Compagnie de Jésus et le Saint-Office. Par une lettre officielle, le cardinal Montini invite le supérieur de la communauté de San Fedele à remettre de l'ordre dans les rangs, revenir sur son jugement afin de « trouver le moyen de réconforter les âmes de ceux qui ont vu le film et dissiper la funeste impression que les pères jésuites approuvent les productions de ce genre », et surtout ôter la parole au père Arpa.

Mais les jésuites n'acceptent pas la réprimande. Dans un numéro de leur revue *Letture*, le père Nazareno Taddei signe un article démontrant la nécessité morale d'un film qui ose explorer les plis du mal. Taddei, fin critique de cinéma et de théâtre, aurait préféré être dispensé de cette épreuve. Il sait qu'en exposant sa thèse il encourt les foudres des hautes autorités ecclésiastiques, mais il répond à l'ordre qui lui est donné par son supérieur du Centro San Fedele. La riposte ne se fait pas attendre, aussi dure qu'on pouvait la prévoir. Le futur pape ordonne le retrait de la revue et suspend l'autorisation accordée aux révérends pères d'assister à tous les spectacles. Le père Taddei, qui doit interrompre son émission de radio et ses critiques, est exilé à Munich. Quant au supérieur de San Fedele, il est destitué et muté à Padoue, l'un des lieux les plus charmants et les plus tartufes de la péninsule. Sur la façade du Duomo, au cœur de la ville, tout le monde peut lire une énorme annonce bordée de noir, *Prions pour l'âme du pécheur public Federico Fellini.*

Mais ce n'est pas suffisant. Il faut se débarrasser de ce film putride avant qu'il ne prenne racine. Au début du mois de février, *L'Osservatore Romano*, quotidien du Saint-Siège, commence ses pilonnages. Jour après jour, le film rebaptisé *La Sconcia Vita*, « la vie dégoûtante », fait l'objet d'articles indignés. À la fin du mois, l'exaspération de l'Église monte encore d'un cran. Ses attaques passent désormais par le Centre catholique de cinéma qui en déconseille le visionnage à tous les publics et demande qu'il soit renvoyé devant la censure. Fellini écrit au père Arpa pour lui demander d'arrêter ses démarches en faveur du film, car son ami fait désormais l'objet d'un avertissement de la part de la congrégation du Saint-Office. Il le remercie pour tout, puis le met ironiquement en garde contre l'excommunication s'il continue d'être aussi ouvert au sein d'une Église qui ne l'est pas. Mais entre ses deux fidélités, celle qu'il doit à la Sainte Mère et celle qu'il a pour Fellini, le père Angelo Arpa a déjà choisi une troisième voie, celle que lui dicte sa conscience – obéissance, certes, vigilance, soumission et observance, mais également révolte nécessaire, et, dans le cœur, liberté. Un prêtre inconfortable, la clairvoyance étant toujours incommode à l'autorité.

Fellini tente une dernière manœuvre. Il va voir le pape Jean XXIII, en frac et prêt à rester à genoux le temps qu'il faudra. Le pape le fait lanterner une journée entière et, à la fin, décide de ne pas le recevoir.

Et, une fois encore, Fellini se dit que le sort du film est réglé.

Cinéma Capitol, Milan, 5 février 1960

— *Come vedi, questi padri non hanno paura del diavolo.* Tu vois, ces pères n'ont pas peur du démon. *Mi permettono persino di venire a suonare l'organo...* Ils me laissent même venir jouer de l'orgue.

Marcello s'ennuie à la table d'un café désert, un journal déployé devant lui, quand il aperçoit son ami Steiner entrer dans l'église en face, aussi nue et inoccupée que les rues de l'EUR, tout nouveau quartier de Rome. Les statues d'anges sur la façade dépouillée font mal aux yeux tant elles sont blanches. À l'intérieur, l'église est sombre et fraîche. Son ami se réjouit de le voir, le complimente sur son dernier article paru et lui demande des nouvelles du roman en cours. Marcello mal à l'aise finit par répondre qu'il lui en fera lire quelques pages. Plus tard, ils sont ensemble à une soirée dans la maison de Steiner. Des femmes qui fument, une poétesse mûre avec un très jeune amant peut-être anglais, peut-être homosexuel, un écrivain satyre, une harpe en fond sonore.

— *Senti, ho visto che hai un magnifico Morandi.* Tu as un magnifique Morandi.

— *Ah, si...* C'est le peintre que je préfère. Les objets sont immergés dans une lumière de rêve... Pourtant, ils sont peints avec une précision, une rigueur qui les rendent tangibles.

Ils vont dans la chambre où dorment les enfants, que leur père embrasse avec une infinie douceur. Le tableau se clôt, le suivant s'ouvre sur une ambiance de plage populaire. La musique vient du juke-box. Marcello écrit sur une machine portative, une petite jeune fille adorable rougit à ses compliments.

La première milanaise ressemble à la première romaine, en pire. Dans la salle de cinéma on s'ennuie ; des rires bas fusent. Deux femmes discutent à voix haute avec deux hommes assis derrière qui leur proposent de sortir pour aller boire un verre. Ce n'est pas la peine de continuer, ce film n'est qu'une espèce de grossier résumé de mœurs romaines. Quel intérêt, vraiment ?

Le public milanais est égocentrique et bêcheur, et cette *Dolce Vita* ne parle que de Rome et de ses quelques personnages clinquants. C'est du toc, de la verroterie pour simplets, bien loin du raffinement d'une soirée à la Scala, par exemple.

Le mot Fin apparaît sur l'écran. Vingt secondes d'applaudissements, des sifflets, un crachat sur le col de chemise de Fellini et Marcello Mastroianni sortant de la salle aux cris de « communiste, communiste ». Marcello fait la moue, essuie Federico avec son mouchoir. Il y avait cru, pourtant, à ce film, aussi bien pour lui que pour Fellini, devenu un ami. Tant pis, *è il cinema, bellezza !*

Rizzoli, résigné, fait déjà le compte des millions perdus. Il a tout de même l'amabilité de prendre Fellini dans ses bras et de le réconforter, *Caro artista*, tu as fait un beau film mais ne t'attends pas à ce qu'on te félicite pour ça.

Fellini encaisse, tousse, se mouche bruyamment. Saleté de rhume qui ne guérit pas.

Le lendemain, le Maestro et Clemente Fracassi, le directeur de production, vont manger un risotto en face du cinéma Capitol où la première séance publique de *La Dolce Vita* est annoncée. Ils s'attendent à affronter une salle vide et faire ainsi le deuil du film. Trois projections sont prévues pour la journée, l'entrée coûte mille lires, une somme. En sortant du restaurant les deux hommes se trouvent pris au piège d'une foule. Que s'est-il passé ? Un accident, une manifestation ? On leur explique que les gens ont brisé les portes en verre du cinéma pour voir *La Dolce Vita* avant que le film ne soit retiré des salles. Ceux qui ont dû faire le pied de grue à l'extérieur par manque de place sont en train de protester.

Le jour suivant, la même scène se répète dans toutes les villes d'Italie. Les préfets menacent de fermer les cinémas. L'Église promet l'excommunication à ceux qui iront voir *La Dolce Vita*. Rizzoli affûte les crocs de ses avocats pour défendre le film qui va continuer d'être projeté dans les salles combles. Les gens n'hésitent pas à s'asseoir par terre, et même à rester debout. On parle partout de *La Dolce Vita*. Dans les cafés, les dîners en ville, les journaux. C'est un succès.

Torre Cane, Ischia, automne 2010

— Où en était-on, Saverio ?
— Nulle part, don Emanuele. Nulle part.
— Malo. Appelle-moi Malo, je te l'ai déjà dit. *Come si dice caratteraccio in francese ?* Comment dit-on « caractère de cochon » en français ? Car c'est là que tu vis depuis vingt-cinq ans, non ?
— Presque trente, don Emanuele. Vous le savez aussi bien que moi. C'est vous qui avez fait en sorte que j'y aille.
— Ce n'est pas exactement comme ça que je vois les choses, mon cher. Disons que je t'ai sauvé les fesses à l'époque, pardon de l'expression.

Un avion de chasse passe soudain dans le ciel, très bas. Le bruit assourdissant fait se lever la chienne qui se met à aboyer.

— Blonde… ! Blonde, ici ! Couchée !

Le prince tousse un peu. Se tait, longtemps cette fois-ci. Saverio aussi est silencieux. La voix du prince le surprend, le secoue. Il tourne la tête vers lui, lui demande de recommencer.

— Tu avais l'air si loin, Saverio… Tu es fatigué ? Tu veux que nous reprenions plus tard ? Tu veux te reposer ?
— Ne vous inquiétez pas de ça. Qu'est-ce que vous disiez ?

— J'étais en train d'essayer de me souvenir de ces années-là. Elles sont si lointaines… Au milieu des années cinquante, le salaire moyen d'un ouvrier devait être d'environ quarante mille lires. La Fiat 600 était une voiture bourgeoise – seule la Topolino circulait jusque-là – alors qu'elle coûtait moins de six cent mille lires. Quoi d'autre ? L'Italie venait d'entrer dans l'ONU. La télé, il y en avait une par village, chez le maire ou le notaire. On s'habillait avec des vêtements de fête pour aller voir le programme du soir, une seule chaîne en noir et blanc. Les gens se couchaient tôt, faisaient l'amour et des enfants, la grande majorité des femmes suivait la méthode Ogino-Knaus pour ne pas tomber enceinte, avec les résultats que l'on sait. Et jamais une dame ne serait sortie sans soutien-gorge ou sans bas, même l'été, même au bord de la mer.

« C'était une Italie humble et chrétienne, même si des millions d'Italiens adhéraient à un parti communiste officiellement athée, et pour ça excommunié par l'Église. La guerre froide, personne ne savait ce que c'était, on sortait juste d'une défaite, l'âme étrangement innocente cependant. J'ai l'impression que les Italiens, à ce moment-là, ignoraient ce qu'est le mal, ou plutôt ils en ignoraient la portée, l'intensité, la profondeur. Politiquement, ils étaient de parfaits ingénus, et même si le soir au café ça s'empoignait, et parfois ça cognait, c'étaient des coups de poing propres, donnés et reçus par des hommes sincèrement engagés à droite, à gauche, au centre : des gens qui, tous, croyaient en un monde meilleur et travaillaient pour ça.

« Un tiers de la population était trop pauvre pour lire un journal. Et puis il y a eu le scandale Montesi. Scandale, ce nouveau mot au parfum d'interdit, d'érotisme, de pouvoir et de mort. C'était excitant quand on n'en connaissait pas la saveur, car d'un côté il y avait ceux qui se conduisaient depuis toujours comme ils l'entendaient, de l'autre, ceux qui ne soupçonnaient même pas notre style de vie. À part ça, ce qui a vraiment souligné le changement a été la première publicité pour les régimes amaigrissants : on sortait à peine d'une période où on mourait de faim, et on allait déjà chipoter ?

Saverio ne dit rien. Patient, impassible, il attend. La toux qui depuis le début de la confession hante la respiration de don Emanuele lui offre un répit inespéré. Un peu de couleur est revenue sur son visage, une sorte de légèreté aussi. Le sursis semble se prolonger.

— Je crois que je vais encore te surprendre. Ce ne sera pas la dernière fois, crois-moi. Je vais te parler de ce mot qui est sorti en même temps que celui de scandale : c'est « question sociale ».

— Effectivement.

— Pas d'ironie, s'il te plaît. Sache qu'au cours de ma vie j'ai certes largement dépensé et énormément perdu, mais beaucoup donné aussi. Assez là-dessus. Et puis tout cela, le bien qu'on a pu faire, est si ennuyeux ! Je te l'épargne. Que disais-je ? *La Dolce Vita*, l'Italie d'alors… La première fêlure est venue avec ce qu'on a appelé l'affaire Montesi, une fille retrouvée morte sur la plage. Très vite, ça a fait tout un cirque, avec tous les ingrédients nécessaires pour faire saliver l'Italie moralisatrice. Un musicien de jazz était impliqué dans la mort de cette belle jeune femme, mais pas un musicien quelconque, un inconnu : non, il s'agissait du fils d'un ministre de la Démocratie chrétienne, amant d'Alida Valli.

— Alida Valli... Ça me dit quelque chose... C'était qui ?

— Une merveilleuse actrice. Tu te souviens de *Senso*, le film de Visconti ?

— Non.

— Passons... Donc là, le marquis Montagna, propriétaire d'une villa où des orgies étaient régulièrement organisées, est entré dans le jeu...

Saverio bâille, une main tardive devant la bouche.

— Si je t'ennuie, mon cher...

— Ne recommencez pas, s'il vous plaît. Je voulais dire : ne m'emmerdez pas. Je suis fatigué, mais je peux tenir si vous ne tirez pas trop en longueur... Est-ce que vous connaissiez les personnes mêlées à cette histoire ?

— De loin. Nous nous retrouvions aux mêmes endroits, mais nous n'étions pas amis. Alida Valli, oui, je la connaissais, comme je connaissais les plus belles femmes de la ville. Elle était intense, dramatique, les yeux cernés de mauve, passionnelle et glaciale à la fois. Un peu givrée, aussi, comme on dit aujourd'hui. Une femme spéciale. Les autres, en revanche, m'étaient moins proches. Piccioni, le musicien, était un joli garçon tourmenté. Et Montagna, le marquis – enfin, marquis... –, je le voyais à l'Hostaria dell'Orso. Un serrement de mains, ravi de vous avoir rencontré, c'est tout. C'est Tazio Secchiaroli qui m'a révélé le premier les dessous de l'affaire. Tu sais, le *paparazzo* du film...

Une méchante toux secoue le prince. Saverio lui tend un gobelet d'argent et une pilule bleue, le prince les prend d'une main tremblante, les laisse tomber dans l'herbe. Les deux hommes restent là à se regarder, sans qu'aucun ne bouge pour les ramasser.

10 avril 1953. 7 h 20, plage de Torvajanica, à 40 kilomètres de Rome

Le tas de chiffons roule dans les vagues. Un jeune maçon qui travaille dans une villa en construction derrière les dunes le voit, mais n'y fait pas attention. Puis, au cours de sa pause-sandwich, il va l'observer de plus près. Le tas de chiffons est une femme. Belle. Jeune. Morte. Elle n'a pas de papiers, pas de sac, rien dans les poches pour qu'on puisse l'identifier. Cette jeune fille, on la cherche depuis deux jours. C'est Wilma Montesi.

L'année 1953 est celle de la mort de Staline et de l'acmé de la guerre froide entre les États-Unis et l'Union soviétique. Fausto Coppi, le champion cycliste qui a gagné cinq *Giri d'Italia*, est dénoncé pour abandon du domicile conjugal et sa compagne, arrêtée pour adultère. Le premier scandale moderne éclate à ce moment-là.

La plage est déserte, il est encore très tôt lorsque le maçon affolé enfourche son vélo pour aller annoncer sa découverte aux carabiniers. Pendant quelques heures la plage est envahie par les voitures de police et les inévitables curieux. Le médecin légiste accouru ne peut que constater la mort de la jeune femme. Il n'y a pas de coups visibles, pas de lésions sur le cadavre encore souple. Ses bas, son porte-jarretelles et ses chaussures manquent. La mort a été causée par asphyxie. On l'identifie formellement. Wilma se serait évanouie et noyée dans quelques centimètres d'eau. Conclusion, mort accidentelle. Mais l'enquête est bâclée. Un journal napolitain publie un article signé Muto sur l'étrangeté du cas, vite repris par d'autres journaux. Une autre vérité, plus sombre, plus compliquée, émerge. On aurait abandonné la jeune fille inanimée sur la plage après un malaise au cours d'une orgie dans la villa de Capocotta, propriété du marquis Montagna. Wilma serait morte en aspirant du sable. Dans ces articles, on cite Piero Piccioni, un habitué de festins sexe-cocaïne, selon les rumeurs. Ce musicien est le fils du vice-président du Conseil, ministre des Affaires étrangères et probable successeur d'Alcide De Gasperi à la tête de la Démocratie chrétienne. Piccioni père est un éléphant en politique, un silencieux, un introverti. Face à lui, au sein du parti, il a deux adversaires jeunes et impétueux, Amintore Fanfani et Giulio Andreotti. À travers ce fait divers, c'est la victoire dans la guerre entre les deux cordées du parti le plus important d'Italie qui se joue. Sans exclusion de coups.

En 1954, l'Italie est encore un pays rural qui mange sa *minestra* avant de se coucher, croit aux miracles, met du pain blanc sur sa table depuis peu et dispose, comme seul divertissement, des processions religieuses. Benedetto Croce, philosophe et ministre dans l'après-guerre immédiat, vient de faire une déclaration amère à la Conférence de paix de Paris, « nous avons perdu la guerre et nous l'avons tous perdue, même ceux qui ont été persécutés par le régime qui l'a déclarée, même ceux qui sont morts à cause de leur opposition à ce régime ». Einaudi, président de la République, réplique « cette Italie ira bien si chacun d'entre nous contribue à transformer une larme en sourire ».

C'est un pays sous influence dont seuls les illustrés, passés de main en main, sont porteurs d'informations. L'indécence de ce fait divers l'électrise. C'est bien plus excitant que les dernières nouvelles de Padre Pio dialoguant avec les anges dans son monastère.

Le jour du procès Montesi, des files immenses se forment dès l'aube devant le tribunal. Au milieu des centaines de personnes qui veulent apercevoir les personnages du drame il y a Giulio Andreotti, oreilles pointues, yeux vif-argent, lunettes à monture lourde, lèvres si minces qu'elles ne forment qu'une ligne droite au bas du visage fermé. Il ne fait pas de déclaration, mais les journalistes savent pourquoi il tient à être présent : il représente l'un des courants les plus importants de la Démocratie chrétienne. Devant le tribunal, entourée de paparazzi, Adriana Bisaccia, une fille bizarre qui fréquente les existentialistes et le sous-bois de la politique, se répand en accusations : elle met en cause les participants du festin au cours duquel Wilma Montesi se serait trouvée mal, détaille le cocktail de drogue et d'alcool qui aurait été servi à la jeune fille, dénonce la lâcheté de ceux qui ont transporté son corps sur la plage où elle a été retrouvée morte.

Il y a aussi la jolie Anna Maria Caglio, que l'on surnomme le Cygne Noir, maîtresse du marquis Montagna qu'elle a rencontré au *Viminale*, le ministère de l'Intérieur, chez un ministre ami de son père. Ah oui, dit-elle avec les inflexions et les manières de la haute bourgeoisie milanaise à laquelle elle appartient, on fait des drôles de rencontres, au ministère de l'Intérieur. Drôle de rencontre, en effet : Ugo Montagna a été un collabo nazi, maquereau des gérarques fascistes, il est maintenant très proche du chef de la police qui s'occupe du cas Montesi. Le Cygne Noir a été envoûté par ses yeux boueux, troublé par ses grandes mains de chasseur, fasciné par la puissance qui émane de tout son être, mais la jeune femme le craint aussi. C'est encore une petite fille malgré son bonnet C, une enfant à peine sortie des meilleurs collèges de sœurs : elle file tout raconter à son confesseur, un jésuite qui s'empresse d'aller en parler à Fanfani, le nouveau machiavel de la Démocratie chrétienne.

Le procès se termine en 57 avec la pleine absolution du musicien Piero Piccioni et du marquis Ugo Montagna, mais le mal est fait et le but recherché a été atteint : le père de Piero Piccioni a donné sa démission, laissant la place aux jeunes loups aux dents longues de la Démocratie chrétienne et à leurs chiens. Son étincelante carrière politique a été fracassée, et Fanfani et Andreotti ont pris le pouvoir au sein du parti de la DC, comme on commence à l'appeler.

Mais qui a tué Wilma Montesi ? On ne le saura jamais. Et, quoi qu'il en soit, est-ce que cela intéresse encore quelqu'un ?

Sexe, mort, politique, chantage. Journaux et médias. *Star system, gossip*, scandale, question morale. Voilà ce qui va rester de cette histoire, des mots tout nouveaux, des mots que l'on va beaucoup utiliser à l'avenir.

Torre Cane, Ischia, automne 2010

Le majordome a ramassé le gobelet d'argent aux pieds des deux hommes après que Blonde l'eut consciencieusement léché et mordillé. L'air est doux, l'île de Capri mauve au milieu des vagues bleu et argent, mais ni le prince ni Saverio ne semblent s'en émouvoir.

— Où en étais-je ?

— L'affaire Montesi. Et Tazio Secchiaroli, le *paparazzo*.

— Sympathique garçon – et talentueux. Il venait de nulle part, mais une fois sa chance attrapée, il ne l'a plus lâchée. Ce qu'il aimait le plus c'était apprendre, et il apprenait vite, tu sais. Je le connaissais bien : au cours des soirées de la via Veneto, son champ de bataille, on pouvait rester ensemble des heures à boire des Campari-orange et parler de tout. Puis, tout d'un coup, il giclait de sa chaise et grimpait sur sa Lambretta rouge, son Rolleiflex accroché au cou.

— Il avait quel âge ?

— Je ne sais pas exactement. Même pas trente ans, je crois. Mais j'ai l'impression que nous étions tous jeunes en ces temps-là. Pourquoi ?

— Vous avez l'impression de n'avoir eu que des jeunes autour de vous. Moi, je ne connais ces gens que vieux... mais continuez, don Emanuele. Même si je ne comprends pas en quoi ça fait avancer nos histoires.

— Ce n'est pas de nous deux seulement que je veux te parler. Ce que tu appelles nos histoires, c'est notre histoire, en fait. À tous les deux.

— ...

— Alors... oui... Tazio Secchiaroli. Il gagnait mille cinq cents lires par jour, à peine plus qu'un ouvrier. Et c'était de la colère qui couvait sous ses images de stars sublimes dans des voitures de luxe, d'un roi exotique dodu comme une caille entouré de créatures, d'acteurs énervés, un verre dans le nez. Je ne sais pourquoi, peut-être parce que je payais tous ses Campari ou parce qu'il m'avait plusieurs fois emprunté de l'argent que je ne lui avais jamais réclamé, il m'aimait bien. Il adorait me raconter son métier, son rapport à ce Rolleiflex acheté avec l'argent de son premier reportage. Il en était si fier ! Il m'en parlait comme on parle d'une voiture, il en aimait le format carré, la lourdeur, le déclenchement de l'obturateur central. Cet appareil l'obligeait à regarder le monde en inclinant la tête, en courbant légèrement les épaules comme pour une révérence. Ça lui convenait. Tazio ne photographiait que dans l'appétit, le plaisir. Il y a des appareils – ajoutait-il – avec lesquels nulle intimité n'est possible et d'autres encore dont la séparation reste toujours une douleur. Il me confiait qu'il se levait parfois la nuit pour le regarder, son Rolleiflex, il le prenait dans les mains sans autre but que de s'assurer qu'ils allaient bien ensemble.

« Le premier scoop de Tazio était lié à l'affaire Montesi. Il avait réussi à photographier l'avocat Sotgiu, défenseur de Muto, le journaliste qui le premier avait fait éclater le scandale autour de la jeune Wilma, devant la maison de rendez-vous où il allait regarder sa femme faire l'amour à d'autres hommes... Giuseppe Sotgiu, représentant du Parti communiste, de l'Automobile Club et du conseil provincial de Rome, pendant le procès avait fustigé la corruption des milieux bourgeois où s'était déroulé l'assassinat. Mais dis, je ne t'ennuie pas ?

— Mais non, je trouve votre radotage... vos dévergondages... très plaisants.

— Tu trouves que je rabâche ?

— Ne le prenez pas mal, mais tout ça, c'est tout de même des vieilles histoires.

— Des vieilles histoires sans lesquelles il serait impossible de comprendre ce qui se passe aujourd'hui. Je t'épargne l'inévitable couplet sur l'importance de la mémoire. Les jeunes croient toujours avoir tout inventé. Et encore, tu devrais être dispensé de ce genre de connerie, tu n'es plus si jeune que ça, mon pauvre Saverio.

— Qu'est-ce que vous vouliez me raconter ?

C'est au tour de la gouvernante, avançant vers eux les bras chargés de plaids, de se faire renvoyer d'un geste brusque, mais Saverio, distrait, ne le voit pas. Cet immense papillon de nuit qui vient de se poser sur un bougainvillier blanc lui donne un frisson. Lorsqu'il relève les yeux le prince le fixe ; une expression tendre et ironique erre sur ses traits fatigués.

— Je n'ai jamais pu revoir *La Dolce Vita* sans sentir l'odeur de l'eau de toilette dont je m'aspergeais à l'époque, Atkinson's, tabac et citron vert... Quelle époque ! Tu te rends compte ? Corrige-moi si je me trompe : Monicelli avec *Le Pigeon* et *La Grande*

Guerre. Visconti et Antonioni, avec *Rocco et ses frères* et *L'Avventura.* Le premier film de Pasolini, *Accattone,* puis *Divorce à l'italienne* de Germi et *Une vie difficile* et *Le Fanfaron* de Risi. Puis *Le Guépard,* encore Visconti, et Sergio Leone, *Pour une poignée de dollars* !

— Vous avez une excellente mémoire.

— Et tous ces films américains, ces péplums et ces acteurs plus grands que nature qui se baladaient dans ce nouvel Hollywood sur Tibre ! Et tu sais pourquoi ? C'est Giulio Andreotti, à l'époque sous-secrétaire au spectacle, qui avait fait voter en 1949 une loi pour « piéger » les productions américaines qui venaient tourner en Italie. Les prix étaient très bas, la main-d'œuvre excellente, le climat de Rome délicieux. Son « système » consistait dans la congélation des profits des majors à l'intérieur du pays : les compagnies étaient obligées de dépenser les bénéfices des films tournés en Italie… en Italie, créant ainsi un cercle vertueux, pourrait-on dire. Tout ça, quand même, était une conséquence directe du plan Marshall : l'argent que l'Amérique nous prêtait – et pas qu'à nous, tu sais, à l'Europe entière –, on le faisait fructifier par le biais de l'une des branches économiques les plus actives de cette même Amérique. Quand on dit travailler la main dans la main !

— C'est une plaisanterie ? Parce que si c'en est une, je ne la comprends pas.

— Tu devrais pourtant, mon cher. Toute sa vie, quelqu'un comme Giulio Andreotti a cru, ou a voulu nous faire croire, qu'il était nécessaire de faire des compromis, voire de se servir du mal, pour aller vers l'intérêt général. Cela, bien sûr, selon son point de vue, qui n'est pas forcément le tien, ni le mien… ni celui de ceux qui ont été sacrifiés. Enfin, nous n'en sommes pas là de notre histoire. Sais-tu ce qui était écrit dans le billet que Cesare Pavese a laissé lorsqu'il s'est ôté la vie ?

Saverio ne répond pas. Les voies de traverse du prince, il commence à s'y faire.

— Ses mots ont été *Perdono a tutti e che tutti mi perdonino. Va bene ?* Je demande pardon à tout le monde et que tout le monde me pardonne. C'est ce *va bene* qui me bouleverse. Comme si l'épuisement, le découragement avaient eu le dessus. Et aussi autre chose, une manière de dire lâchez-moi, j'ai fait ce que je pouvais mais je n'y arrive pas, et vous ne m'y avez certainement pas aidé. Que cherchait Pavese qu'il n'a pas eu ? Est-ce de la dignité, ne rien vouloir parce qu'on n'a pas exactement ce qu'on veut ? Est-ce un pied de nez, un sursaut d'élégance, du panache ? Il en a parlé toute sa vie, du suicide, mais personne, jusqu'à ses meilleurs amis, ne pensait qu'il allait finir par le commettre. C'est un peu comme s'il s'en était convaincu, comme s'il s'y était soumis pour ne pas se contredire. Je ne comprends pas comment on peut lâcher prise de cette manière.

— Cesare Pavese souffrait d'impuissance, don Emanuele. Physique et morale. À l'inverse de vous, il avait faim et ne pouvait manger.

— Moi, je voudrais que la vie dure pour l'éternité. J'exècre la mort, je ne l'ai jamais laissée saisir n'était-ce qu'une miette de mes journées. Se suicider, pour moi, serait comme quitter une femme belle, douce, qui m'aime et que j'aime. Tu connais Pavese, toi ?

— J'ai lu quelques livres, voyez-vous. Et j'ai eu un excellent professeur.

— Don Alessandro t'aurait-il donné…

— Une éducation aussi bonne que la vôtre ? Oui. Jusqu'à quinze ans, tout au moins. Ensuite, c'est moi qui ai choisi mes guides.

— Quoi, le petit livre rouge de Mao ? Marcuse ? Foucault ?

— Sartre. Camus. Nietzsche. Kant. Plus tard, Jung. Et Levinas.

— Et les Évangiles, bien sûr. Bien. Je déteste faire la conversation à quelqu'un qui ne sait pas de quoi je parle. Mais pardon, tu dois croire que je te taquine. En fait, je ne te connais pas assez, Saverio.

— Avec votre respect, ne me prenez pas pour un con, don Emanuele. Ce n'est pas décent, venant de vous.

— Mon cher ! Tout ça va être plus réjouissant que je ne le pensais. De toute façon, nous avons beaucoup en commun, plus que tu ne crois.

— C'est une confession, pas une pièce de théâtre. Ne l'oubliez pas.

— Rien ne nous oblige à ce que cela soit ennuyeux.

— Que disiez-vous sur Cesare Pavese ?

— Tous les personnages de *La Dolce Vita*, je les connais. Même ceux qui y sont juste esquissés.

— Et Pavese serait… ?

— Une variante du personnage de Steiner, joué par Alain Cuny dans le film. Celui que Marcello aurait voulu être, l'intellectuel pur et cristallin au lieu du touche-à-tout naïf et cynique qu'il est.

Saverio, Ischia, automne 2010

Je déteste sa courtoisie, cet air qu'il a de tout deviner, de tout savoir. De se baisser pour se mettre à votre niveau. Pourtant, il est si diminué, si affaibli qu'il me fait pitié. Un chien écrasé traînant la patte, et qui donne envie de le piquer. Mais c'est trop tôt. Qu'il souffre le calvaire de son orgueil brisé. Je serai là pour le voir crever.

À nouveau sur la plage. Le même garçon, celui qui m'avait demandé une cigarette, *In fondo alla spiaggia c'è un posto dove vanno i pescatori. Se vuoi ti ci porto*, Il y a un petit restaurant pour les pêcheurs. Si tu veux, je t'y emmène.

J'oublie toujours qu'on tutoie facilement, dans mon pays. Je suis chez moi, mais je ne sais plus si j'aime ça ou non.

Rien n'a encore été dit, entre le prince et moi. Il s'est assoupi trop vite.

Ce n'est pas le pardon qu'il veut. Alors quoi ?

Cannes, mai 1960

Une salle de projection tout en dorures, aux fauteuils de velours. La foule en habit de soirée qui l'a envahie ondoie entre les rangs, s'assoit, se relève, change de place, fait la bise, le baisemain, le *shake hand*.

Anita Ekberg n'est pas là mais Fellini et Mastroianni, côte à côte, tiennent des conciliabules fiévreux assis près d'Yvonne Furneaux et de Magali Noël férocement baleinées, seins débordant des bustiers. La voix de Fellini résonne dans la pièce au plafond de cathédrale, un timbre de fausset difficile à étouffer. Le rire de Mastroianni lui répond, velouté, bas, inquiet pourtant.

Les lumières tremblent, puis s'éteignent lentement. Les lourds rideaux s'ouvrent. Encore quelques murmures, puis les paroles de Marcello couvrent tous les autres bruits :

— *A me Roma piace moltissimo. E' una specie di giungla tiepida, tranquilla, dove ci si puo' nascondere bene...* J'aime infiniment Rome. C'est une sorte de jungle tiède, tranquille, où on peut bien se cacher.

On entendrait une mouche voler entre les répliques des acteurs. Plus de messes basses, d'apartés. Le public est concentré, l'enjeu, démesuré.

Sur l'écran, c'est l'arrivée d'une joyeuse bande de fainéants à une fête aussi somptueuse qu'insipide dans un château aux portes de Rome. Marcello, coincé à l'arrière d'une Bugatti entre une Nico jouant son propre rôle d'ancien mannequin jet-setteuse et la plus belle débutante de l'année, partage ses attentions entre les deux filles installées sur ses genoux. Parmi les nobles accablés d'ennui on aperçoit Malo en grande conversation avec une bisaïeule alourdie de diamants, un verre dans une main et une longue cigarette dans l'autre, sourire espiègle aux lèvres, impeccable dans un smoking sur mesure. La caméra glisse ensuite sur un jeune homme vautré dans un canapé taupe et or qui contemple le vide près d'une lady serrée par ses chiens :

— *Ma Lady Rodd, non li lava mai questi cani ? Hanno una puzza !* Vous ne les lavez jamais vos chiens, Lady Rodd ? Ils puent tellement !

— *Oh ! Hanno un odore meraviglioso !* Ils ont une odeur merveilleuse !

Dans la salle Anouk Aimée, figée dans son fauteuil, remue les lèvres, anticipant ce que va dire son personnage à l'écran lorsqu'il tombe sur Marcello.

— *Te, dove ti hanno rimediato ?* Où est-ce qu'on t'a ramassé, toi ?

— Maddalena !

— Je vais bien, je suis juste ivre. Tu connais Jane, la femme avec qui tu parlais ? C'est une peintre américaine que l'on reçoit partout. On se l'arrache, même, pour entendre les cochonneries qu'elle raconte. Tu verras, elle est très amusante.

Puis, le prenant par le bras, elle le promène entre les nobles dans le salon encombré de statues d'empereurs et de papes :

— Ceux-là, ce sont les Montalbano. Elle, Federica, on l'appelle la Louve, parce qu'elle aime donner le sein aux jeunes hommes. Les Confalonieri, la moitié de la Calabre et les plus belles garçonnières de Rome. La petite Eleonora, quatre-vingt mille hectares, deux tentatives de suicide. Don Giulio et Nico, sa fiancée suédoise. L'année prochaine elle sera princesse. Ne fais pas cette tête, tu crois vraiment qu'on leur est supérieurs, nous deux ? Tous ceux qu'on voit ici savent au moins faire certaines choses avec élégance.

— Tu sais, Maddalena, j'ai souvent pensé à toi. Je ne te comprends pas.

— Ah bon ? Moi non plus je ne me comprends pas.

C'est au milieu d'une salle vide, couverte de fresques en trompe-l'œil à l'acoustique piégée, qu'elle l'abandonne sur une chaise droite, bras croisés, son verre posé par terre, pour venir lui susurrer à l'oreille à travers un bénitier magique :

— Marcello, *ma tu, mi sposeresti ?* Tu m'épouserais, toi ?

— Et toi ?

— Moi, oui. Je suis amoureuse de toi. Je voudrais tout : être ta femme, et m'amuser comme une putain.

— Mais non, ne dis pas ça, tu es une fille merveilleuse, tu serais une compagne merveilleuse parce que tu sais tout, on peut tout te dire.

Maddalena frissonne, puis se tait pour embrasser un homme dans la pièce du bénitier magique. Marcello l'appelle mais elle ne répond plus, renversée sur la vasque en marbre usé.

Il la cherche, personne ne l'a vue. Maddalena glisse lentement dans d'autres bras pendant que lui, traversant les beaux jardins silencieux sur les sentiers bordés de buis et de fontaines en compagnie d'une procession d'aristocrates, de libertins, de noceurs et de starlettes, se met en route pour la Villa des Fantômes et la triste débauche de la nuit qui vient.

Les délibérations du jury du Festival seront plus acharnées que de coutume. Georges Simenon, le président, réussira à convaincre Henry Miller de voter pour *La Dolce Vita*. Ce vote fera la différence face à *L'Avventura* d'Antonioni.

La Dolce Vita remporte la Palme d'or du festival de Cannes 1960.

Torre Cane, Ischia, automne 2010

La réverbération du soleil sur une vague, en contrebas, oblige les deux hommes à mettre leur main devant les yeux. Ils le font en même temps.

— Tu savais que Visconti avait une maison, la Colombaia, tout près d'ici ?
— Non. Mais en quoi ça… ?
— Laisse-moi te raconter. J'aimais bien Luchino. C'était l'aristocrate le plus radical que j'aie jamais connu. Bien plus que moi, en réalité. Et d'un chic ! Tous les jours, un barbier venait le raser. Monsieur le comte ne se levait qu'une fois son café déposé sur la table de nuit, ses rideaux ouverts par une main douce et experte, masculine de préférence. D'ailleurs, il ne se levait pas vraiment, même après le rituel coutumier, à moins d'avoir des rendez-vous matinaux : il restait au lit où il écrivait, prenait des notes et esquissait des mouvements de scène pour ses films et ses opéras jusqu'à 3 ou 4 heures de l'après-midi. Le soir on se rencontrait à Forio, au Bar Internazionale da Maria, au Bar Italia ou O Rangio Fellone – où nous avons été charmés un soir par une très jeune cantatrice inconnue qui se faisait appeler Baby Gate. C'était le premier nom de Mina, devenue par la suite une véritable diva.

« Je me souviens aussi de Zeffirelli, magnifique à vingt ans – quinze de moins que le Maestro. La beauté était une donnée essentielle de ses passions ! Mais son trophée reste l'acteur Helmut Berger, protagoniste de ses films les plus troublants, qui me disait, Luchino est un sadique et un masochiste. En amour et dans le sexe, il aime dominer. Pourtant il sait ce qu'il fait, et souvent c'est exactement la chose à faire.

« Nous parlions en anglais, mais quand Helmut voulait me dire quelque chose d'intime il passait à l'italien, *Con me, per esempio, non si è sbagliato mai*, Avec moi, par exemple, il ne s'est jamais trompé. Luchino était son amant, son père, son frère, son protecteur. Il le défendait contre lui-même et aussi contre le reflux terrifiant de cette *Dolce Vita* romaine qui avait tout emporté. Encore maintenant – j'ai lu dernièrement une interview de lui –, ce garçon n'en revient pas d'avoir été choisi ni d'avoir été abandonné. Tu sais, Berger, c'était le plus beau garçon du monde, le *fascino* à l'état pur, le phallus le plus blond, le plus obscur aussi. Visconti, collectionneur de phénomènes, de prodiges et de chimères, ne pouvait pas l'épargner. Il ne pouvait que le cueillir, le façonner et l'aimer, puis l'humilier, pour le rétablir chaque fois sur le piédestal qu'il lui avait érigé. Il y avait comme une complainte de colombe blessée dans certains mots de Berger. Luchino, disait-il, lui avait appris à se tenir, à penser, à s'habiller, tout. Il adorait ça, il aimait cette violence et cette brûlure qui les calcinaient. *Storie d'amore féroce, dente per dente*, histoires d'amour féroce, dent pour dent... c'est de ça qu'il faut que je te parle aussi, de la place que la sexualité a eue dans ma vie, avec les femmes, avec les hommes... pas maintenant.

Saverio, Ischia, automne 2010

Quelques tables en bois nu sur les rochers, la mer au bord des chaises, une maison en pierre sèche et une bonne femme ronde, jeune, échevelée. Le garçon lui sourit, elle lui parle en napolitain, lui claque le bras d'un coup de torchon. La femme entre dans la cuisine et en ressort encombrée d'assiettes, de couverts et d'une nappe à carreaux. Des calices en verre grossier et un carafon de vin.

Le garçon demande à Saverio s'il veut un peu de compagnie. Saverio remplit son verre. Ils boivent le vin de l'île, parfumé, violent. À jeun, la tête commence à tourner dès la deuxième gorgée.

La mer luit, douce, régulière. Sous la table, Saverio voit les pieds du garçon, les beaux pieds durs et agiles, souples et légers de la jeunesse. Il l'envie d'avoir des pieds si bruns, si prompts. Le garçon détourne son visage au moment où la serveuse, martelant la poussière, revient portant deux grandes assiettes remplies de spaghetti aux palourdes.

Saverio mange sans faim mais avec plaisir, comme si, arrivé là, il ne pouvait plus refuser. En silence. Il pense aux pieds du garçon en face de lui. Il aimerait les prendre dans ses mains, les caresser. Les poser contre son torse, sentir battre les fines veines bleues des chevilles sous ses doigts. Avoir contre sa peau leur plante dure, noircie, craquelée. Fermer les yeux.

Après un *ristretto*, il paie pour tous les deux puis revient lentement sur la plage. Le sable est brûlant. Le garçon l'y rejoint. Saverio s'allonge les bras sous la tête et s'endort. Quand il se réveille le garçon est parti, un bout de papier est posé sur sa poitrine, *Mi chiamo Antonio ma tutti dicono Nino, questo è il mio telefono, chiamami se vuoi*, Mon nom est Antonio mais tout le monde dit Nino, je te laisse mon téléphone, appelle-moi si tu veux. Saverio le froisse, le défroisse, le relit et finit par le mettre dans sa poche, puis remonte à la Torre Cane.

Il fuit ses démons pour en rejoindre d'autres, tout autour ils dansent et ricanent, se moquant de lui. La nuit dernière il a fait un rêve horrible, un cauchemar si concret qu'il se demande encore à quel point il n'était pas réel. Une présence muette se tenait au pied de son lit, silhouette éclairée par la lune qui ne projetait aucune ombre sur le mur. De cet être abominable émanait une force terrible, celle du mal.

Le chapelet qu'il garde toujours sous son oreiller lui avait échappé des mains. À genoux, il l'avait cherché et serré fort. L'ombre était restée quelques instants encore, puis s'était dissoute. Dans la nuit tiède, Saverio s'était remis au lit en claquant des dents.

21 juin 1963, **fumata** bianca, *fumée blanche, au Vatican. Giovani Battista Montini est élu deux cent soixante-deuxième pape de Rome*

Au cardinal doyen qui lui demande s'il accepte la charge qui lui est confiée, l'archevêque Montini répond, *Accepto in nomine domini*, J'accepte au nom du Seigneur. À la question portant sur le patronyme, il répond, *Vocabor Paulus*, Je m'appellerai Paul. Le nouveau pape se nomme donc Paul VI, en hommage, dit-il, à saint Paul et à Paul V. Quelques années plus tard, l'écrivain Roger Peyrefitte racontera que c'était plutôt en hommage à Paolo Carlini, un acteur célèbre pour ses cheveux roux, qui, selon ses proches, ne faisait pas mystère de sa tendresse pour le prélat.

Malgré les bienheureux qui s'étaient appelés ainsi avant lui, Paul était un nom lourd à porter.

À la Renaissance, le pape Paul III en 1534, puis le pape Paul IV, en 1555, s'étaient déjà illustrés par leur homosexualité. Ce n'était pas une rumeur, ni même un scandale, juste une constatation officielle. Le premier, père d'un duc resté célèbre pour la défloraison d'un évêque adolescent qu'il avait violé sous les yeux de ses gardes, et qui était mort – empoisonné ? – quelques semaines plus tard, avait protégé le crime de son fils. Le second, fauteur de l'index des livres, avait envoyé au bûcher de trop jolis garçons tout le long de son ministère et avait été haï au point qu'à sa mort son corps avait été volé par les Romains et jeté dans le Tibre. Au cours des siècles, la longue cohorte de papes lubriques et cruels – le fameux Borgia –, sodomites – Léon X et Giulio II della Rovere –, et népotistes, n'avaient certes pas fait honneur à la filiation de saint Pierre. Une Église corrompue, putride, dépravée que l'on a mise sur le compte des périodes troubles. Aussi troubles que celle qui s'annonçait au début de ces années soixante.

Ce nouveau pape s'appellera donc Paul VI, en italien *Paolo sesto*, surnommé *Paolo mesto*, Paul l'Éploré, à cause de sa lugubre obsession pour le diable et le péché. Dans une homélie du 29 juin 1972, il évoque textuellement son grand ennemi : « La fumée de Satan s'est répandue dans le temple de Dieu à la suite du concile Vatican II. On croyait qu'après le concile le soleil brillerait sur l'histoire de l'Église. Au lieu de soleil nous avons eu nuages, tempête, ténèbres, incertitude. »

Ce concile marque la rupture entre la tradition et une nouvelle conception de la croyance axée sur la libre conscience, censée rendre l'Église plus proche des fidèles. Il va devenir l'épine dans le pied de Paul VI, ainsi que celle de plusieurs papes à sa suite.

Mais ce n'est pas le seul combat de ce pape, qui entretient par ailleurs une lutte épuisante avec les réalités de la chair – la sienne et celle des fidèles –, bagarre acharnée qui le voit succomber régulièrement à la dépression. Une guerre qui mêle luttes de pouvoir et désir de contrôle, car déjà du temps de son archevêché milanais il avait demandé aux éditeurs du quotidien *Il Corriere della Sera* de se débarrasser de deux plumes trop alertes à son goût, celles d'Alberto Moravia et d'Indro Montanelli. Et puis il y a aussi l'ombre de sa proximité avec Michele Sindona, le banquier sicilien avec lequel l'IOR, la banque du Vatican, entretient des rapports plus qu'étroits. Argent, besoin de domination, influences opaques et noirs secrets.

En avril 1976, à la sortie en France du livre de Roger Peyrefitte qui met en cause son homosexualité, les catholiques organisent des séances de prière de soutien dans le monde entier. Le dimanche des Rameaux, du haut de son balcon place Saint-Pierre, le pape se plaint des horribles rumeurs que l'on fait courir sur sa personne. Un cortège gay est alors organisé à Rome, au cours duquel les manifestants crient, *Il papa con noi*, et, Montini, nous luttons aussi pour toi.

Malheureusement, au cours des dernières années la société n'est pas du tout allée dans le sens souhaité par la hiérarchie ecclésiastique : la loi sur le divorce, votée en 1970, lacère le cœur de Paul VI lorsqu'il se rend compte que les foudres du Vatican n'ont plus l'effet escompté sur le peuple italien. La bête immonde et ses suppôts font des progrès.

En 1978, les articles polémiques de la revue jésuite française *Études* reconnaissent à la femme le droit de ne pas procréer si elle n'en a pas la volonté. La loi sur l'avortement est votée cette année-là. Le diable, c'est connu, a toujours eu une certaine facilité à s'établir d'abord en terre de France, mais l'Italie elle-même vogue désormais bien loin des valeurs chrétiennes en vigueur une dizaine d'années à peine auparavant, à l'époque de la canonisation de Maria Goretti, la vierge martyre poignardée à douze ans pour s'être défendue au cours d'un viol. Histoire exemplaire à l'heureux dénouement puisque, une fois la jeune morte béatifiée, son meurtrier sorti de prison avait assisté à la procession de sanctification de sa victime avant de faire pénitence le reste de sa vie dans un couvent de moines capucins.

Enfin, la participation du fils de l'un de ses collaborateurs à l'enlèvement et à l'assassinat d'Aldo Moro portera à Paul VI le coup de grâce.

Pendant le temps que durera son pontificat, Montini se montrera inquiet, aigri et angoissé, mais même vieux et perclus de rhumatismes il gardera le goût de recevoir en audience privée les plus ravissants acteurs de théâtre et de cinéma.

Avait-il connaissance des anecdotes sur son compte, telle celle concernant un groupe de jeunes prêtres rencontré dans les jardins du Vatican en train de réciter *Salve Regina* et auquel, surpris, distrait et bénissant, il aurait répondu, *Salve a voi, ragazzi*, Bonne journée à vous aussi, les enfants ? Une blague ô combien cruelle, mais ce qu'on murmure sur son compte est bien pire, né des prétendus secrets éventés par la *buoncostume*, la police des mœurs, à propos d'obscurs épisodes de son adolescence.

La coutume de jeter le trouble sur les attitudes sexuelles des papes est aussi ancienne que le Vatican lui-même. Néanmoins, à quel point Giovani Battista

Montini était-il au courant de tout ça, et à quel point en souffrait-il ?

Son style est inimitable. Il n'y a, dit-on, que la Callas pour donner autant d'ampleur, de grâce et d'élégance au simple geste de s'enrouler dans un châle.

Ce 21 juin 1963, le nouveau pape vient de voir triompher à Cannes *Le Guépard*, film de Visconti où un jésuite aux manières onctueuses fait la morale au dernier guépard, prince sicilien lascif et infiniment sensuel. Le prêtre l'attaque, s'excuse, frappe à nouveau, revient sur ses pas, renouvelant ses assauts, puis finit par abandonner et donner une serviette au prince dévêtu, en essayant de ne pas voir sa nudité. C'est là tout ce que Paul VI abhorre et dont il a peur, la corruption des principes, l'impureté des corps. L'ordre bouleversé.

Le pape mourra le 6 août 1978, quelques mois après Aldo Moro.

Certains esprits troublés racontent que la silhouette noire de Lucifer a été vue en train de danser une java diabolique sur le mausolée de Paul VI, parmi les ombres envahissant les grottes du Vatican où son corps est conservé. Il ne reste qu'à espérer que son âme ait, elle, trouvé le repos.

Villa Paradis, Cannes, mai 1960, nuit

La douceur de l'air a incité les femmes à laisser leurs étoles dans leur chambre d'hôtel. Fourreaux noirs, robes en lamé, elles se pressent au bord d'une piscine dans laquelle elles pêchent des bouteilles de champagne, se penchant dangereusement, poitrine presque à l'air.

Soudain l'une d'elles bascule, suivie d'un homme en smoking. Caresses mouillées, baisers surpris sur des lèvres rieuses, mises en plis trempées, gaieté et trouble mêlés, les invités qui plongent les uns après les autres transforment la soirée en une orgie candide, drôle et de bon aloi, bien éloignée de celle, amère, désenchantée, qui clôt *La Dolce Vita*. Les robes deviennent transparentes, fleurs déployées sous lesquelles on devine les corps ; les hommes se débarrassent de leurs costumes noirs imbibés et s'empressent d'aider les sirènes improvisées pendant qu'elles crient en se débattant, Rimmel défait et rouge à lèvres délavé.

Marcello Mastroianni suit tout ça en fumant, un sourire énigmatique à peine esquissé. Un journaliste français l'interpelle, le traite de jeune premier et lui demande s'il veut bien se laisser interviewer. Marcello acquiesce. On devine, sous la bonne éducation, son envie de rester seul, tranquille, à contempler d'un peu loin cette victoire qui va changer sa vie. Mais, moue ironique et manières parfaites, il répond, Oh oui, j'adorerais ça, comme se moquant de lui-même et du monde entier. Le journaliste le questionne sur le tollé que *La Dolce Vita* provoque depuis quatre mois, est-ce que ça le gêne, et qu'en pense-t-il ? Marcello n'en pense rien, tous ces gens finiront par se fatiguer et trouver un autre sujet d'indignation. Il dit tout cela en français – un français italianisé, un accent charnel de *r* roulés et d'encoignures émoussées –, avec les paraphrases de quelqu'un qui ne comprend pas tout à fait mais qui est prêt à donner raison, Oui, oui, c'est exact, et maintenant puis-je fumer ma cigarette tranquillement... enfin, avoir la paix ?

Plus tard, appuyé au tronc d'un arbre, sa cigarette toujours à la main, il répond à une jeune femme intimidée qui ânonne les mêmes questions que le journaliste précédent. En parlant, il passe distraitement une main sur son torse, caressant sa poitrine dans un geste qui laisse la femme sans voix. Une pause, puis Marcello murmure quelque chose qu'il répétera souvent tout au long de sa carrière, Vous savez, tout ça, des admiratrices qui m'écrivent des lettres enflammées, les aventures que l'on m'attribue... n'y croyez pas. Je ne suis, en réalité, qu'un énorme malentendu.

3 janvier 1955. Rome, palazzo Valfonda

Dans les grandes salles voûtées de l'étage noble, la fête pour les trente ans de Malo donne des signes de fatigue. Les valets bâillent bouche fermée sous la poudre qui craquelle leurs joues, les musiciens ont mal aux doigts, le champagne se tarit dans les seaux en argent, on ne trouve plus de glace dans les cuisines ravagées.

Dans les appartements de Malo, les lourdes tentures et les profonds tapis absorbent les bruits.

Une suite de pièces obscures. Les lampes voilées de rouge jettent des lueurs funèbres sur les tapisseries qui couvrent les parois. Des bouquets de lis musqués montent des parfums entêtants qui prennent à la gorge. Dans le salon une cheminée monumentale, l'odeur de bois brûlé se répand dans l'enfilade de chambres aux portes ouvertes. Des peaux d'ours blanc et de panthère posées pêle-mêle sur les marbres noirs du sol s'élèvent des miasmes de fauve mouillé. Les tubéreuses et les longues branches de jasmin qui encombrent les urnes rendent l'air irrespirable. Parmi toutes ces senteurs il y en a une étrange, plus rare, douce-amère. Elle provient d'une méridienne tournée vers un mur où deux toiles sont accrochées côte à côte, deux études d'une cinquantaine de centimètres chacune. Sur l'une, le visage de Marie Madeleine en extase émerge d'un fond sombre, uni, doigts croisés comme en prière, lèvres mi-ouvertes, yeux clos. C'est un tableau simple, quelques drapés, un visage, le pli du cou très blanc. Le deuxième est beaucoup plus complexe. Au centre, la figure de saint François s'abandonne, dans une chemise blanche en guenilles, entre les bras d'un ange. Le fond suggère un lac sous la lune, et sous le corps du saint il y a un lit de feuilles sèches.

Des murmures viennent de la méridienne. Une femme et un homme chuchotent, la femme rit tout bas, comme pour ne pas réveiller quelqu'un qui dort.

Assis en lotus sur le velours brun, simplement vêtu d'un pantalon de soie rouge, Malo roule dans sa main gauche une résine noirâtre dont il fait une boulette serrée. Il l'enfile ensuite au bout d'une aiguille dorée, l'allume sur une bougie que la jeune femme nue lui tend et en bourre la longue pipe qu'il tient entre les lèvres. La jeune femme éternue, Malo sourit puis lui passe la pipe, ils fument en silence, et, lorsque la boulette est réduite en cendres, le même rituel recommence. La fumée plane dans la pièce, Malo se lève et va dans une chambre contiguë où, au milieu d'un énorme lit à baldaquin au ciel sculpté d'*amorini* et nymphes, dorment enlacés deux garçons minces et une très jeune fille, tous les trois blonds et satinés comme des poulains de la même écurie. Les oreillers et les draps brodés au blason des Valfonda sont tombés à terre, les tables de nuit débordent de hautes flûtes, une poudre, cocaïne ou héroïne, trouble le champagne resté au fond. La cendre froide des cigarettes allumées puis laissées à se consumer dans les cendriers en cristal souille l'albâtre des tablettes. Malo écarte la fille et l'un des garçons, s'étend près de l'autre et fait signe à sa compagne, restée debout près du lit, de s'approcher. Elle sourit, un sourire de chérubin, malicieux et suave, et susurre, Bon anniversaire, Malo adoré. Le prince lui sourit en retour, serre le garçon dans ses bras et répond, Merci, ma Francesca, viens près de moi maintenant. Il n'y a pas de raison que je sois le seul à avoir des cadeaux.

Un bruit de portes au loin et la musique de la fête qui continue dans le palais parviennent ouatés jusqu'aux appartements du jeune prince. Des rideaux tirés filtrent les premières lueurs de l'aube, mais Malo n'en a cure. Ils sont tous réveillés dans le grand lit. Deux filles, trois garçons aussi beaux, aussi purs que les figures du Caravage dans les deux études. Le peintre aurait sans doute aimé en faire les portraits.

Torre Cane, Ischia, automne 2010

Quand tout cela a-t-il commencé ? À quel moment a-t-elle embrassé son visage en ricanant ? La première fois que la bouche d'une femme n'a pas su le réveiller ? Ce moment où la fatigue a pris le pas sur l'appétit, le sommeil sur la jouissance, l'essoufflement sur la curiosité ?

Quand Malo a-t-il compris que la mort approchait ?

Il a traversé sa vie comme Gianni Agnelli, le condottiere mythique de la Fiat, une cigarette, un cigare, un joint, une pipe d'opium dans une main, et une coupe de champagne dans l'autre. Une blonde à son bras droit, une brune à son bras gauche. Pas un jour qu'il n'ait eu les mains pleines, et l'appétit, et la soif, et l'envie qui vont avec.

Pour l'heure, pourtant, le prince vaincu ne désire qu'une douche après une nuit de souffrance pleine d'ombres, lourde de médicaments. Il ne rêve que de jets d'eau claire pour nettoyer son corps de la merde qui maintenant commence à répandre ses miasmes dans l'air parfumé de jasmin. Mais cette merde, c'est encore la vie, et il préfère ça à ce qui viendra ensuite.

Il connaît Saverio, son inflexibilité. C'est pour cela qu'il l'a convoqué. Pour que rien ne lui soit épargné, dans la mortification de la chair comme dans celle de l'esprit. Saverio l'écoutera, et si le prêtre l'absoudra, l'homme le condamnera. Le prince espère que le poignard dans la main du fils du régisseur de ses domaines n'hésitera pas.

Que la mort vienne, mais qu'elle cesse de le narguer, lui ôtant son ultime dignité. Qu'elle vienne mais qu'elle fasse vite, et que l'homme qu'il a choisi pour la lui donner ne marchande pas cette délivrance qui lui fait, désormais, moins peur qu'envie. Il faut parler, tout dire, avouer, tant qu'il est temps. Le temps… encore une journée, s'il vous plaît, encore une nuit. Le temps de raconter, même en louvoyant, en esquissant, en esquivant. Le temps pour que Saverio comprenne, pour qu'il sache, enfin, tout ce qui n'a jamais été dit.

Ce matin le prince n'a pas la force de se lever. C'est son confesseur qui vient à son chevet.

— Peux-tu fermer les rideaux, s'il te plaît ?

Un plateau à la main, Saverio reste immobile, embarrassé. La table de nuit est encombrée de verres à moitié pleins, de pilules et d'un vase dans lequel des roses blanches s'effeuillent sur le plancher. Malo rit, tousse un peu, rit encore :

— Pose-le par terre. Oxford, mon cher, Oxford : pas de chichis, pas d'embarras. Simplicité égale efficacité.

Saverio s'exécute. La chambre baignée de la lumière du matin retombe dans la pénombre.

— Je ne sais pas, Saverio, si tu as mérité le tourment d'être là. Pour moi, ta présence est déjà un châtiment. Donc, merci de tout cœur, si toutefois tu crois encore que j'en ai un.

Une toux sèche, furieuse, secoue sa poitrine décharnée. Saverio ne fait pas un geste. La quinte s'arrête. Le prince récupère, à nouveau sa voix s'élève. Grêle, fragile, inusable pourtant.

— Chacun son rôle, mon cher, le mien celui de l'homme indigne, le tien, de l'homme indigné.

Malo reprend son souffle. Puis, rauque murmure, au point que Saverio doit se rapprocher :

— On va procéder par ordre, ce matin. Enfin, autant que cela puisse se faire. Tu le sais, je suis né le 3 janvier 1925, jour où Mussolini a prononcé cette phrase qui est devenue une ligne de partage des eaux dans notre histoire commune : *Si le fascisme est une association de délinquants, je suis le chef de cette association.* Mère a été ravie de cette déclaration, même si elle n'en a pris connaissance qu'une fois relevée de ses couches. Père, en revanche, voyait cela autrement. Tu as bien connu don Alessandro, tu l'as aimé. Tu n'as pas été le seul. Tout le monde l'aimait, et lui aimait le monde entier. Moi, je n'ai hérité ni des convictions de père ni des certitudes de mère.

Un silence. Une gorgée d'eau.

— Toute ma vie, je n'ai cru qu'au plaisir, je n'ai aimé que la sensualité, idolâtré la jouissance, le délice de la chair, son exaltation. Toute autre croyance m'a été étrangère. Je n'ai jamais été volontairement mauvais, mais seulement parce que la méchanceté, le malheur sont laids. Mon existence a été régie par la beauté, celle des femmes, des hommes, des œuvres d'art, des objets, des voitures, des bateaux, de la mer, du monde. Pas un seul jour ne s'est éteint sans que je n'en aie été ébloui. Pas une nuit sans que je ne me sois endormi écrasé de bonheur, le désir chevillé au lendemain. Il faut avoir faim pour ça, ce n'est pas donné à tout le monde de dévorer la vie comme je l'ai fait. Peut-être cela n'a pas été que de mon fait, peut-être la cause en a été ce mal, cette tuberculose osseuse qui m'a cloué au lit une partie de mon enfance. Mère en était à moitié folle. Le seul garçon, après deux filles ! Tu connais mon rôle dans la famille.

La toux, encore. Le majordome se précipite avec la bonbonne d'oxygène, le prince le renvoie d'un air excédé, continue de tousser. Saverio détourne les yeux, attend. Le prince recommence à parler.

— J'étais à peine sorti de la maladie que mère m'emmenait déjà choisir ses robes, allant jusqu'à me demander mon avis. À sept ans ! Comme je me sentais fier, et important ! Elle était très jalouse de moi, aussi, une louve avec son petit. La *sartoria* Montorsi se trouvait via Condotti, à cinq minutes du palais. On y allait à pied, moi souvent titubant après une de mes attaques – mais elles s'espaçaient de plus en plus –, mère de son pas altier, l'air dédaigneux collé au visage, sous la voilette mouchetée. Elle avait un sens aigu de sa place dans la société, elle se sentait supérieure aux autres mortels. Et elle l'était réellement ! À l'époque, tu le sais, il subsistait un parfum d'un autre âge sur nos existences. Même si nous n'avions plus pouvoir de vie ou de mort sur nos sujets, il restait encore quelque chose de la domination passée. Aujourd'hui, on trouverait ça intolérable, son dédain, son arrogance. À mes yeux elle était simplement fabuleuse, cette mère si dure pour tout le monde et qui pour moi, et rien que pour moi, était du miel. Même père n'avait pas droit à la douceur de ses baisers, tout au moins en public, et mes sœurs, sûrement pas. Qu'elle était belle dans l'écrin de la *sartoria* Montorsi ! Une taille enserrée dans un long busc rigide, des seins légers de jeune fille, des hanches et des jambes de cavalière. J'aimais pénétrer, ma main dans la sienne, à l'intérieur de ces lieux tapissés de miroirs dorés, aux rideaux vieux rose et vert amande, avec des paravents et des cabines en bois comme dans les maisons françaises. On y cousait sur mesure jusqu'aux culottes, gaines et soutiens-gorge, porte-jarretelles, gants, fourrures, vêtements pour le tennis et le ski. Les demoiselles qui essayaient les robes me prenaient sur leurs genoux. Odeurs de poudre, parfum, un peu de sueur talquée dans la chaleur. Maman avait les yeux qui changeaient de couleur quand les filles m'embrassaient. Leurs caresses, leurs baisers sont pourtant les plus purs que j'aie jamais reçus. Plus tard, je suis retourné chez les couturières avec Paolina, ma première femme. Elle s'habillait chez les sœurs Fontana, Schubert et Irene Galitzine… chez Simonetta Visconti aussi. Tu n'as pas connu Paola, ma Paolina, toi. Tu venais à peine de naître. J'ai été fou d'elle comme de personne auparavant. Jeune fille de l'aristocratie d'un autre temps, ursulines et précepteurs, leçons de chant, équitation, piano. Pour la première fois, l'accord entre mon cœur et mon corps se faisait.

Saverio se penche pour se servir une tasse de café, en offre au prince qui hoche la tête d'abord, puis la secoue :

— Finalement non, pas de café pour moi, ce matin. Mais toi, ne t'en prive pas. Et mange quelque chose, aussi. Moi, je préfère parler.

Le jésuite boit son café, prend une bouchée de brioche. Pendant un instant, son visage rappelle d'une manière frappante celui de don Emanuele.

— Paola avait quinze ans à la fête que mère avait organisée pour mes trente ans. Une fête comme il n'en existe plus, le palais allumé de dix mille bougies, les salons gorgés de fleurs fraîches qu'on avait fait venir par avion – nous étions en plein hiver –, les feux brûlant dans toutes les cheminées, au point que les fenêtres devaient rester ouvertes tellement il faisait chaud, les jardins illuminés par les lampions chinois, les laquais en livrée aux couleurs de la maison dans l'escalier que j'ai gravi sur un cheval noir, cadeau de papa, le plus bel étalon de ses écuries. Encore maintenant, tu sais, les descendants de Tender is the night gagnent beaucoup de trophées. Ce soir-là, toute la noblesse d'Europe était réunie, les Ruspoli, amis de maman, les Colonna, Orsini, Sacchetti, Massimo, Gaetani, Patrizi Naro Montoro, Serlupi Crescenzi, mais il y avait aussi les représentants des grandes maisons autrichiennes et françaises, espagnoles et portugaises, et évidemment les Mérode, parents de mère. Elle comptait bien que j'y trouve une femme à épouser et à qui je fabriquerais un héritier, désespérée qu'elle était par ma nonchalance et mon... *Hellraising*.

— Je ne comprends pas.

— On peut traduire ça par... mon joli sens du foutoir. Tu sais, à l'époque les gens que je connaissais mêlaient toutes les langues. C'était notre *private joke*, notre jargon à nous. Ridicule, quand j'y pense. Gianni Agnelli en devenait incompréhensible, c'était sa période dissipée, juste avant son accident de voiture, avant de trouver sa place au sein de l'entreprise familiale. Paola n'était pas princesse. Elle était néanmoins baronne, et pour mère cela suffisait. Et quand bien même... Au milieu de toutes ces femmes – de tous ces hommes aussi – qui seraient tombées dans mon lit au moindre claquement de doigts, Paolina était un ange. Une petite fille sérieuse au cou de cygne et aux yeux de bleuet, une crinière de cheveux cendrés nattés, les mains longues, les poignets menus, des jambes de trotteur, des pieds de danseuse un peu en dedans qui lui donnaient une démarche très sexy. Un mélange d'innocence et de malice, d'effronterie douce et d'enfant sage. Ce qu'elle était. J'ai attendu quatre ans pour en faire ma femme. Quatre ans pendant lesquels je lui ai fait une cour à l'ancienne, pudique et charmante, pendant que, de l'autre côté, je baisais tout ce qui passait à ma portée. La nuit de mon anniversaire s'est évidemment terminée dans mes appartements, avec deux garçons à tomber de beauté et la plus dévergondée des princesses, un volcan, un démon. Mais c'est à Paola que je pensais en fumant ma pipe d'opium, en regardant mes compagnons s'embrasser, se caresser, s'aimer, enfin, baiser. Nous sommes allés assez loin au cours de ces heures, l'alcool et les drogues aidant. Francesca, notre princesse putain, est morte quelques années après, enfermée dans un asile, laide et famélique, elle qui était la flamme même. De mes deux compagnons, l'un est devenu alcoolique, l'autre a péri encore jeune, même pas trente ans, dans un accident de polo. Mon pauvre Saverio, je te raconte tout ça, je sais à quoi tu dois penser. Mais il faut que tu comprennes la vie que j'ai menée. Ainsi seulement tu pourras trancher. Je t'obligerai à me juger en pleine connaissance de cause. Rien ne te sera épargné.

— Don Emanuele, c'est pour ça que je suis venu.

— Revenons-en à mon père. À l'époque de ma naissance son meilleur ami était Piero Gobetti, qu'il allait régulièrement visiter à Turin. Père me racontait souvent comment Gobetti avait été brutalisé par un groupe de *squadristi*, des hommes de main de Mussolini, au retour de son mariage, encore en habit de cérémonie ! Et ses lunettes brisées, et les sanglots de sa femme qui cherchait à les rafistoler ! Lorsqu'il est mort exilé en France, sans que père puisse faire quoi que ce soit pour lui, il l'a pleuré comme on pleure sur la liberté assassinée. Ce sont ces mots précis que père a utilisés. C'est drôle, tu sais : au cours de mon enfance je priais indifféremment mon ange gardien et Gobetti ; il me semblait qu'ils devaient habiter au même endroit.

— C'était qui, Piero Gobetti ?

— Pffouu... trop long à t'expliquer... un homme qui croyait au bien commun et à la démocratie. L'archange de la politique italienne. Un martyr. Encore un.

Raclement de gorge. Une pause.

— Mais ce qui mettait le plus en rage don Alessandro, c'était le meurtre de Matteotti. Il disait que, le jour où les beaux yeux bleus toujours un peu surpris du député socialiste s'étaient fermés, l'Italie avait perdu une de ses plus belles étoiles. L'un de ses meilleurs atouts politiques aussi. Père, don Alessandro, avait une foi inébranlable dans le rôle que notre pays pouvait jouer dans le monde. Moi, ce sont plutôt des hommes comme Enrico Mattei que je regrette, des Italiens qui abhorraient les pantalonnades de la commedia dell'arte, et qui en abomineraient ses caricatures actuelles.

— C'est de la science-fiction, don Emanuele, ce dont vous me parlez. Une autre Italie, ça n'existera jamais.

27 octobre 1962. Campagne de Pavia au crépuscule, platanes, brume et fumée

Il pleut à verse lorsque la tour de contrôle de Linate, à Milan, perd le contact avec le Morane Saulnier 760 à l'approche. *India sierra november alpha papa, passo… India sierra november alpha papa, passo… emergenza emergenza.*

Des fragments de l'avion tombé dans la campagne se lève une fumée noire. C'est la nuit, il pleut encore, les paysans ont vu une boule de feu dans le ciel mais ce n'était pas un éclair, et le bruit qui a suivi n'était pas un coup de tonnerre.

Le premier arrivé sur les lieux a trouvé par terre un gant, avec une main dedans. La montre était de marque, celui qui la possédait pouvait se le permettre puisqu'il s'agissait de l'homme le plus important d'Italie. Il pouvait se permettre cette montre et dix autres, et un avion privé, et de prendre son téléphone et semoncer un ministre. Il pouvait se permettre des call-girls très chères et des maisons remplies d'objets d'art, mais il n'avait ni le temps de déshabiller les unes ni celui d'habiter les autres. Le soir il s'endormait, épuisé, tout habillé dans le lit d'une chambre d'hôtel, le matin il se brossait les dents, prenait une chemise propre dans sa valise et repartait. Il n'avait que le temps de voler d'un puits de pétrole à une raffinerie, d'un oléoduc à un gisement, d'une réunion à un déjeuner d'affaires à Paris, Rome, Tunis, Moscou.

Il s'appelait Enrico Mattei, né en 1906 dans une famille pauvre des Marches, et il était en train de faire de l'Italie l'un des centres névralgiques de l'énergie mondiale, au grand dam des sept sœurs – Esso, Shell, BP, Gulf, Texaco, Mobil, Chevron – du cartel et contrariant même de Gaulle qui voyait compromis les intérêts de la France en Algérie.

Enrico Mattei était le président de l'ENI, *Ente Nazionale Idrocarburi*, l'Institut national italien des hydrocarbures, sorte d'héritage mussolinien obsolète – *un vecchio carrozzone sfasciato*, une vieille pétaudière disloquée – qu'il avait été chargé de liquider à la fin de la guerre. Mais, en visionnaire obstiné, Mattei avait remonté l'ENI morceau par morceau et l'avait transformé en une institution moderne qui avait commencé à gagner de l'argent, d'abord en exploitant les richesses des sous-sols nationaux, puis négociant des accords afin de disposer de celles d'autres pays.

C'était un homme qui travaillait pour l'État, se battait contre la politique capitaliste des élites mondiales et croyait au bien commun, un ancien partisan qui achetait du pétrole à la Russie et injectait de l'argent en Algérie juste au moment où s'affirmait la volonté d'indépendance du pays.

C'était l'homme à abattre.

26 octobre 1962. Il fait encore chaud en Sicile, l'automne est long et doux sur l'île. Enrico Mattei vient

de quitter le village de Gagliano Castelferrato où ses équipes de techniciens ont trouvé du pétrole. Du balcon de la mairie, un haut-parleur à la main, il dit aux gens qui l'acclament sur la place de faire revenir tous les membres de leur famille qui ont émigré, car on a de nouveau besoin de bras. Il y aura du travail pour tout le monde, leur trésor ne sera pas volé.

Mattei a passé deux jours entre Gela et Catane, entouré de personnalités locales et de journalistes. Ce soir-là, c'est le reporter de l'hebdomadaire américain *Time* William McHale qui va monter dans le Morane Saulnier. Le *Time* est très critique, très agressif quand il parle de l'ENI, et Mattei, agacé, voudrait expliquer, justifier sa position et ses agissements auprès de ce journaliste qui lui semble plus réceptif que d'autres. Il le persuade de prendre place avec lui dans le petit avion, lui promettant de le faire raccompagner le soir même à Rome où sa femme l'attend. McHale accepte et monte à bord, alléché par le tête-à-tête que promet le voyage. Il pourra enfin poser toutes les questions auxquelles l'homme pressé qu'est Mattei n'a jamais le temps de répondre. Le temps, encore lui. Mattei n'en a jamais assez. Il ne sait pas que dans quelques heures il ne lui en restera plus du tout.

De quoi parlent les deux hommes pendant l'heure et demie que dure le vol ? Mattei raconte-t-il à McHale sa parabole préférée ? J'ai vu un jour, encore jeune, une scène que je n'ai jamais oubliée, commence-t-il invariablement. Une scène qui a marqué le reste de ma vie, continue-t-il, prenant son élan. Il y avait des chiens en train de manger, tous ensemble, dans le même plat. C'étaient de très gros chiens, mais comme ils se valaient tous en force et en taille ils ne se faisaient pas la guerre pour la nourriture. Et puis un chaton minuscule est arrivé. Tout tremblant, maigre, affamé. Lentement, très lentement, il s'est approché du plat où les chiens plongeaient leurs gueules et, très lentement, toujours en tremblant, il a mis une patte dedans pour s'emparer d'un petit morceau. L'un des chiens, sans même le regarder, l'a envoyé valser d'un coup de crocs. Le chaton a volé de l'autre côté de la pièce, la colonne vertébrale brisée, a tremblé encore un peu puis a rendu l'âme.

Ce ne doit pas être la première fois qu'Irnerio Bertuzzi entend cette histoire. Bertuzzi est le pilote préféré de Mattei, un expert, un type courageux qui a longtemps côtoyé la mort. Pendant la guerre, il a été membre de la fameuse escadrille Baracca, bonne étoile en arabe. Il faut croire que son capital de chance est épuisé. Il en aurait fallu une sacrée dose pour échapper à la brique de nitroglycérine placée dans le chariot, prête à exploser au moment de l'atterrissage.

Le désastre est classé comme « accident dû à une fausse manœuvre du pilote ». Pauvre Irnerio. Pauvre vieil héros de guerre fatigué, qui aurait baissé d'un coup le manche de l'avion alors que l'altimètre indiquait que l'appareil était déjà très bas, près de se poser la minute suivante – ce que le pilote avait ponctuellement annoncé à la tour de contrôle.

Même un débutant en proie à la panique ne fait pas ça, mais c'est pourtant cette thèse qui va être accréditée.

En 1970, le journaliste Mauro De Mauro rouvre l'enquête sur les derniers jours de Mattei en Sicile à la demande du réalisateur Francesco Rosi qui prépare un film là-dessus.

De Mauro est un type bizarre au nez cassé de boxeur et au visage ingrat, avec un regard mobile dans lequel brille une intelligence extraordinaire – il dicte ses articles de quatre-vingt-dix, cent lignes *a braccio*, c'est-à-dire parfaitement en place de la première lettre au point final, sans notes à l'appui. C'est aussi un proche de longue date du prince Junio Valerio Borghese, commandant de la 10e flottille MAS, unité indépendante qui avait soutenu jusqu'au bout Mussolini et les Allemands, héros de guerre et médaille d'or à la valeur militaire. De Mauro l'estime au point d'avoir donné les noms de Junia et Valeria à ses filles. Malgré son passé, le journaliste écrit maintenant pour *L'Ora*, un quotidien de Palerme très engagé à gauche.

Le 17 septembre de cette même année, Mauro De Mauro sera enlevé. Pas un seul de ses cheveux ne sera retrouvé. Dans des cas comme le sien, la mafia utilise l'acide pour dissoudre le corps, manière de nier à quelqu'un son existence par *sfregio*, par mépris.

Le soir de sa disparition, le journaliste tenait à la main une enveloppe orange dont on ne connaîtra jamais le contenu, contenu dont il avait fait part au procureur de la République de Palerme, Pietro Scaglione, le seul à qui il faisait suffisamment confiance.

Scaglione sera abattu le 5 mai 1971, sans avoir jamais révélé à quiconque la teneur de sa conversation avec De Mauro. L'enveloppe orange ne sera pas retrouvée parmi les documents que le procureur enfermait dans son coffre-fort au bureau.

Junio Valerio Borghese manquera son coup d'État le 8 décembre 1970, trois mois après l'enlèvement de De Mauro.

Francesco Rosi raflera le Grand Prix du festival de Cannes en 1972 pour son film *L'Affaire Mattei*. La musique, une bonne musique, qui accompagnait et soulignait bien le film, avait été composée par Piero Piccioni.

Alors, qui était Enrico Mattei ? Un aventurier ? Un patriote ? Un de ces Italiens indéfinissables ayant partout ses entrées, doué d'un charme infini et capable d'une infinie fureur, généreux mais n'oubliant jamais les affronts, habile dans l'utilisation de l'argent qu'il maniait sans presque le toucher, expert en manipulation bien que *super partes* cynique mais habité par un grand projet ? Le personnage ainsi décrit par Giorgio Bocca, grand journaliste à la longue carrière, ressemble-t-il vraiment à l'homme Mattei ?

Ou faut-il le voir, ainsi que le disait Indro Montanelli, autre grand journaliste, comme un *self-made man* que ses ambitions exposent à tous les compromis avec les régimes et les pouvoirs ? Quelqu'un qui pouvait affirmer sans honte, Les partis politiques sont pour moi comme des taxis. Je monte, je paye ma course et je descends ?

La mafia aurait-elle pu exécuter Mattei pour le compte des sept sœurs ? Mais Mattei, juste avant sa mort, paraissait avoir trouvé un accord viable avec le cartel.

Mauro De Mauro serait-il mort parce qu'il en savait trop sur le putsch Borghese ? Et encore, l'assassinat de Mattei et le putsch avorté auraient-ils pu être liés ?

C'est le général Carlo Alberto Dalla Chiesa qui coordonne l'enquête. À cette époque, il n'est encore que colonel. Un homme dur, travailleur acharné qui crève ses carabiniers à la tâche. Il y a une phrase des *Promessi Sposi, Les Fiancés*, d'Alessandro Manzoni, l'un des monuments de la littérature italienne, qui dit, « Si l'on n'a pas de courage, on ne peut pas se le donner. »

Dalla Chiesa possède tous les courages car il est convaincu d'être du bon côté et de faire ce qu'il faut, tous les jours, pour que la vérité avance. Méthodique, organisé, logique, Dalla Chiesa est un enquêteur hors pair, un obstiné. Un homme qu'on craint. Car, en Italie, ce ne sont pas les réponses qui font peur. En Italie, ce qui fait peur, ce sont les questions.

Torre Cane, Ischia, automne 2010

— Valerio Junio Borghese. Le Prince noir, le commandant de la 10e flottille MAS. Il était beau, ce type-là. De magnifiques yeux d'un bleu sombre, cils drus et cheveux auburn, des traits taillés à la serpe qui pouvaient pourtant exprimer une grande douceur. De belles mains, un corps accoutumé au sport – et au combat. Il devait avoir une trentaine d'années lorsque maman s'est entichée de lui. En tout bien tout honneur, cela va sans dire. Père ne pouvait pas le voir, évidemment. Tous les deux faisaient partie de l'aristocratie noire, l'aristocratie papale, mais c'était bien là leur unique point commun. Pourtant, tous les deux croyaient en une Italie meilleure. Seulement, les moyens qu'ils envisageaient pour y parvenir étaient aux antipodes.

— Je ne vous suis pas, don Emanuele. Pourquoi me parler de lui, maintenant ?

— Fais-moi confiance, nous y arriverons. Nous sommes, toi et moi, le produit de l'après-guerre – moi, avec la charge de ma naissance qu'il a fallu toute ma vie me faire pardonner, toi avec ta propre naissance, ton obsession pour le libre arbitre et ta croyance en Dieu. L'Histoire avec un grand H n'est pas uniquement le lien que l'individu entretient avec son temps.

Nous sommes tous ses otages, tu sais. Mais voilà que je te fais la morale. Enfin, que disais-je ? À propos de naissance... Junio Valerio Borghese pouvait se vanter d'avoir un pape, trois cardinaux et la sœur cadette de Napoléon parmi ses ancêtres. C'était une partie de son charisme, cette noblesse d'une si belle eau. Ses hommes auraient pu se faire couper en petits morceaux pour lui. D'ailleurs, ils ne s'en privaient pas. Je crois qu'ils en étaient fous.

— Vous voulez dire, quand il était commandant de la 10e flottille MAS ? L'escadron qui a torturé, pendu et assassiné aux côtés de la Gestapo jusqu'au dernier souffle, même après que la guerre était perdue ?

— Je sais ce que tu en penses. Tu es quelque peu soupe au lait, naïf même ! Tu penses que je l'aimais, moi ? Tu penses que je trouvais louables ses agissements ? Mais de quel côté crois-tu que je suis, dis-moi ?

— Par moments, vous me faites peur. Vous êtes trop... détaché.

— C'est mal me connaître, Saverio. Enfin... à la décharge de Junio, je dirais qu'il n'est jamais tombé dans le piège du parti fasciste, auquel malgré ses hauts faits de guerre il n'a pas adhéré. Mais je crois que c'est simplement parce qu'il était si snob que le côté populiste de Mussolini l'horripilait. Et puis c'était un soldat, pas un politique. La fierté, la dignité, l'orgueil et la gloire étaient les valeurs qui le régissaient.

— Je me souviens de lui, vous savez ? Il venait souvent à Palmieri, il avait l'habitude de se promener dans les jardins en grand uniforme.

— Comment t'en souviendrais-tu, Saverio ? On te l'aura raconté.

— C'était bien avant son putsch avorté. Je devais avoir, je ne sais pas, sept ou huit ans. Le soir, dans la roseraie, il donnait le bras à votre mère. Don Alessandro était toujours dans votre palais de Rome, à l'époque. Le prince Borghese venait toutes les semaines, et maman devait superviser la cuisinière ; les mets dans ce cas-là étaient bien plus recherchés que d'habitude.

— Que veux-tu dire ?

— Rien de plus que ça.

— Continuons. Le putsch dont on lui attribue la paternité n'était pas...

— Mais, don Emanuele, voyons ! Il ne s'agissait que des divagations de quelques sexagénaires nostalgiques, et d'après les enquêtes...

— Malo. Appelle-moi Malo. Il est vrai que la nuit du 7 au 8 décembre 1970 le coup d'État a été soudainement interrompu, juste après minuit, lorsque toutes les armes disponibles au ministère de l'Intérieur avaient déjà été saisies pour être distribuées aux conspirateurs. On les a remises en place et...

— Et tout le monde est rentré à la maison.

— Oui. Tout est rentré dans l'ordre, si bien que l'épisode n'est sorti dans les journaux que des mois après. Qu'est-ce qu'on peut être lents, dans notre pays ! Souviens-toi de l'histoire de Mattei et de De Mauro.

— Quoi encore ?

— En 1993, des repentis mafieux ont avoué à des magistrats siciliens ce qu'ils savaient à propos de la disparition de Mattei. Ces magistrats ont transmis l'information à Pavia, où l'avion de Mattei était tombé. Vincenzo Calia, le substitut du procureur, un type têtu, a décidé de rouvrir l'enquête. Seulement, plus de trente ans après, les fragments du Morane Saulnier avaient disparu. Vincenzo Calia était – est – un formidable casse-pieds : il a ordonné que le champ dans lequel l'avion s'était abîmé soit à nouveau examiné. Les marques que l'on a détectées sur les parties métalliques déterrées – on appelle ça, je l'avais lu à l'époque, une gemmisation mécanique – ont prouvé que l'avion avait été détruit par une bombe. Calia a aussi demandé qu'on exhume les trois cadavres, celui du journaliste, du pilote, et de Mattei. Des fragments de métal de l'appareil ont été retrouvés dans les tissus musculaires, preuve qu'il y avait eu une explosion. Et les témoins oculaires, les paysans qui avaient vu le Morane exploser dans le ciel et qui s'étaient tous rétractés, ont de nouveau été entendus. Les langues avaient eu le temps de se délier ; tous ont confirmé leurs premières déclarations.

— Et donc ?

— Eh bien, selon moi le journaliste De Mauro avait découvert que Mattei était mort dans un attentat. Trente ans trop tôt. C'était un excellent journaliste, très adroit, très introduit. Il avait peut-être eu des contacts avec ceux qui ont posé la bombe, ou alors un informateur lié à la mafia le lui a soufflé… va savoir. Mais comme je suis un vieux singe, je me suis demandé s'il n'avait pas découvert autre chose en même temps. De Mauro était très lié à Junio Valerio Borghese. Or, au mois de juillet 1970, Borghese était à Palerme, probablement pour réunir les fidèles qui participeraient, en décembre, à son coup d'État.

— Je vois où vous voulez en venir.

— Attend. Laisse-moi le plaisir d'aller au bout de mon raisonnement. Borghese avait demandé à certains parrains de la mafia de mettre à sa disposition les meilleurs éléments. Ce n'est pas impossible que De Mauro, vu le boulot qu'il faisait et ses accointances avec Borghese, ait été au courant. Et maintenant, écoute bien…

— Je suis tout ouïe.

— Qui tirait les ficelles de ce putsch ?

— D'après la commission parlementaire dirigée par Tina Anselmi, ce coup d'État, comme d'autres épisodes criminels à l'échelle nationale, était lié à la P2, la loge maçonnique dont faisaient partie P-DG, journalistes, hommes politiques, généraux de l'armée et des services secrets. Mais la P2 n'existait pas officiellement au moment de la mort de Mattei. Même moi, je le sais.

— Oui, c'est vrai. Licio Gelli en a pris la tête en 1969.

— Mais enfin, c'était quoi, exactement, cette P2 ?

— C'était une loge maçonnique « couverte », c'est-à-dire secrète, créée dans le but de subvertir l'ordre politique, social et économique du pays, avec un programme très articulé appelé le Plan de renaissance démocratique, qui prévoyait notamment le contrôle des médias à travers l'achat des organes de presse les plus importants.

— Je ne suis pas certain d'avoir tout compris. Quoi qu'il en soit, je ne sais pourquoi, je sens que vous allez me parler de Giulio Andreotti.

— Je constate que ta tête ne te sert pas qu'à mettre un chapeau dessus. Très beau borsalino, au demeurant.

— J'ai attrapé un coup de soleil. Continuez !

— Du calme. Nous ne sommes, ni toi ni moi, du *vulgum pecus* excité par les théories du complot. À ceci près que quiconque a deux grammes d'intuition peut assembler quelques fragments de l'histoire. Deux événements séparés se rejoignent sur un même élément et la trame générale devient lisible. Le problème, c'est qu'il y a toujours plusieurs optiques possibles. Enfin, voilà : quand, en 1974, l'ineffable Andreotti, alors ministre de la Défense, a remis à la magistrature romaine un dossier des services secrets qui décrivait le plan du putsch Borghese, il a gardé quelques pages pour lui. Ces pages faisaient référence à Gelli et à sa loge P2.

— Et Mattei là-dedans ?

— Mattei a été tué pour mettre quelqu'un d'autre à sa place, à mon avis. Il fallait quelqu'un faisant partie du système, ou qu'on pouvait manœuvrer plus facilement. La main du pouvoir, dans les deux cas, est la même. Les décisions découlent du même antre. Et c'est ça que De Mauro avait découvert. Ce n'est pas le seul à avoir été trop malin. D'autres, tous ceux qui approchaient la vérité de trop près, sont morts pour cela. Pier Paolo Pasolini, par exemple.

— Comment le savez-vous ?

— J'ai observé. J'ai écouté. Je connaissais tout le monde. Je suis vieux.

— Alors, toutes ces années où on nous a raconté que le coup d'État Borghese était un putsch d'opéra-bouffe, à peine assaisonné de quelque chose de plus croustillant…

— Qu'est-ce que je te disais, tout à l'heure ? L'histoire nous emporte tous dans son flot. Nous qui la subissons et ceux qui la font. Et encore, toi et moi on a mis la main à la pâte. Mais si une partie de ceux qui devraient faire l'histoire est réduite au silence, c'est la société qui est malade, c'est la démocratie qui en pâtit. Un mal qui finira par se déclarer bien plus sérieusement que s'il avait été soigné à temps. Une bombe à retardement.

— Et dans ce cas précis, don Emanuele, la bombe à retardement, ce serait quoi ?

12 décembre 1969, 16 h 30. Piazza Fontana, Milan, vendredi. Il fait froid et il pleut

La Banque de l'Agriculture est le seul institut de crédit encore ouvert à Milan après 16 heures, juste avant le week-end. Ceux qui se dépêchent devant les guichets sont des clients qui viennent de la proche banlieue ou des villes voisines, pour la plupart agriculteurs et employés, gens modestes, retraités. Bientôt il faudra commencer à penser aux cadeaux de Noël. Demain, peut-être. Une fois l'argent sur le compte, quand même. Quand on n'est pas riche, on apprend à calculer.

Est-ce à cela que pensent Giovanni, Giulio, Attilio, Carlo et les autres petits hommes gris pelotonnés dans leur pardessus, couverts de leur imperméable mouillé, chapeau sur la tête et parapluie au bras, leur portefeuille à la main ?

Les billets de mille lires viennent de changer. La figure de Verdi est beaucoup plus détaillée que sur les coupures précédentes. Il en faut cent vingt pour un salaire moyen.

Il est 16 h 37 lorsque sept kilos de TNT explosent. Giovanni, Giulio, Attilio, Carlo et les autres meurent à cette minute même. On décomptera, une fois les membres épars réunis, seize morts et quatre-vingt-huit blessés.

Les cadavres sont si méconnaissables que certaines familles ne pourront pas être prévenues tout de suite. Plusieurs d'entre elles s'en douteront en regardant le journal télévisé le soir.

C'est un massacre, une *strage*, en italien. On n'est pas encore habitués à ce mot dans le pays. Beaucoup plus tard, on appellera celle-ci *la madre di tutte le stragi*, la mère de tous les massacres.

En même temps, trois autres bombes explosent à Rome, sur *l'Altare della Patria*, l'autel de la Patrie, et dans la pièce centrale de la *Banca del Lavoro* de via Veneto, faisant seize blessés. Un autre engin sera retrouvé à l'intérieur d'une sacoche placée dans une autre banque à piazza della Scala, toujours à Milan. Cette bombe, qui aurait pu fournir une première piste aux enquêteurs, les démineurs la feront sauter le soir même, par « précaution ».

Le préfet de Milan télégraphie au président du Conseil Mariano Rumor la déclaration suivante, « On peut raisonnablement chercher les coupables dans les sphères "anarcoïdes". »

Le jour même à la télé le journaliste Indro Montanelli exclut catégoriquement l'hypothèse de la piste anarchiste, car selon lui le *modus operandi*, et surtout les motivations, ne peuvent correspondre à l'attentat. Au cours de l'interview, Montanelli dit que les anarchistes ne sont certes pas des enfants de chœur, mais quand ils utilisent la violence ils le font d'une autre manière, avec des objectifs différents, et, surtout, jamais en se cachant. Les anarchistes revendiquent leurs attaques et en assument la responsabilité éthique.

Entre le vendredi et le samedi midi, la police va embarquer quatre-vingt-quatre individus, surtout des anarchistes, quelques extrémistes de gauche et deux adhérents à des formations d'extrême droite. L'avocat Luca Boneschi, à l'époque défenseur attitré des anarchistes, reçoit des dizaines d'appels téléphoniques de parents alarmés par l'agressivité des forces de l'ordre venues arrêter leurs fils en pleine nuit.

On convoque aussi Giuseppe Pinelli, employé des chemins de fer, figure emblématique des cercles anarchistes milanais. Le soir du massacre, les policiers vont le voir et lui demandent de les suivre sur son scooter. Pinelli passe trois jours au commissariat. C'est illégal. Il aurait dû sortir après quarante-huit heures ou être inculpé et séjourner en prison la nuit du 15 décembre, mais ces jours-ci c'est le chaos et rien ne fonctionne comme d'habitude.

Luigi Calabresi, le commissaire de police qui mène l'enquête – et qui menait déjà celle sur l'explosion de deux autres bombes quelques mois auparavant à Milan, attentat sans victimes –, l'interroge personnellement pendant ces trois jours. Les deux hommes se connaissent déjà, « métier » oblige, l'un étant régulièrement convoqué au commissariat, l'autre faisant, en bon policier, son travail. À Noël, l'année précédente, le commissaire avait donné quelque chose à l'anarchiste, un cadeau dont Pinelli était fier et qu'il montrait à tout le monde. C'était l'un des livres préférés de Calabresi, *Mille milioni di uomini* d'Enrico Emanuelli, avec les photos du voyage en Russie de Cartier-Bresson. Le cheminot, en échange, avait fait parvenir au commissaire son propre livre de chevet, *L'Anthologie de Spoon River*, recueil de poèmes de l'écrivain américain Edgar Lee Masters.

Licia Pinelli, épouse de Giuseppe, dit qu'elle ne se doutait de rien ce lundi 15 décembre, trois jours après le massacre de piazza Fontana. On l'a appelée du commissariat dans la soirée, vers 21 h 30, pour qu'elle mette à la disposition des enquêteurs le livret de travail portant la mention des déplacements de son mari. Elle raconte avoir parlé, toujours au téléphone, au commissaire Calabresi qui l'a assurée des bonnes conditions physiques et morales de son mari. Elle ajoute que deux policiers sont passés vers 23 heures pour emporter le livret.

À 1 heure du matin, une foule de journalistes frappe à sa porte.

Giuseppe Pinelli vient de tomber de la fenêtre du quatrième étage du commissariat.

Calabresi rentre chez lui à l'aube. Effondré, il déclare à sa femme Gemma que l'anarchiste est mort. Calabresi se trouve confronté à l'irréparable. Après ce qui vient d'arriver, rien ne sera plus pareil, lui confesse-t-il. Gemma est atterrée. Ce mari qui lui offre des roses aussi souvent qu'il peut, grand lecteur, curieux de tout, adorable avec les enfants, ce compagnon à l'humeur égale, net et toujours élégant dans son col roulé blanc et sa veste de velours, ce cuisinier inspiré qui fait de si bonnes pizzas lorsqu'il invite les habitants de l'immeuble, ce fonctionnaire irréprochable est traumatisé par ce qui vient de se passer. Que se disent les deux époux cette nuit-là ? Calabresi confie-t-il à sa femme la vérité, sa vérité ?

Il n'était pas dans la pièce où « ça » s'est passé. Il ne cesse de le proclamer. Mais il devait, forcément, être au courant de la manière dont les interrogatoires s'étaient succédé, puisqu'il en était le responsable.

Est-il vrai que Pinelli avait été privé de sommeil pendant ces trois jours ? Est-il vrai qu'on lui aurait dit que Pietro Valpreda, le danseur, l'anarchiste poète qu'on venait d'arrêter et que Pinelli connaissait bien – il ne l'aimait pas beaucoup –, venait d'avouer la culpabilité des anarchistes dans la bombe de piazza Fontana ? C'est faux, et d'ailleurs Valpreda passera trois ans en prison pour rien, mais c'est une hypothèse parmi d'autres, dans une multitude de contrevérités attisées à dessein.

Pinelli a-t-il fanfaronné ? S'est-il attiré la rage des agents au point d'être frappé à mort avant sa chute de la fenêtre ?

À quel point sa mort était-elle accidentelle ? Et sinon, qui l'aurait voulue, et pourquoi ?

Gemma Calabresi ne sait encore rien de tout ça. Elle ne sait pas, surtout, que la pire période de sa vie va commencer. La tragédie et la mort sont déjà entrées dans la maison.

Un homme a disparu, se dit-elle, mais son mari n'est pas coupable. Il s'en remettra. Ils s'en remettront, tous les deux, et tout ira bien de nouveau.

Giuseppe Pinelli, surnommé Pino, a quarante et un ans lorsqu'il meurt. Il laisse deux filles à peine adolescentes et une femme pétrifiée de douleur.

Aucune justice, jamais, ne demandera leur pardon. Des années plus tard il y aura des embrassades entre les deux veuves sous les caméras et le sourire ému d'un président de la République plein de bonne volonté. Mais Pino, pour les autorités compétentes, s'est suicidé. Ou alors il est tombé tout seul, à cause d'un malheur. Un malheur survenu alors qu'il ouvrait la fenêtre pour évacuer la fumée dans la pièce où se tenaient cinq policiers.

Anarchia non vuol dire bombe, ma uguaglianza nella libertà – L'anarchie, dit la ballade dédiée à l'anarchiste mort, ne signifie pas poser des bombes, mais croire à l'égalité dans la liberté.

Le 17 mai 1972, Luigi Calabresi, devenu entre-temps le bouc émissaire de l'extrême gauche extra-parlementaire, notamment de la faction liée à Lotta Continua, est assassiné de deux balles dans le dos alors qu'il entre dans sa Fiat 500 bleue pour se rendre au travail. Il a trente-cinq ans, une épouse qui l'adore, deux enfants encore petits, et un dernier qui va naître dans quelques mois, qu'il ne connaîtra jamais.

« J'ai vu une femme splendide, les yeux bandés, la folie d'une âme mourante était inscrite sur son visage. » Ces mots tirés de *L'Anthologie de Spoon River* sont gravés sur la sépulture de Giuseppe Pinelli. À Noël, il y a toujours des cigarettes Nazionali sans filtre sur la tombe de l'anarchiste, et cela continuera tant que les Nazionali seront fabriquées et vendues par le Monopole des tabacs italiens.

Saverio, Torre Cane, Ischia, automne 2010

Il me traite de naïf, il me soupçonne de voir l'univers en noir et blanc, ou plutôt en rouge et noir, Pinelli l'anarchiste en deçà de la frontière et Calabresi le policier au-delà, mais cette candeur, il y a longtemps que je l'ai perdue. Oui, j'ai été tenté par cette simplicité, j'en ai même été assoiffé. Au monastère, je croyais... Qu'est-ce que je croyais ? Que ma prière ferait pencher la balance du monde ? Que me lever plusieurs fois par nuit pour marcher vers la chapelle, souffler sur mes doigts gourds pour les réchauffer, plonger la tête dans les mains au milieu de mes frères aussi crevés, aussi rongés que moi par la solitude et la claustration, et l'hypnose des hymnes, la monotonie des heures et l'interminable lecture des textes sacrés, auraient fait reculer mon mal-être, ma souffrance, mes regrets, mon repentir – et, oui, mon désir dément, mon manque insensé ? Est-ce que j'ai vraiment cru qu'à force de mortification, d'annihilation, j'arriverais à me dissocier suffisamment de moi-même pour ne plus avoir mal ?

Dies irae, visions de jugement dernier, tombes s'ouvrant et crachant leur chargement de cadavres rongés par les vers... Plus de sommeil, plus d'appétit. La nuit, qui soufflait sur mon visage par la plus douce des bouches ? Une jacinthe rose éclose sous mes narines. Je respirais. Tout de suite après, la puanteur d'œufs pourris et de chair putréfiée me faisait vomir.

Quand on m'a retrouvé dans ma chambre j'étais à moitié mort, couvert de pustules, bouillant de fièvre. Le reste, je ne m'en souviens pas.

Oh oui, je m'en suis voulu, mais pas au point de retourner au monastère. J'ai failli passer le reste de ma vie à me cogner la tête contre les murs d'une cellule capitonnée, les bras dans une chemise sans poignets, mais quel dieu demanderait ça, quel dieu pousserait à la folie, à la destruction, à l'oubli du corps, à la mort ?

Il y a tant de choses que je regrette. Ce jour où j'ai pleuré de joie en entrant pour la première fois dans ma cellule. Ces flots de larmes et cette incroyable légèreté ! Le don. La grâce d'un instant, je l'ai payée par la plus profonde des nostalgies. J'ai entrevu la terre promise et je n'en ai pas été digne.

Non, je ne suis pas candide.

Que l'innocent jette la première pierre. Mais le droit de l'innocent devient sa damnation si seulement il songe à se baisser pour ramasser le moindre caillou.

Torre Cane, Ischia, automne 2010

L'aube a coloré de rose les rideaux et les murs de la chambre. Un simple gardénia sur la table de chevet répand son lourd parfum. Le prince n'aime que les fleurs blanches, seringas, chèvrefeuilles, lis et muguets. Il s'en entoure depuis toujours. Près du vase, une enveloppe entrouverte. L'encre a pâli sur le papier usé. Quelques pattes de mouche allongées, une écriture de femme à l'antique graphie.

La nuit a été difficile. Le prince suffoqué par la toux, terrifié par la mort toute proche, a fait appeler Saverio plusieurs fois. Ensuite il s'est assoupi, exténué.

Lorsque le jésuite sort dans le jardin, l'éclat du monde, sa perfection, l'éblouissent. À genoux il prie, Mon Dieu, que Tes anges viennent, qu'ils nous emportent, que Ta volonté soit faite sur la terre comme au ciel. Merci, merci mon Dieu, du cadeau de la vie.

Il reste comme ça longtemps, oubliant tout. Quand il retourne dans la chambre du prince le ménage a été fait. Tout est en ordre, propre et rangé. Don Emanuele à demi assis sur un tas d'oreillers boit du café dans une toute petite tasse brune, aussi transparente que ses doigts parcheminés. Par terre, Blonde se prélasse dans une flaque de soleil, se frottant le dos sur le plancher rugueux avec des grognements de satisfaction.

— Entre, Saverio, entre. Je suis éveillé. Veux-tu sonner le petit déjeuner ?
— Don Emanuele, je préférerais me retirer. Je suis crevé.
— Je t'en prie, Saverio. Reste près de moi.
— Ne me suppliez pas. Je ne peux le supporter.
— Je m'en voudrais de l'exiger.
— Vous l'avez toujours fait. Ça ne vous a jamais dérangé.
— Quand on naît avec un rôle à jouer, on n'a guère le choix.
— Si. Celui de désobéir.
— À qui ? À quoi ? Ton bon Dieu m'a créé comme ça. Il m'a donné tout ce qu'on peut donner à un être ici-bas, la fortune, la beauté, la santé. Un estomac de fauve. Des dents de tigre.
— La perfectibilité, vous connaissez ? La chasteté, la sincérité. Le doute.
— Pas à moi, Saverio, pas ça. Ta chasteté, je la connais. Ça s'appelle peur. La sincérité, je l'ai toujours pratiquée. Je ne pouvais faire autrement, je me serais emmêlé les pinceaux sinon. Et tous les jours j'ai essayé d'être meilleur que le jour d'avant. Quant à ma propre chasteté, parlons-en. La chasteté, c'est le don de la pureté et non le pénible résultat de la vieillesse. Je suis vieux, et il n'y a rien au monde d'aussi impur que cela.

Saverio ne peut cacher une grimace. Le prince secoue la tête sans rien dire, puis soupire en même temps que la chienne, recouchée à ses pieds.

— C'est drôle, non, la vision que les Italiens ont de la transgression ? Ennio Flaiano – tu te souviens ? le scénariste de *La Dolce Vita* – disait que chez nous on confond sexe et péché, et que l'enfer est un lieu où l'on organise des parties fines un peu douloureuses mais tout de même divertissantes puisque les pécheurs y sont tous nus. Quelle que soit ma vision du péché, il me semble que je n'ai pas grand-chose à me faire pardonner avant mes trente ans. Bien sûr, je pourrais te parler de l'orgie avec les gardes suisses au Vatican. Je m'étais habillé en fille avec une robe de première communion, et ça a été l'occasion d'un joli lupanar.

Sourire. Dents luisant entre les lèvres, yeux qui s'étirent.

— J'avais seize ans, un vrai chérubin. Mes amis, à peine plus âgés, étaient tout aussi beaux. Au nom de quoi, de qui, nous en serions-nous privés ? Nous étions sous le règne de Pie XI, bien loin encore de celui de Paul VI. Pour certaines personnes, l'homosexualité n'est pas un vice, à peine plus qu'un penchant, et plutôt un moyen d'accéder au pouvoir. Pour moi, cela aura été une manière de plus de profiter de la beauté.

Saverio frissonne. Le prince, malice et gourmandise mêlées :

— Le sexe avec un homme peut être divin. Camaraderie, joute, jeu animal. Une tendresse brutale, et cette douceur si crue. Pour toi, Saverio, dis-moi, c'est quoi ? Parce qu'il y a de l'orgueil, là-dedans, non ? Une sorte de résignation, aussi. Je ne sais pas…

Le souffle du prince est laborieux. Il aspire l'air avec reconnaissance, s'en emplit les poumons.

— Enfin, malgré les verrouillages de l'Église, peut-être à cause de ça aussi d'ailleurs, il y a chez les Italiens ce fond animiste qui rappelle cette sorte d'innocence, de candeur même, dans laquelle j'ai moi-même longtemps vécu. Un Éden, le paradis avant la pomme de la connaissance. Puis une femme est morte. Tu me condamnes pour ça. Et tu as raison.

Saverio pousse un long soupir, puis s'assoit sur le même tabouret qu'au cours de la soirée, prêt à reprendre la tâche qui lui est échue.

— Je voudrais te parler de Paola. Depuis que j'ai compris…

Une quinte de toux vite réprimée.

— Depuis que j'ai compris que la mort était tout près, je ne peux cesser d'y penser.

— Je suis ici pour vous écouter. Votre douleur est un signe de repentir.

— J'exècre le repentir. Je l'ai toujours trouvé suspect. Mesquin. Fayot. Ça ne sert à rien, ne répare rien. Un instant de remords et tout est oublié ! Le meurtre le plus barbare, lavé par un Ave et deux Pater ! Non, très peu pour moi !

— Vous ne connaissez pas le pouvoir de l'absolution.

— Je ne connais rien à tout ça, Saverio. Je n'ai jamais eu le temps de me poser toutes ces questions. Mais te raconter ce qui s'est passé va peut-être m'alléger. Ça ne peut pas être pire, alors…

— Parlez.

— Je ne sais pas par où commencer.

— Par là où ça fait le plus mal.

— Je commencerai par là… où ça fait le moins mal. Quand Paola est partie, j'ai laissé le palais et suis descendu dans un appartement de l'Excelsior. Je ne pouvais plus habiter où nous avions vécu ensemble, elle était partout. Je me réveillais en sueur la nuit, elle murmurait des mots d'amour à mon oreille, la tête posée sur l'oreiller tout près. Quand j'essayais de l'attraper elle glissait, se moquant tendrement de moi. La femme avec laquelle je partageais ma nouvelle vie dans cette suite de l'Excelsior s'appelait Vicky, Vittoria. Froide comme un concombre et sentimentale comme une truie. Dégénérée et calculatrice. Elle se disait actrice. Très belle aussi. Un animal, la chair éclatée d'un fruit, sans cœur et sans viscères. Nous sortions après avoir passé le plus clair du jour dans la chambre, les rideaux tirés. Nous fumions de l'opium et du cannabis, mangions des champignons que je faisais venir d'Amérique du Sud, faisions des expériences étranges avec des tables tournantes et d'autres idiots. Je commandais des bouddhas et des anges guerriers japonais à des antiquaires qui me volaient. J'étais amer, abattu, ravagé. Vidé. Je cherchais quelque chose, mais je ne savais quoi.

— La princesse Paola vous avait-elle quitté ?

— Ma passion pour Paolina n'a duré qu'un an, un été passé sur mon voilier, l'automne à faire du shopping à New York et à Paris, le printemps à rire, boire, danser. Je l'ai aimée de tout mon amour d'homme égaré qui se rachète à ses propres yeux. Après tant de corruption, tant d'orgies, je croyais avoir trouvé l'eau propre qui me laverait. C'est moi, en plongeant dans ces flots clairs, qui les ai salis. Je lui ai fait goûter des plaisirs interdits. Je ne pouvais pas m'en empêcher. Pour moi elle a tout fait, avec le courage d'une petite fille intrépide. Et après l'avoir corrompue, j'ai commencé à l'oublier. Le soir où elle s'en est allée j'étais avec des amis, une croisière dans les îles, pas loin d'ici. Elle n'avait pas voulu venir, elle ne se sentait pas bien.

Saverio se lève pour ouvrir la fenêtre. L'air saturé d'odeurs de fleurs mêlées aux embruns venus de la mer est d'une douceur à hurler. Les hirondelles entrecroisent leurs vols, trissant dans le ciel presque blanc. Saverio reste silencieux, debout, les poings dans les poches, la bouche durcie. Don Emanuele, recroquevillé sur lui-même, les mains cramponnées au visage, pleure.

— Don Emanuele, voulez-vous que je sonne ?

Le prince ne répond pas. Il sanglote à fendre le cœur. Puis, montrant d'un geste las la lettre retournée sur sa table de chevet :

— Tu l'as lue ?

— Non.

— Fais-le, s'il te plaît. Je ne m'étais douté de rien, tu sais. De rien, jusqu'au bout.

Août 1960. Palazzo Valfonda, via Condotti, Rome

Mon Malo adoré,

Je ne vais pas continuer à me lamenter, ça n'a plus de sens. Je n'en peux plus de gémir, de sangloter, de regretter. Ça ne me ressemble pas, je ne me ressemble plus.

J'en ai assez de pleurer ta peau, ton rire et tes yeux, tes ronflements la nuit, tes couilles blanches et ta queue – que cela ne te choque pas, mon amour, c'est toi qui m'as appris à utiliser ces mots –, ta bouche, tes cheveux fous, tes mains, tes pieds à la plante noire, et même tes genoux.

Que les hommes sont bêtes, mon Dieu! Idiots et tendres et sentimentaux. Féroces. Impitoyables pour leurs princesses déchues.

Tu me manques affreusement, mon bel amant. Tu manques à ma bouche, à mes doigts, tu manques à mon corps, au plus profond de moi. Où es-tu?

Mon amour. J'aurais voulu pouvoir t'appeler comme ça toute ma vie.

Je serais restée avec toi jusqu'à notre dernier jour, le tien ou le mien, je t'aurais protégé de toutes mes forces, comme tu me l'avais demandé la première fois qu'on a fait l'amour. Tu auras été l'unique, le seul. C'est de ça que tu as eu peur, dis? C'est de ça que tu t'es fatigué?

Oh, quel ange pourrait venir te murmurer mes mots, quelle vague, quelle brise te traverser? Si malgré mes appels tu ne dois pas revenir ce soir, que ce soit pour les mauvaises raisons. Parce que tu ne m'aimes plus. Parce que tu ne m'as pas aimée comme je le croyais, et que je me suis trompée sur toi, sur moi peut-être aussi.

Pardonne-moi. Je ne sais plus ce que je dis.

Tu m'as prise. Je croyais que c'était pour de bon, mais être aimée par celui qu'on aime n'arrange rien. On le saurait. J'avais une robe blanche. Quand tu m'as déshabillée, je ne sais pourquoi, j'ai su que j'étais condamnée.

Que pourrais-tu encore pour moi? Et pourquoi voudrais-tu encore de moi? Tu m'as donné tout ce que tu avais, mais je ne t'ai pas suffi.

Tu es ailleurs, mon prince perdu. Tu es avec d'autres. Avec qui? Cette rousse à la peau de léopard toute tachée de soleil, et si gaie? Ou avec cette autre, qui te guettait comme guettent les chats, bouche de polype et yeux de velours? Ou avec tes compagnons de plaisir, tes ensorceleurs, celui avec le joli corps d'un garçon de dix-sept ans et l'âme aussi noire que Belzébuth, ou l'autre, ton Autrichien sublime, bête comme ses pieds?

Ils te suivent comme des petits chiens, se feraient couper en morceaux pour toi.

Mais je divague. Tout ça, tu le sais. C'est ta vie, ta belle vie sans hier, sans lendemain. Il n'y a que l'instant qui compte, pour toi.

Ce n'est même plus un manque que j'ai, c'est un trou noir qui grandit, mais je ne t'en veux plus. Je ne veux plus rien, je cesse de lutter.

J'ai fait laver les draps de la chambre blanche, je les ai fait étendre au soleil, parfumer de lavande. Le lit est prêt, les volets fermés. Je n'y dors plus depuis l'autre soir, quand je suis venue pour un baiser tout nu et que tu m'as renvoyée.

Pardonne-moi... je ne sais plus. Tu es avec qui, maintenant? Est-elle assez lumineuse pour éclairer ta nuit? Et jouit-elle en même temps que toi, comme moi? Ris-tu quand tu jouis en elle, et rit-elle avec toi? Est-ce que mon odeur te manque parfois? Se brosse-t-elle les dents avant de t'embrasser? Est-elle assez courageuse pour te laisser lui faire l'amour comme tu veux? La rends-tu sauvage, plus belle? L'emmènes-tu dans ta liberté?

Aime-t-elle les spaghetti aux oursins? Je me serais damnée pour ça. Tu envoyais l'équipage à terre, nous restions seuls sur le Don Juan. C'est l'image de toi, riant et m'embrassant sous le soleil, ta brûlure et la fraîcheur des vagues quand nous plongions ensemble, après, que j'emporterai.

Je sais que je te fais pleurer. Mais c'est moi qui m'en vais.
Je t'embrasse comme je t'ai aimé.

Paola

Torre Cane, Ischia, automne 2010

C'est un flot de larmes qui noie la voix du prince. Des larmes qu'il n'a pas versées depuis longtemps, qu'il n'a pas versées à temps et qui ne servent plus à rien. Saverio lui donne de l'eau. Le silence s'installe entre les deux hommes. Le prince s'assoupit. En pleurant, encore, jusque dans son sommeil épuisé.

Le prince a raconté, secoué de sanglots, morve au nez, tremblant, encore glacé d'effroi, tant d'années après. La nuit où il est rentré, il a trouvé Paola pendue dans la chambre d'argent, une corde passée à l'anneau de soutien d'un lourd encensoir. Paola nue, obscène, chair livide et visage bleu. En essayant de la décrocher, maladroit, fou de douleur, il est tombé plusieurs fois, la corde qui serrait le cou plus tendue à chacune de ses tentatives. Ses gens sont arrivés, alertés par le fracas et les hurlements qu'il poussait sans s'en rendre compte. Une fois la corde coupée, il s'est abattu auprès d'elle, évanoui.

Paola, comme Médée, emportait dans l'au-delà l'enfant qu'elle attendait.

Saverio se relève, fourbu. Il s'étire, se penche sur le prince et le regarde de très près. La forme du crâne, les yeux dans leurs orbites creusées. Les longs cheveux blancs. L'ombre drue, piquante, sur les joues, au-dessus de la lèvre supérieure arquée et sur le menton bien dessiné. Cette bouche qui a tant embrassé, et la main qui repose sur la poitrine comme pour protéger le cœur des coups. Ces doigts longs, noueux, qui ont agrippé leurs proies, ont joué avec, se sont lassés, les ont lâchées.

Un souvenir lui vient qu'il chasse aussitôt, celui d'une épaule mordue, d'un corps sur le sien, le soleil qui en imprègne la peau, traversant ses paupières baissées.

Longtemps, Saverio étudie le contour des pommettes du prince endormi, longtemps il scrute le grain de la peau. De l'autre main il touche son propre visage, comme une image reflétée. Ce n'est pas de la tendresse, c'est un examen, pas une caresse mais une interrogation. Quelles pensées agitent le prince endormi, quels rêves, quelles peurs ? Pourquoi l'a-t-il appelé, pourquoi tient-il si fort à l'avoir là, qu'a-t-il à lui dire de si important ? Quels secrets garde-t-il depuis tout ce temps ?

Saverio, à genoux, prie à côté du lit. Grâce, mon Dieu, pour cet homme arrivé à la fin de son séjour, grâce pour son propre cœur inquiet. Grâce pour leurs deux corps, celui du prince touché par la maladie et la mort, et pour le sien, tourmenté et fiévreux, auquel les caresses manquent plus que tout.

Quel temple de l'esprit, quelle demeure sacrée... Quelle est donc sa place dans ce monde où l'enveloppe est plus importante que le contenu ? Le corps, seule valeur visible, la seule monnayable au grand jour.

Rome, 17 février 1965. Club Piper

Une fille fait son entrée au bras d'un homme sorti avant la fin d'un spectacle qu'il a trouvé ennuyeux et qui l'était. Impeccable dans un smoking sur mesure, droit comme un toréador dans sa chemise empesée, l'homme pousse sa compagne en avant dans une sorte de pas de danse improvisé. Surprise, la fille trébuche, cherche le bras qui se dérobe, entre dans la lumière blanche d'un projecteur, tournoie sur elle-même, s'arrête enfin, épinglée par des centaines d'yeux, souriant vaguement à une assemblée qu'elle ne voit pas mais qui ne voit qu'elle, et avec elle l'indicible que, sans le savoir, on attendait.

Claquements des portières. Les Alfa Romeo, Giulietta, 850 Spider se garent entre la Villa des Grenouilles et la Maison des Fées. Le Piper, nouvelle boîte pop, vient d'ouvrir ses portes, mille lires pour une double ration de musique *live*, Rokes et Équipe 84. À partir d'aujourd'hui, tous les soirs le quartier Coppedè de Rome, un secteur calme et vert parsemé de villas Arts déco, liberty et baroque, va se transformer en parking. L'air calme et doux de la longue soirée romaine résonne des pas d'hommes cravatés accompagnés de leurs épouses, d'éclats de rire de gosses de bonne famille en cachemire donnant le bras à de sages demoiselles en jupes écossaises et talons bas, mais plus la nuit avance, plus la foule qui se presse est jeune, si jeune que la vingtaine est l'âge des plus vieux, garçons aux pantalons rayés et filles à la jupe retroussée dans la ceinture pour la raccourcir. Une camionnette de carabiniers guette l'entrée du club. C'est ici qu'on récupère nuit après nuit les écolières du Sacré-Cœur et les héritiers en tenue de collège, fugueurs évadés d'une Italie étriquée, rabougrie et desséchée qui les ennuie à en crever. Le passage entre le pays en noir et blanc et le monde auquel ils aspirent, criard et violent, se fait au n° 9 de via Tagliamento.

À l'intérieur de la boîte, des toiles d'Andy Warhol et de Bob Rauschenberg, des collages / décollages de Mimmo Rotella éclaboussent les murs. Sur des grands cubes blancs se déhanchent les gamines de la porte à côté, couettes et socquettes au genou, choucroutes sauvages et bottes en vinyle, robes tabliers et richelieus. Les yeux clos elles dansent, shake, surf, frog, slop, bird, monkey et dog.

Dans l'énorme salle remplie à craquer on se déchaîne sur un son démentiel, les basses plongent dans les cœurs, les aigus trépanent les cerveaux. La fumée est grasse, dense, des cheveux trempés la sueur goutte sur les visages fendus par des sourires autistes, la peau moite luit sous les lumières du stroboscope, et tous, rejetons d'anciennes familles, adolescentes prêtes à tout, acteurs avec le monde à leurs pieds, intactes beautés avant la chute, chanteurs d'ailleurs, célèbrent l'instant qui plonge tout droit dans celui d'après. Trouble, frisson, promesse et fièvre.

Tendance Piper. Du neuf, du sang rouge, du son rauque, des voix qui réveillent les morts, des mots à hurler entre deux murmures chauds. Soir après soir, les chanteurs et les musiciens viennent faire leurs preuves ici. Le Piper n'accepte que les révoltés, les insoumis, les insolents, les effrontés.

C'est Thane Russel, ingénieur tout frais débarqué de Londres, qui chante d'une voix si profonde qu'elle semble monter de ses pieds. Il bouge à peine, vêtu d'un vieux frac lacéré ou d'un smoking blanc, animal de scène à la fourrure brûlante. Pendant une session il frappe le bord d'un fût du plat de la main jusqu'à ce que le sang en jaillisse et gicle sur son costume blanc. Il se sert ensuite de la main blessée pour bénir l'assistance, sans cesser de se trémousser au rythme de la musique.

C'est une toute jeune fille blonde, Vénitienne menue aux yeux bridés, seize ans, timide et arrogante, puis un garçon façonné en fil de fer, trop gracieux pour plaire aux femmes, une très jeune fille à la voix rauque de mec en colère, et encore une autre avec la tête de Françoise Sagan, le petit monstre des lettres françaises. Patty Pravo, Renato Zero, Caterina Caselli, Rita Pavone, Mita Medici, et l'incroyable Mal dei Primitives, sombre, embrasé, yeux incandescents et corps d'éphèbe affamé. Tous entre quatorze et vingt ans, alors que le Piper est interdit aux moins de dix-huit. Qu'importe, on se faufile par l'arrière, on invoque un oncle avec qui on a rendez-vous à l'intérieur. *Rock'n roll, baby.* Quelques mots nouveaux, une porte qui ouvre sur un univers dont on ne se doutait même pas.

Au bras d'un homme en smoking, sorti avant la fin d'un spectacle qu'il a trouvé ennuyeux et qui l'était, une fille fait son entrée au Piper. La môme sur le cube ouvre tout grands les yeux et la bouche, l'assistance se fige, même les musiciens ont un temps de retard. Celle qui vient d'entrer s'appelle Dorothée Haraberts de Keting, poupée parisienne d'une grande famille mi-française mi-irlandaise. De son père elle tient la peau dorée et les cheveux roux, de sa mère les yeux vert jade, le nez retroussé et le corps de reine. Mais ce n'est pas pour ça, ni pour le sourire aux anges de l'homme qui l'accompagne, que tout le monde l'observe en retenant son souffle. Ses jambes interminables sont nues sous les bottes blanches, nues jusqu'à l'ourlet de Skaï sous lequel on peut voir sa culotte, blanche aussi, et les demi-lunes de ses fesses hautes. La première vraie minijupe vient de faire son apparition à Rome, et celle qui l'arbore fièrement est la deuxième femme du prince Malo.

Saverio, Torre Cane, Ischia, automne 2010

Nous avons cru que nous allions changer le monde, et c'est le monde qui nous a changés.

3 mai 1965. Hôtel Parco dei Principi.
Cœurs noirs, Rome

Dans les grands salons qui donnent sur les jardins, une trentaine de personnes fument en buvant du café et des liqueurs. Les uniformes tranchent sur les costumes gris fumée, bleu nuit. C'est une réunion d'hommes en chemises blanches et boutons de manchettes nacrés. Le ton des conversations est paisible, ces gens bien nourris qui s'expriment aisément ont le sentiment d'être dans le juste, le vrai.

Enrico De Boccard a ouvert la session de travail avec une introduction musclée longuement applaudie qui s'est terminée sur cette déclaration, « Toute violation perpétrée par les communistes dans le cadre de leur guerre révolutionnaire, comme pourrait être par exemple le fait de réussir à s'insérer dans une nouvelle majorité, n'était-ce que par le biais d'un sous-secrétaire au ministère des Postes, serait un acte d'agression tellement grave pour l'État qu'il en rendrait nécessaire un plan de défense totale, je veux dire par là l'intervention des forces armées. »

On discute aussi les deux dernières allocutions, celles de Guido Giannettini et de Pino Rauti. Le premier a achevé son discours par des mots alarmants, « Si enfin on ouvre les yeux sur cette guerre, si on réagit, alors on pourra la gagner. Mais attention, il est très tard. On en est déjà aux cinq dernières minutes. »

Le deuxième a ajouté, « À cette découverte que nous avons fait de la guerre révolutionnaire en cours doit suivre une élaboration précise de la tactique contre-révolutionnaire. »

On fait la pause. Dehors il fait très beau, les fenêtres sont ouvertes sur les palmiers qui frémissent dans le vent tiède. L'été s'annonce, le bel été qui fait boire aux fontaines et respirer à pleins poumons cette odeur de Rome à nulle autre pareille, fragrance de pins et asphalte ébouillanté, essence et fleurs de magnolia.

Certains de ces hommes, bras croisés derrière le dos, regardent le ciel par les baies vitrées. Ils feraient n'importe quoi pour leur pays, et malgré leur âge mûr, tous, officiers de l'armée, entrepreneurs, hommes politiques, seraient prêts à mourir pour leur patrie. Enfin, mourir, peut-être pas. Ce sont eux, les communistes, les salauds, les traîtres, qui vont passer un mauvais moment. Mais vraiment, croient-ils qu'on va les laisser faire ?

Stefano Delle Chiaie est tout petit à côté de Mario Merlino. Depuis le début de la réunion, ces deux-là se cherchent et se retrouvent au hasard des conciliabules divers. Que fait donc Merlino à ce rassemblement ? Plus jeune que les autres, il est épris de littérature – Brasillach, Mishima – et de mythes. Il rêve de lutte secrète, de gestes héroïques, passe ses étés en Allemagne, bottes et croix gammée dans les serres de l'aigle.

Mais qui sont Enrico De Boccard, Guido Giannettini, Pino Rauti, Stefano Delle Chiaie et Mario Merlino ? D'où viennent-ils ? Quelle est la guerre qu'ils doivent faire, et contre quels ennemis ? Et, autre question d'une très longue série, qui sont leurs amis ?

Été 1943. En Italie le conflit est à son apogée. Le pays est divisé en deux parties : de Naples jusqu'aux Alpes, il y a les Allemands avec les fascistes de la Repubblica Sociale Italiana, au sud les Alliés côtoient le roi Vittorio Emanuele III qui gouverne avec le maréchal Pietro Badoglio.

Les Américains ont débarqué en Sicile et à Salerne, ils sont en train de remonter la péninsule en combattant. Ils ont absolument besoin de l'assistance d'un service de renseignements : il faut parachuter les troupes spéciales derrière les lignes ennemies, coordonner les attaques des partisans, trouver les aides pour soutenir la Résistance.

L'un des hommes sur lesquels les Américains peuvent compter s'appelle Peter Tompkins. C'est un reporter, un collaborateur du *Herald Tribune* arrivé en Italie la tête pleine d'idéaux. Tompkins cesse son travail de journaliste pour embrasser son rêve : peser dans la balance du combat en cours.

Faisait-il déjà partie de l'OSS, Office of Strategic Services, le service secret militaire américain, ou s'y enrôle-t-il à ce moment-là ?

Tompkins est un têtu, un bricoleur organisé. Ses premiers faux documents, il les fabrique tout seul. Il faut inventer le métier en le pratiquant, créer les solidarités, composer de nouvelles associations, agencer de nouvelles formations.

Mais l'OSS possède déjà une autre section en Italie, dirigée par James Jesus Angleton. Angleton et Tompkins sont très différents : Tompkins s'appuie sur les réseaux partisans alors qu'Angleton choisit de s'entourer d'un étrange groupe d'Italo-Américains : Frank Gigliotti, Vincent Scamporino, Joseph Russo, Victor Anfuso et Max Corvo. On les appellera « le cercle de la mafia ».

Mais il n'y a pas que les agents italo-américains dans le cercle. D'autres, des Siciliens pure souche, y sont cooptés. L'un d'entre eux, notamment, est un homme très prometteur, un jeune avocat sans scrupule : Michele Sindona. Les actions menées par les agents de l'OSS Scamporino et Corvo feront évader deux boss détenus dans la prison de l'île de Favignana, Don Calo et Salvatore Malta. Ils deviendront maires en Sicile après la fin de la guerre.

Tout d'un coup, c'est fini. Les drapeaux sont hissés, la boucherie, terminée. La première annonce mortuaire d'une femme tranquillement décédée dans son lit marque le début de l'ère de paix.

Tompkins lâche prise, « Ce qui est propre en temps de guerre est sale en temps de paix. »

Angleton, lui, continue.

Il s'occupera personnellement de faire libérer quelqu'un de très important qu'on allait, sinon, exécuter : le commandant de la 10e flottille MAS, le prince Valerio Junio Borghese. Angleton en demande la prise en charge et l'emmène à Rome en Jeep après lui avoir fait revêtir l'uniforme américain.

Mais ce n'est pas son seul souhait : avec le prince Borghese, Angleton veut que soient relâchés certains de ses hommes de main, les meilleurs, les plus fidèles, les plus courageux. Les plus cruels aussi : à Conegliano, près de Padoue, il y a cet endroit surnommé *il castello dalle grida strazianti*, le château des cris déchirants, où des partisans mais aussi des homosexuels et des « communistes » ont été torturés, pendus et fusillés par la 10e MAS.

L'OSS se dissout dans la CIA, la Central Intelligence Agency. Certains soldats de la 10e MAS partiront en Sicile, d'autres suivront une formation spéciale en Amérique.

Pourquoi l'Amérique, qui vient de gagner, a-t-elle besoin de ces anciens fascistes ? Pour quelle guerre ?

Serait-ce la même que celle dont parlent ces hommes élégants le 3 mai 1965 au Parco dei Principi ?

Enrico De Boccard, fervent catholique, écrivain et épigone de Julius Evola – philosophe d'un fascisme radical. Il théorise l'anticommunisme terroriste.

Guido Giannettini, agent Z sous couverture du SID, service secret militaire italien.

Pino Rauti, qui a participé à la fondation du MSI – Movimento Sociale Italiano, le parti de droite – avec Giorgio Almirante en 1946, crée en 1954 Ordine Nuovo, qui se détache du MSI, trop tiède à son goût, car, comme il le répète à qui veut bien l'entendre, « La démocratie, c'est la pourriture de l'esprit. »

Stefano Delle Chiaie, d'abord membre du MSI puis d'Ordine Nuovo, va diriger sa propre formation d'extrême droite, Avanguardia Nazionale.

Mario Merlino est un infiltré. Très proche de Delle Chiaie, il fréquente aussi des cercles d'extrême gauche et des groupes anarchistes.

Il faut se souvenir de ces hommes.

Il faut se souvenir de ces noms pour comprendre ce qui va arriver dans le pays.

Torre Cane, Ischia, automne 2010

— Paolina et moi avions un chat au palais. Un greffier sauvage qu'elle avait recueilli, soigné – c'était un fier matou – et qui, chose incroyable, était resté. Un jour, dans les jardins, j'avais réussi à lui ôter des pattes un rouge-gorge qu'il était en train de martyriser. L'oiseau n'avait pas l'air blessé, mais il est mort quand même.

— Vous avez sans doute une raison de me raconter ça ?

— Oui. Nous étions comme cet oiseau quand la bombe de piazza Fontana a explosé. Il y a quelque chose qui est mort chez nous…

— Chez nous ? Dans quel sens ?

— Dans notre cœur. Notre cœur d'Italiens. Appelle ça espoir, ou innocence si tu veux.

— Mais, don Emanuele…

— Malo.

— Don Emanuele, les années qui venaient de s'écouler s'embourbaient déjà dans la lutte armée.

— Non, Saverio, non. Souviens-toi. Pas encore en tout cas.

Vendredi 1ᵉʳ mars 1968. Valle Giulia, Rome

Un soleil pourpre à peine sorti des nuages de l'aube inonde les marches de la Scalinata di piazza di Spagna. Le ciel est d'un bleu profond, le bleu d'avant le jour.

Les premiers à arriver sur la place ont vingt, vingt-cinq ans, guère plus, filles aux longs cheveux sur les épaules, pattes d'ef, bottes et jupes à fleurs, yeux soulignés au khôl, garçons aux barbes folles, fausses Clarks aux pieds, mains dans les poches d'où sort un bout du petit livre rouge de Mao ou de *La Nausée*, vestes eskimos et longues écharpes autour du cou malgré la douceur de l'air. Dans un coin de la place, d'autres garçons en veste et cravate, chemise au col amidonné et chaussures pointues. Ça sent le café, le patchouli d'un côté et l'after-shave de l'autre. Quelques camionnettes de la police stationnent à proximité de via Condotti.

À un signal, un groupe se détache et commence à marcher vers la faculté d'architecture.

Pour les journaux, la « bataille » de Valle Giulia a eu lieu le 1ᵉʳ mars, mais c'est le soir précédent, pendant la réunion entre les rouges et les noirs, qu'elle s'est décidée. Pour une fois, on est d'accord sur le but : reprendre la faculté d'architecture que les forces de l'ordre viennent d'évacuer.

On a dit que cette bataille a duré toute la journée. On a dit que la police, pour la première fois, a dû capituler. On a dit que les étudiants de gauche ont marché derrière les manifestants de droite, bien mieux organisés. On a donné les chiffres de l'affrontement : 211 blessés dont 158 chez les forces de l'ordre, ou alors 478 blessés chez les étudiants et 148 chez les policiers, d'autres chiffres encore, les étudiants étaient 4 000, non, 2 000, 1 500 peut-être. On ne sait pas exactement. Des véhicules de police ont été incendiés ; c'est un miracle si ça n'a pas dégénéré.

On a dit beaucoup de choses, car ceux qui feront l'histoire étaient là, côte à côte, dans le brouillard des gaz lacrymogènes et sous les matraques, armés de bâtons, de pierres, de bouts de chaises : Stefano Delle Chiaie, extrême droite, et Oreste Scalzone, extrême gauche, Massimiliano Fuksas, futur Grand Prix national d'architecture, et Giuliano Ferrara, journaliste membre du PCI puis directeur d'un journal berlusconien, Antonello Venditti, auteur-compositeur-interprète, et Enrica Bonaccorti, future star télé, Paolo Pietrangeli, réalisateur, aide de Fellini et Visconti, et Paolo Flores d'Arcais, philosophe, Mario Merlino, bien sûr, et Franco Piperno, leader de Potere Operaio – formation dont certains membres glisseront dans les Brigades rouges –, et même Attilio Russo, militant d'extrême droite qui ce 1er mars casse le nez d'un commissaire d'un jet très précis de *sanpietrino*.

Attilio Russo deviendra moine franciscain.

Tous ceux qui sont là ont un rêve, un idéal. La classe ouvrière, les agriculteurs exploités sont au cœur des grandes discussions au cours desquelles on refait le monde, interminablement. Le Vietnam est loin, mais la violence, le napalm, les enfants brûlés sont sur toutes les affiches qui tapissent les murs, images en noir et blanc qui enflamment les corps et les esprits.

À vingt ans, la mort a des chaussons de velours. Elle ne fait aucun bruit mais marche tout près, si près qu'on peut parfois la toucher.

Valle Giulia est une manifestation à mains nues, étudiants de droite et de gauche contre le système et pour les démissions du gouvernement.

Cette espèce d'étrange équilibre ne va pas durer. Et même si Pier Paolo Pasolini écrit un poème de solidarité pour les policiers, « fils de pauvres gens », contre les étudiants, « fils de bourgeois », ça n'est pas dans ce sens que les choses vont évoluer.

En décembre 1970, pendant la commémoration du premier anniversaire de piazza Fontana, il y a un mort. Deux morts chez les *compagni* de la main des *camerati*, un tué par la police l'année suivante. En 1972 ce sont des retraités, des étudiants, des ouvriers agricoles qui tombent. En 1973, encore des étudiants, des deux côtés.

Et des bombes, encore, encore des massacres, sur des trains et sur des places pendant des réunions politiques, encore des tentatives de coups d'État que l'on veut ignorer, minimiser – et dont on arrive même à nier l'existence. Des morts, des morts, des morts. Poignardés, matraqués, déchiquetés, le visage explosé, le cœur arraché, brûlés vifs, réduits en mille morceaux, en miettes, en purée. Effacés.

1968, Salita del Grillo, Rome

Une lumière suspendue, la lueur des nuits de fin d'été, sculpte ses poignets, les longs bras qui balancent le corps tout entier dans un va-et-vient de marée. Matteo sur la pointe de ses pieds maigres, tendu sur la chaise, pique plantée au sol, sexe caché par les parenthèses des ouïes, genoux entourant les flancs de l'instrument. Matteo tout nu entre enfance et virilité.

Notes en cascades liquides, en fils d'argent jaillissant de l'archet, notes à l'arme blanche, nettes, précises. Le vif, l'hurlant, l'inquiet. Une suite de Bach qui n'en finit pas, à la suivante coulée, plus vite maintenant, Matteo joue encore, oui, oui, s'il te plaît, encore un peu.

Saverio penché sur le sexe dressé s'observe le prendre dans sa bouche dans un miroir tout près, se voit l'avaler, le sortir de ses lèvres avec ses doigts pour le reprendre à nouveau jusqu'au bout. Il scrute son reflet comme il considérait, enfant, l'itinéraire pris par une file de fourmis. C'est lui-même et un autre qui accomplit ces gestes, le sexe tape contre son palais, brûle sa gorge, il le sent trembler, tendre et dur, sur sa langue, mais tout cela est un rêve, la peau bouillante et fraîche, toute cette peau dorée par un été de soleil, lavée par des centaines de bains salés, et celle de Matteo aussi, toute cette peau à lécher, à caresser, à commencer par là, les deux boules blondes et soyeuses, le gland corail avec sa crête brune, la belle tige souple, quel bonheur un corps, les anges doivent être jaloux, Saverio demande à son gardien de s'asseoir à la fenêtre et de veiller sur Matteo renversé qui ne pense plus, qui est tout entre ses lèvres, va-t'en mon ange, ne reste pas là, retourne près de la fenêtre, monte la garde, Matteo oscille, ouvre les yeux et crie, mon ange tu peux revenir, c'est fini.

L'épaule si proche qu'elle en frôle la bouche de Saverio, Matteo dort. Il s'est écroulé d'un coup, une masse, une pierre au fond d'un étang. Saverio n'ose bouger de peur de réveiller son amant. La tête blonde lourde entre ses bras il reste éveillé, les grillons stridulent près du grand pin parasol, bruits de la ville en fond, un bus solitaire, une voiture qui freine, tout près. Son eskimo abandonné depuis mars sur une chaise paillée jette une ombre dans la pièce, seul mobilier de cette mansarde d'étudiant.

C'est à Valle Giulia qu'il a rencontré Matteo, dix-neuf ans. Saverio en a quinze, c'était sa première manif, la première fois qu'il tombait amoureux. Ça dure depuis ce jour de folie, cet été de fugueur, d'étudiant dissipé, en vain don Alessandro a tenté de le faire revenir à Palmieri, en vain sa mère est venue supplier ce fils parti trop tôt. Don Alessandro a commencé par tempêter, menaçant de lui couper les vivres, puis a essayé de négocier et fini par le prier humblement de ne pas « foutre sa vie en l'air », comme il a dit. Il est reparti bredouille, triste, déconfit. Quant à sa mère, elle n'a fait que pleurer.

Saverio s'est installé dans la chambre de son amant, le suit partout, dans les réunions, à la plage, dans les cafés et au resto universitaire pour lequel ils ont fabriqué une fausse carte, au cinéma où ils vont voir des films qui le laissent rêveur de longues heures.
Il découvre tout en même temps, la nouvelle vague et le néoréalisme, *Le Cuirassé Potemkine* et *Pierrot le Fou*, les Beatles et Luigi Nono, les Stones et Dylan, Janis Joplin et Mina, The Velvet Underground et Varèse, Frank Zappa et les Pooh, Santana et Fabrizio De André.
Il découvre l'eau douce sur la peau brûlée, le sable qui colle au slip de bain mouillé, les conversations jusqu'au point du jour, l'amitié serrée et le sexe fou. La famille de Matteo, cette famille dont il ne parle jamais, a une maison toujours vide à Fregene, trois quarts d'heure de route dans la vieille Mini noire de son ami et on y est. Saverio s'émeut de l'odeur des aiguilles de pin, de la terre asséchée sur laquelle il est si doux de marcher, des ombres mouvantes dans les soirées moites, des cigales assourdissantes, des vagues moirées des bains de minuit.
Point Me at the Sky, des Pink Floyd, est son morceau préféré cet été-là.

Matteo a les cheveux bouclés, courts. Matteo a toujours, malgré des moyens économiques incertains, une chemise bien repassée – une fois par semaine, il disparaît et revient avec tous ses vêtements lavés. Matteo est sorti du conservatoire avec mention. Matteo lui parle de la nécessité de l'ordre, de la prédominance de classe, du commandement des élites. De suprématie, de droit divin, d'autorité, de hiérarchie.

Saverio a caché au fond de son sac son T-shirt avec la photo du Che. Matteo n'aimerait pas.

Saverio, Torre Cane, Ischia, automne 2010

« Celui qui sait commander trouve toujours ceux qui doivent obéir », était l'une de tes phrases préférées. Tu citais Nietzsche, je ne répondais pas, ça t'énervait, tu recommençais, « Peu de gens sont faits pour l'indépendance, c'est le privilège des puissants ». Tu me les assenais, ces formules, comme des coups de matraque, tu m'asservissais et je me défendais contre tes attaques, contre les baisers que tu m'infligeais quand je ne les voulais pas. Pourtant je savais que, de nous deux, c'était toi le plus fragile, le plus exposé. Le plus épris. Comme le prince avec Paola, toi et moi avons joué. Mais la plus douce des caresses, les plus doux baisers peuvent tuer.

Nous avions des corps parfaits et des esprits en fuite. Nous avons fait n'importe quoi de la chance qui nous a été donnée. La douleur, les accidents, la mort, c'était pour les autres. Nous nous sommes crus éternels. Nous avons été bêtes et, pire, cruels.

Seigneur, pardonne-nous, car nous avons péché. Par orgueil, par vanité.

Talitha koumi. *Elle dansait sous les étoiles, Capri, été 1969*

Tout en écumes légères les jours baignés de lumière, les soirées fébriles et claires. La *Piazzetta* frissonne, murmure, fredonne des chansons à la guitare aux terrasses des cafés ; les sandales tachées, menthe sauvage, immortelle et poussière, de ses idoles de chair en foulent les chemins, interminablement en arpentent ses mille escaliers de pierre, *su e giù dalle antiche scale* entre la vague pure et la profonde nuit.

Les histoires se racontent au crépuscule, tout bas, quand la fatigue chante dans les veines et que les corps sont avides de douces obscurités, à la lueur de bougies qui gouttent sur la table en bois d'une *osteria* où le vin des vignes brûlées de l'île coule dans les verres embrumés, Malo entouré de déesses presque nues rit.

Elle aime danser sous les étoiles, s'arme de bijoux barbares et fume des cigarettes à bout ambré, vivant archétype de beauté, yeux sombres et cils effilés, seins en pomme et long cou, bouche ourlée et dents un peu en avant lorsqu'elle saisit sa lèvre d'en bas, plus rouge d'être mordue, offerte et retenue.

De sa main de petite fille aux ongles ras, de ses longs doigts, elle pétrit le genou de l'homme avec lequel elle couche comme une sœur dans les vagues lentes d'une pipe d'opium. Encore un hiver, encore un été, encore une autre année avant la tempête de neige qui va la tuer.

Qui prie pour elle maintenant que ceux qui l'aimaient ont disparu ? Les témoins de ces étés perdus, Alberto Moravia bougon, Curzio Malaparte ennuyé, le beau Rudy Crespi et sa femme Consuelo si jolie, une vraie poupée, Angelo Rizzoli tout de blanc vêtu, la Brigitte Bardot des moues et du *Mépris*, Piero Verbinschiak et sa cour enchantée, Rudolf Noureïev qui aurait voulu l'épouser.

Qui se souvient de ses jupes en plumes de cygne, du duvet argenté de ses tempes de bébé, de ses jambes sveltes et sûres, de son maintien de souveraine, de son style à nul autre pareil que, faute de mieux, on a appelé hippy chic et qui n'était que l'élégance sauvage d'une reine exilée ? Qui sait encore ce qu'elle aimait boire, champagne rosé et bourbon en gobelet, et comment elle aimait faire l'amour, les garçons qu'elle chevauchait, les chansons qui la faisaient danser, ce qui la séduisait, ce qui la faisait pleurer ? Qui sait qu'elle est née dans une prison, qu'elle a vécu dans un monde qui a cessé d'exister, qui sait que sa mère, même quand elle était là, lui a tellement manqué ?

Comment raconter les après-midi dans la roseraie de son amie Mona, mariée cinq fois, veuve d'un garçon de vingt ans de moins qu'elle, les caprices du destin sur lesquels elle dissertait sans fin en coupant les roses avec des ciseaux d'or, cadeau d'Aristote l'armateur ? Le shopping à La Parisienne aussi, cinq pantalons blancs bien coupés, dix polos rayés, les paréos qui ne duraient qu'un été, qu'on oubliait sur les yachts, les plages, les villas où l'on allait déjeuner, et que les hommes portaient deux fois enroulés autour du cou ?

Qui sait dire comment elle arrivait, de son pas long et balancé, à faire tournoyer sur son mollet nerveux un pan de djellaba, image parfaite sur papier glacé, photo de *Vogue*, madone de *Bazaar* ?

Qui après elle a fait rire l'homme qui l'avait élue à ses côtés, riche comme Crésus et que tout, après sa mort, lassait ? Un jour de juillet, dans le lit d'un palais romain, il s'est retourné pour l'embrasser mais elle était déjà partie, statue encore tiède, un lacet et une seringue vide sur la table de nuit.

Et son visage aux pommettes entêtées sous les flocons de Cortina, et son sourire de bonheur enfantin au club Corviglia à Saint-Moritz en choisissant un feuilleté, ski aux pieds, capuche de Barbie au cœur crémeux, Talitha, *dolcissima principessa* des contes de fées, ta grâce ne mourra jamais.

Mais qui se souvient de toi ? À qui tu manques, qui pense à toi ?

Et qui prie encore pour toi ?

Talitha koumi. Jeune fille, lève-toi.

Torre Cane, Ischia, automne 2010

— Je t'ai vu prier l'autre jour.
— Vous m'espionnez, maintenant ?
— Ne t'échauffe pas, mon cher. J'ai trouvé ça mignon, et un peu ridicule aussi… Où vas-tu ?
— Je n'ai pas à supporter vos moqueries. Je vous laisse.
— Tu n'as pas le droit de t'en aller.
— J'ai tous les droits. En tout cas je les prends.
— Mais qu'est-ce qui t'arrive ?
— Vous me menez par le bout du nez, depuis le début. Vous n'êtes pas plus mourant, pas plus affligé que votre chienne, là. Vous vous foutez de moi. Vous me racontez vos frasques, vos déviances, et quand je vous parle de repentir, que me répondez-vous ?
— Que je suis trop fier pour ça.
— Ce n'est pas de la fierté. C'est de l'orgueil. L'un des pires péchés.
— Soit. Je veux bien en discuter avec toi.
— J'en ai marre de vos histoires, de votre dérision, de vos leçons. Je ne suis pas votre serf, tout cela est mort avec mon père, fini avec ma mère. Ça suffit ! Vous ne respectez rien ni personne. Même quand vous pleurez, c'est à se demander sur quoi vous le faites. Sur qui, plutôt…

— Ne me laisse pas ! Qu'est-ce que je peux faire pour que tu restes ?

— Trop tard. Être le spectateur de votre dernier tour de cirque ne m'intéresse pas. Lâchez-moi.

— Non. Non, je t'en prie. Ne t'en va pas. Je t'en supplie !

Saverio, plage de Sant'Angelo d'Ischia, automne 2010

Quelle était cette suite qu'il avait jouée pour moi nu, au violoncelle ? Le prélude, peut-être. Le prélude, oui.

Matteo.

On se dit demain. On se dit nous ne sommes pas prêts. On se dit attends-moi, je t'attendrai. Et puis c'est trop tard, et puis c'est terminé.

Qui suis-je pour juger don Emanuele ? Mon Dieu, pardonnez ma colère. Écartez de moi l'esprit de revanche, la fureur, le ressentiment. Donnez-moi la force de l'écouter jusqu'au bout. La patience. La clémence.

Donnez-lui le temps, qu'il puisse vider son cœur. Jusqu'au bout.

Torre Cane, Ischia, automne 2010

— Je te demande pardon, Saverio. Tu as eu raison de m'envoyer paître. Tout le monde m'a toujours fait des courbettes, j'y suis tellement habitué que je ne sais plus quelles sont les limites à ne pas franchir. Je ne suis qu'un vieux con.

— ...

— Je voudrais que tu m'apprennes à prier.

— Pourquoi, pour qui voulez-vous prier ?

— Pour moi. Pour ceux que j'ai aimés. Pour demander pardon de mes péchés.

— Ne vous proclamiez-vous pas bouddhiste à un certain moment ? Taoïste, par la suite ? Vous avez sans doute appris d'autres formes de prières.

— Je crois, tu sais, j'ai toujours cru. Seulement, Dieu a revêtu des semblants divers et changeants au gré de mes rencontres. Mais il y a une conviction à laquelle je suis parvenu : Dieu, quel que soit son nom, est cruel.

— Quelle idée ! D'où vous vient-elle ? Pourquoi trouvez-vous Dieu cruel ?

— Parce qu'il s'est joué de moi. Parce qu'il le savait que ça finirait comme ça.

— Mais de quelle foi parlez-vous ? Ça ressemble à quoi ?

— C'est – c'était – une sorte de grâce. Le bonheur qui m'a toujours habité.

— Ça ne veut rien dire. Ça ne suffit pas.

— Aide-moi. Je ne suis pas incroyant, juste incrédule, hésitant, ignorant… c'est un début, non ? J'ai peu de temps, tu sais.

— La minute pour un mourant n'a pas la même longueur que la minute de quelqu'un… qui conduit sur l'autoroute, par exemple. Pourtant, elle fait exactement soixante secondes dans les deux cas.

— Qu'est-ce que tu peux être sentencieux !

— Pourquoi tenez-vous donc à apprendre à prier ? Ça ne vous a pourtant jamais manqué jusque-là.

— C'est la première fois que je meurs. Tu ne doutes jamais, toi ?

— Ce n'est pas de moi qu'on parle. Croire, c'est un chemin personnel.

— Ça ne m'aide pas vraiment.

— Ça n'est pas fait pour vous rassurer, la foi.

— C'est pour quoi alors ?

— Rappelez votre chienne. Elle a le museau dans le plateau du petit déjeuner.

— Qu'est-ce que ça peut faire ? Blonde, ici ! Ici, j'ai dit ! Saverio, tu ne veux pas la sortir un peu ? Elle tourne en rond depuis ce matin.

— Nous aussi, don Emanuele. Et puisque nous y sommes, ce nom pour une chienne ! En quelle estime tenez-vous les femmes ? Vous trouvez ça vraiment drôle ?

— Je ne l'ai trouvé drôle qu'au début. Maintenant, je trouve juste que ça lui va. Pas toi ?

— À tout à l'heure, don Emanuele.

— Malo. Appelle-moi Malo. Il va falloir que tu t'y fasses.

— On verra.

9 mars 1973. Il y a une radio, quelque part

Il y a une radio quelque part mais je ne l'entends que quelque temps après, oui, c'est une radio, musique légère, ciel étoiles cœur amour... j'ai un genou, un seul, planté dans le dos.

Muoviti puttana fammi godere, muoviti puttana fammi godere, *bouge salope, fais-moi jouir, bouge salope, fais-moi jouir, mon Dieu, quelle confusion, comment suis-je montée dans cette camionnette, m'ont-ils soulevée, m'ont-ils poussée,* muoviti puttana fammi godere, *pourquoi me tordent-ils la main, je ne tente rien, aucun mouvement, je ne bouge pas, je suis congelée, je ne hurle pas, je suis sans voix, il y a celui qui me tient et trois autres, je les regarde, il n'y a pas beaucoup d'espace, je les sens calmes, sûrs d'eux,* muoviti puttana fammi godere, *qu'est-ce qu'ils font, ils allument une cigarette, quelque chose va arriver, je respire profondément mais la confusion ne s'en va pas, j'ai seulement peur.*

Celui qui est derrière bande ses muscles comme pour se tenir prêt à me saisir plus fermement, il est à genoux entre mes jambes, il les écarte maintenant, c'est un mouvement précis, ses pieds bloquent les miens, je suis en pantalon, pourquoi ils écartent mes jambes si j'ai mon pantalon sur moi, je me sens comme nue, pire que nue, mais cette sensation me distrait d'autre chose que je ne comprends pas tout d'abord, d'une chaleur légère puis plus forte, jusqu'à devenir insupportable sur le sein gauche... les cigarettes... sur le pull-over... ça touche la peau, je suis comme projetée hors de moi, penchée à une fenêtre, obligée de regarder quelque chose d'horrible. La puanteur de la laine brûlée les dérange, avec une lame de rasoir ils coupent mon pull-over, devant, sur la longueur, ils coupent mon soutien-gorge aussi, et la peau à la surface. Celui qui est derrière moi, à genoux, prend mes seins à pleines mains, elles sont glaciales sur mes brûlures, maintenant ils tirent sur ma fermeture Éclair et tous se dépêchent de me déshabiller, une seule chaussure, une seule jambe, celui qui est derrière entre en moi. J'ai envie de vomir. Je dois rester calme, calme, muoviti puttana fammi godere, *mon cœur est en train de se briser en deux, je suis faite de pierre, maintenant c'est le tour du deuxième, ses coups sont encore plus durs, j'ai très mal,* muoviti puttana fammi godere, *la lame qui a servi a couper le pull passe plusieurs fois sur mon visage, je ne sens pas si elle me coupe ou non,* muoviti puttana fammi godere, *le sang coule de mes joues à mes oreilles, c'est le tour du troisième, c'est horrible de les sentir jouir en moi, des bêtes ignobles, « je suis en train de mourir, j'ai le cœur malade », ils y croient, oui, non, ils se disputent, on la jette dehors, oui, non, ils écrasent une cigarette sur mon cou, ici, juste pour l'éteindre, voilà, enfin, je crois qu'enfin je me suis évanouie, ce sont eux qui me rhabillent, moi je ne peux rien faire, il y en a un qui se plaint parce qu'il n'a pas fait l'amour, pardon, le seul qui n'a pas ouvert son pantalon, je sens qu'il est pressé, il a peur maintenant, la camionnette s'arrête pour me faire descendre... puis s'en va.*

« La Rame a été violée ? Eh bien ! Vraiment, il était temps que quelqu'un s'occupe de celle-là. »

C'est par ces mots que la nouvelle est accueillie à la caserne des carabiniers de la Divisione Pastrengo de Milan, dirigée par le général Giovanni Battista Palumbo. On se réjouit avec lui. C'est une explosion de gaieté assaisonnée de bonnes boutades de régiment, comme peuvent l'exprimer des troupiers en bande ou des chiens en meute, se couvrant les uns les autres devant leur commandant dans leur petitesse, leur veulerie. Couvrant leur peur, surtout, leur terreur de ne pas être à la hauteur. Devant les camarades, c'est facile. Devant une femme, seule, ce n'est pas la même chose. Heureusement, ça a été fait, et bien fait, par les copains du chef, ceux-là mêmes auxquels on peut tout demander, une information sur une filière, un coup de main dans des situations pas très claires, d'autres exactions diverses et variées. Le général a, très visiblement, ses entrées dans plusieurs mondes parallèles. Différents, mais liés entre eux. Le nom de la loge maçonnique P2, Propaganda 2, auquel il appartient ne s'est pas encore inscrit dans l'histoire.

Tout reste à venir.

Le compte avec la Rame, en tout cas, a été réglé. On n'a plus qu'à rigoler.

Franca Rame est une actrice engagée, elle fait partie de Secours rouge, une association gauchiste qui aide les militants en prison ; elle est mariée à Dario Fo, qui recevra le prix Nobel de littérature en 1997.

Belle, grande, élégante, elle ne mâche pas ses mots, cette féministe, cette casse-pieds professionnelle. Dans ses spectacles, avec ou sans son mari, elle ne se prive pas de se lancer tête la première dans des accusations très précises contre le pouvoir établi, la crétinerie partagée, subie et infligée. Ça ne plaît pas, mais alors pas du tout en haut lieu, cette énergie dans la dénonciation de la corruption de la Démocratie chrétienne, par exemple, et de ses collusions. C'est une femme qui mérite une punition, quelque chose à laquelle elle pourra penser pendant qu'elle pèlera les patates devant l'évier.

Pendant toute une nuit et toute une journée après son viol, Franca Rame a tourné en rond, sans force pour aller dénoncer ce qu'on lui a fait. Elle n'en a pas parlé chez elle non plus, voulant épargner son mari, son fils. Elle a porté le poids et la honte toute seule, se demandant sans doute si ça valait la peine de s'exposer à nouveau devant des hommes qui la jugeraient et se réjouiraient peut-être au lieu de la plaindre. C'était se retrouver nue, encore, et en danger. Puis elle a fini par y aller, mais pas comme on va demander justice, plutôt comme on va faire son devoir.

Est-ce possible qu'à la Divisione Pastrengo des choses semblables arrivent sans que personne au sommet de l'Arma dei Carabinieri n'en sache rien ?

Le commandant à Rome est le général Enrico Mino. Celui-là même qui va dissoudre, en 1975, la cellule antiterroriste commandée par Carlo Alberto Dalla Chiesa, l'ancien partisan, le dur, l'intransigeant, le courageux. L'homme qui dit à son fils, « Il y a des choses qu'on ne fait pas parce qu'on a du courage. On les fait pour pouvoir continuer à regarder sereinement dans les yeux ses enfants, et les enfants de ses enfants. Il y a trop de gens honnêtes qui ont confiance en moi. Je ne peux pas les décevoir. »

Sa cellule antiterroriste vient de gagner plusieurs batailles dans la guerre contre les Brigades rouges. Ce Dalla Chiesa est trop rapide, trop efficace. Il faut l'arrêter.

On ne fait pas mystère des sympathies du général Mino pour la droite. L'extrême droite, même. Et aussi de son appartenance organique à la même loge maçonnique que le général Palumbo, à Milan. La P2.

Le général Enrico Mino va mourir dans un accident d'hélicoptère en 1977, avec cinq autres carabiniers.

Le général Carlo Alberto Dalla Chiesa sera envoyé comme préfet plénipotentiaire anti-mafia à Palerme en 1982. Il y passera cent jours de solitude complète dans un palais vide où les téléphones ne sonnent jamais. Les pouvoirs spéciaux qui lui avaient été promis n'arrivent pas. Il n'a pas d'escorte, pas de personnel, rien. Il va mourir au cours d'un guet-apens à la kalachnikov avec la jeune femme qu'il vient d'épouser. *Finché morte non vi separi.* Emanuela Setti Carraro s'est mariée le 12 juillet, elle est tombée à côté de son homme le 3 septembre. Jusqu'à ce que la mort vous sépare. Cela n'aura pas pris bien longtemps.

Autres rebelles. 26 décembre 1965

Sicile profonde, celle des terres brûlées et des amandiers, des *casali* en pierre couleur d'avoine et de blé mûr, des villages endormis au creux des vallées, des femmes en noir et foulard sombre dans les cheveux, des hommes en chemise, bretelles et braies, semblables en tout point à leurs pères et à leurs grands-pères. Ce 26 décembre, les Viola reprennent tranquillement leur routine après le jour de Noël, l'un des seuls jours chômés dans l'année pour cette famille d'agriculteurs. On est loin de Milan et des actrices engagées comme Franca Rame, c'est un autre monde, mais le nom de la rebelle est le même : l'aînée de la famille Viola s'appelle Franca. C'est une jeune fille aux longs cheveux bruns, aux grands yeux rêveurs, mince et droite, silencieuse et bien élevée. Son petit frère a huit ans, il lui ressemble beaucoup, même finesse, mêmes yeux graves. Tous les deux aident leurs parents dans les travaux des champs lorsqu'ils rentrent de l'école. Tous les deux vont être enlevés, ce jour-là, par une bande de garçons portant *lupara*, ce fusil de chasse à canons sciés très courts qui peut se cacher dans les replis d'une veste. Pourtant les douze hommes qui sont venus séquestrer le frère et la sœur ne cachent pas leur *lupara*, au contraire, ils l'arborent fièrement. Ces hommes font partie d'un clan mafieux, mais lors de cette opération ils ne font qu'aider l'un des leurs, Filippo Melodia, amoureux éconduit de Franca.

En ces temps-là, il y a une manière toute simple de prendre une fille qui ne veut pas de vous : la kidnapper et la violer. Ça s'appelle une *fuitina*. Ainsi, elle sera obligée de vous épouser, pour laver son honneur et celui de sa famille. On est en 1965, la loi italienne ne considère pas le viol comme un crime contre la personne mais contre la morale. Ce n'est donc pas une femme à laquelle on fait violence mais un principe auquel on désobéit. Pas de profanation puisqu'on ne souille pas une vierge. C'est un simple passage de propriété, le père laissant la place au mari.

Le petit frère est immédiatement relâché ; Franca, elle, va rester huit jours aux mains de son « amoureux », possédée et forcée jusqu'à ce que les carabinieri la libèrent.

Mais voilà, une fois la *fuitina* conclue, Franca n'épouse pas son ravisseur. Elle ne veut pas plus de lui déshonorée qu'elle n'en voulait pucelle.

C'est la première fois qu'une femme, une jeune fille, soutenue par sa famille, s'oppose à la tradition. Son père verra ses vignes rasées, sa ferme, incendiée. Les Viola ne cèdent pas. Quelque temps après le procès, Franca est reçue par le pape Paul VI, puis épouse un garçon de son village et met au monde deux enfants.

Filippo Melodia est condamné à dix ans de réclusion. À sa sortie, un règlement entre bandes rivales à coups de *lupara* met un terme à sa vie.

C'est aussi dans une Sicile archaïque aux églises baroques et aux palais qui n'en finissent pas de s'écrouler au milieu de citronniers centenaires que Salvatore Samperi campe le décor de *Malizia*. Nous sommes dans les années cinquante : une jeune Laura Antonelli douce comme le péché, à la tendre voix cassée, à la poitrine ronde et aux hanches de lévrier devient domestique auprès d'une famille de mâles, le père qui vient de perdre sa femme et ses trois fils de dix-huit, quinze et huit ans.

C'est l'un des premiers films d'une actrice qui va devenir célèbre, une actrice fétiche, même, de cette Italie-là. Laura Antonelli a des yeux couleur de pluie tout juste tombée, des prunelles insondables, un lac obscur. Elle a la bouche des madones de Piero della Francesca, une petite cicatrice de varicelle sur la joue, une croupe d'amphore, une voix d'eau calme qui se fait rauque dans les basses. Ses seins sont lourds sur son buste menu, ses fesses, ornées d'une fossette sur les reins, irrésistibles. Du jour au lendemain elle devient l'icône des Italiens, une idole, un rêve. Elle réussit même à faire en sorte que les femmes n'en soient pas jalouses, par un tour de magie propre à celles qui ne sont pas forcément du côté des hommes, mais qui en tolèrent les inévitables défauts.

Malizia est le récit d'une course-poursuite dans les règles. La domestique, qui arrive dans la maison juste au moment de la levée du corps de la maîtresse des lieux, endosse immédiatement le rôle d'ange du foyer.

Le père et ses trois fils sont foudroyés. Jamais tant de grâce, de fraîcheur et de sensualité n'ont franchi leur seuil – si l'on exclut la veuve Corallo que l'on appelle « le plus beau cul de Catania », au rouge à lèvres aussi débordant que sa poitrine monumentale, une matrone qui roule des yeux comme le Noir de Banania.

Pour Ninuzzo, l'adolescent, commence une liaison perverse mêlant soumission et domination, sexe et pudeur, déclarations et mortifications.

Il y a une scène pendant laquelle Ninuzzo pourchasse la domestique, la traquant jusque dans les angles les plus sombres de la maison par une nuit d'orage. C'est une scène violente, brutale et lascive, avec une Laura déchaînée qui, de proie, devient prédateur, et finit par prendre de force l'adolescent consentant – et expirant.

C'est ce dernier, au terme d'une éprouvante relation initiatique, qui accompagnera la jeune Laura à l'autel pour la déposer dans les bras du père éperdu de désir. Un baiser sur la joue devant le Duomo di Acireale scelle leur secret, le passé et l'avenir d'une histoire qui ne fait que commencer.

Saint-Tropez, 1961, yacht Don Juan

On passera Noël à Capri, ce sera charmant, on sera seuls sur l'île, nous nous baignerons aux Faraglioni la nuit du Nouvel An mais tu n'auras pas froid, tu n'auras plus jamais froid de ta vie, mon amour.

Donna y croit. Pourtant, ce n'est pas dans ses habitudes. Les hommes, elle les prend, les laisse, les délaisse sans en faire un drame, selon son humeur et ses appétits. À chaque histoire qui débute elle apporte son trousseau de cœurs brisés qu'elle sacrifie à l'autel du nouvel élu, ainsi vont les amours, ainsi va la vie.

Mais cette fois, c'est différent. Malo a même réussi à la faire pleurer il n'y a pas longtemps. Ce n'était pas grave, juste surprenant. C'était la première fois que cela lui arrivait.

Donna est américaine. Elle vit à Paris, où elle est modèle pour Dior. Longue, brunie de soleil, courts cheveux presque blancs, sourcils passés à l'eau oxygénée. De son gagne-pain elle garde l'habitude de se tenir très droite sur la pointe des pieds, cou dégagé, bras le long des flancs. Hiératique, elle cligne à peine les yeux lorsque Malo lui présente les invités. Les pieds nus sous une robe trapèze en mousseline de soie, elle sourit peu, distraite, muette et concentrée. Cette fête,

Malo l'a voulue pour elle, pour eux deux. Il veut la présenter à tous ses amis, il veut que tout le monde sache qu'il en est raide dingue, que la vie est belle et qu'ils vont partir pour une longue croisière en Méditerranée qui durera tout l'été, et l'automne aussi.

Brigitte Bardot vient en coup de vent, ballerines aux pieds, pantalon corsaire blanc et chemise empruntée à l'homme très beau qui se tait à ses côtés. Malo rit, Donna entend des mots murmurés, *Madrague, dix minutes de la mer à pied, passez tous les deux quand vous voulez*, puis c'est le tour de deux hommes et une femme très jeune, un bébé encore, argentins ou chiliens, ils gloussent, on dirait qu'ils se moquent du monde entier; une autre femme une bouteille de champagne entamée dans une main, une ombrelle rayée dans l'autre, rentre de la plage tout huilée, dents blanches dans le visage hâlé. Le marquis Camillo Casati Stampa, l'une des plus grosses fortunes de la péninsule, avec une Italienne sculpturale, en short et maillot de bain noir croisé, dont il vient de faire sa deuxième épouse après l'annulation du premier mariage par la Sacra Rota. Deux vieilles personnes très chic, baise-main de Malo qui paraît intimidé, ce sont les… qui sait, leur nom se perd dans le brouhaha, Donna ne le saura jamais, combien de personnes encore le *Don Juan* peut-il bien accueillir, un producteur tout petit à côté de sa nouvelle femme, une brune aux longues jambes, mal habillée mais sublime, quand cette fête commencera-t-elle, oh, elle est déjà commencée, et Malo, où est-il parti?

Torre Cane, Ischia, automne 2010

— Tu ne peux pas imaginer comme elle était belle…
— Donna ? Le modèle dont vous étiez fou ?
— Donna ? Non, Donna était autre chose, mieux que belle. Elle avait du chien, du style, une forme d'intelligence dans la manière de se mouvoir et de s'habiller, et elle était intrépide, aussi, n'avait peur de rien. Mais ce n'est pas de Donna que je voudrais te parler.
— Pourtant…
— Oui, je sais. C'est pour elle que j'avais organisé cette fête folle à Saint-Tropez avec mes amis et mes complices, Porfirio Rubirosa avec sa dernière conquête et qui lorgnait pourtant la belle Fallarino, toute nouvelle marquise Casati Stampa, Truman Capote avec Jack, son *boyfriend* de toujours – ils étaient tous les deux charmants, à ce moment-là, Truman avec son air de *wonder kid* boudeur, et son mec aux gros bras tendres et protecteurs –, et même un couple de vieux cousins espagnols qui, de ma famille, étaient mes préférés. Non, ce n'est pas d'elle que je veux te parler, ou alors à peine. C'est de la fille merveilleuse dont je suis tombé amoureux ce soir-là.
— Pardon ?
— Pendant que Donna, ma superbe Donna, jouait les amphitryons, moi, dans la cale, après être tombé

en extase, j'embrassais l'enfant la plus délicieuse du monde.

— Je ne vous suis pas. Vous aviez organisé cette fête pour la femme dont vous étiez amoureux, et vous êtes retombé amoureux ? Mais quel homme êtes-vous donc ? Quel type de cœur a-t-on mis dans votre poitrine ? Et comment avez-vous osé me parler de votre femme Paola comme s'il s'était agi du seul amour de votre vie ?

— Houlà ! Pour peu, mon cher, te voilà fâché !

— Je ne vous comprends pas, don Emanuele !

— Je sais, Saverio, j'imagine que ça ne doit pas être facile pour toi, tout ça. Je suis pourtant parfaitement sincère.

— Sincérité n'est pas vérité... Malo. C'est vrai que jamais on n'aurait pu trouver un meilleur nom pour celui que vous êtes.

— C'est bien, me voici redevenu moi-même. Enfin !

— Racontez !

— Ça t'intéresse, alors ?

Saint-Tropez, 1961, yacht **Don Juan**

L'équipage fait le ménage. Des coupes sont récupérées jusque dans le canot de sauvetage, des bouteilles de champagne vides flottent près du yacht. Le commandant, en grommelant, en repêche quelques-unes avec une longue gaffe, les autres s'enfoncent après s'être remplies d'eau. Sur les cordages de la poupe une jeune fille soûle, en mini-Bikini, ronfle doucement, une chaussure dorée dans chaque main. Près d'elle un homme d'un certain âge la contemple, puis son regard se perd dans la mer, flaque de lait à la fraise derrière laquelle un soleil rouge est en train de surgir. L'homme ôte avec des gestes las son pull-over blanc, l'étend sur la poitrine de la jeune fille qui se retourne en murmurant quelques mots indistincts, puis se lève, pose les deux mains sur ses reins, bâille, enjambe la passerelle et descend du yacht. Après son départ, deux marins continuent de frotter les cuivres en silence pour ne pas réveiller le prince et sa favorite. Ce n'est pas la première, ce ne sera pas la dernière, se dit le capitaine qui marche vers les tables en bois du bar de La Ponche, déjà ouvert à cette heure-ci. En silence, il s'assoit près du chauffeur du prince, le saluant d'un mouvement de la tête auquel celui-ci répond en touchant sa casquette. Tous les deux commandent un café-goutte. Le capitaine lève les sourcils en même temps que son petit verre dont il frôle celui du chauffeur dans un toast muet.

— Bringue à tout casser, non ?
— Comme de règle, mon vieux. Le prince nous a quand même habitués à son style, depuis le temps !
— Ouais. Mais moi, cette fois-ci, je me récupère une sacrée mission.
— Ah bon ? Quoi ?
— T'as rien remarqué, hier soir ?
— Que la nouvelle fiancée est aussi superbe que les précédentes. Plus gentille, quand même. Elle m'a demandé, avant de fermer la porte de la cabine, si je n'étais pas fatigué… Je te jure, qu'est-ce que je pouvais lui répondre ? Mais quand même, ça m'a fait plaisir. Normalement, elles me regardent comme un meuble, ces filles-là. Toi, tu as connu la princesse Paola. Il paraît qu'elle, elle n'était pas comme ça.
— Oh non alors ! La princesse Paolina était un ange.
— Raconte.
— J'ai pas le temps. Je dois repartir tout de suite. Mais si tu veux, je te dis ma mission.
— T'as raison, j'oubliais. Que veux-tu, je suis explosé de fatigue. Alors, c'est quoi, ton truc ?
— Eh bien…
— Mon vieux, si tu veux me le dire, accouche. J'ai pas toute la vie, on largue les amarres dans une heure.
— Comme moi. Exactement comme moi. Parce que, tu vois, le prince m'a demandé de laver la Ferrari GT ce matin, et de me trouver, à 9 heures précises, en grande tenue, devant le Negresco.

Quand le capitaine remonte sur le yacht, il est hilare. Tout en mâchouillant un cure-dent il marmonne dans sa barbe.

Les deux matelots, toujours en train d'astiquer les cuivres, le regardent passer. Ils attendent qu'il entre dans la cuisine où le chef prépare le petit déjeuner, puis se dévisagent sans parler. L'un d'eux, le plus vieux, porte un index à sa tempe, faisant plusieurs fois un mouvement de rotation du doigt. L'autre opine du chef. Leur rire se propage dans la mer claire, arrive aux oreilles de Donna qui regarde, éveillée, son amant endormi à côté d'elle, la tête entre ses seins. Qu'ont-ils à rire comme ça ? Le prince remue et l'étreint plus fermement. Donna s'immobilise. Elle ne veut pas qu'il se réveille. Que cette journée à venir ne démarre pas encore. Il faut qu'elle réfléchisse. Tout est allé si vite ! Elle est montée à bord avec deux paréos et quatre maillots de bain, plus la robe du soir que le prince lui a achetée pour l'occasion, surprise de dernière minute, comme la fête, comme sa vie tout entière ces derniers temps. Elle va partir avec lui, elle ne sait pas si c'est pour une semaine, un mois ou trois, elle n'a même pas une valise mais elle a confiance. Cette fois-ci, c'est la bonne. Le prince l'aime, et il est richissime. Que lui a dit et répété sa mère toutes ces années ? Ma chérie, peu importe de qui tu tombes amoureuse, mais fais en sorte que celui qui sera amoureux de toi soit assez riche pour t'entretenir. Attache-le. Fais-lui un enfant, épouse-le, enfin, tu verras le moment venu.

Donna sourit. Sa mère ne lui a pas donné la démarche à suivre au cas où elle-même tomberait amoureuse de l'homme qui l'aime. Cette fois-ci, c'est la bonne. Donna a confiance. Elle sourit.

Torre Cane, Ischia, automne 2010

— C'est fou quand même. J'étais profondément amoureux de Donna, elle me plaisait tout entière, j'aimais son caractère de lionne, son autonomie de femme qui a dû s'élever seule, sa beauté étrange, avec ses yeux noirs et ses cheveux presque blancs, son corps parfait, tout en courbes délicates, et sa poitrine généreuse... Elle avait, avec moi, un comportement égal, posait un regard réfléchi sur mes emportements, pourtant je la sentais bouillonner. Donna vibrait quand je la touchais, et faire l'amour avec elle était un enchantement. Si Nicole n'était pas venue à cette fête, j'aurais pu vivre avec elle, longtemps, et heureux. Mais voilà, Nicole, c'était tout autre chose : une petite fille farouche déguisée en star, fragile et voluptueuse, incompréhensible. Elle avait fermé les yeux quand je l'avais embrassée, et quand je lui avais dit que je désirais qu'elle quitte tout et qu'elle me suive dans cette croisière insensée, elle avait rouvert les yeux et dit juste oui, je t'attendais, moi aussi... C'était un jeu ? Oui, encore un, et je ne voyais pas pourquoi j'aurais dû m'en priver. J'avais assez de force, assez d'appétit pour deux femmes, trois, quatre. Je voulais tout, pouvais m'offrir tout. En amour, me répétais-je, il n'y a pas de victimes, que des volontaires. J'oubliais ce que mon attitude avait coûté à Paolina. Je fermais la porte. Je continuais. Pendant un moment, après la mort de Paola, je n'avais été bien qu'avec des filles comme Vicky, des débauchées sans cœur ni cervelle qui savaient très bien ce qu'elles pouvaient tirer de moi. Mais les femmes aimantes, je ne pouvais que les maltraiter. La force de mon indifférence me rendait irrésistible. Maîtresses d'un jour ou d'une saison, passades sans lendemain ou vraies toquades, il arrivait qu'elles songent à se suicider lorsque je m'en lassais, elles qui entraient dans ma vie confiantes et sûres et qui en sortaient vaincues, humbles, prêtes à tout. Il me semblait que leur faire payer n'était-ce qu'une part minime de ce que je souffrais était légitime, je regardais leurs larmes sans la moindre émotion, accueillais leurs déclarations avec une parfaite froideur. Pour moi, hormis la couleur des cheveux et la forme des seins, elles étaient toutes pareilles, interchangeables. Dans la multitude de cette époque de consommation féroce, une se détache cependant. C'était une petite souris blonde, presque anguleuse de maigreur. En sanglotant tout doucement dans la salle de bains d'un grand hôtel, elle me disait qu'elle allait se laisser mourir, tout en suspendant ses bas et sa petite culotte au radiateur. Je ne sais pas ce qui s'est passé en moi, tout d'un coup j'ai senti sa détresse, ça m'a touché là où d'autres plus belles, plus fières, plus combatives n'y étaient pas arrivées.

Je l'ai prise contre moi et embrassée, une femme qui veut mourir ne songe pas à retrouver ses sous-vêtements tièdes au matin. Je l'ai gardée encore un temps, rien que pour ça, et je ne lui ai pas fait de mal en la quittant.

— Comment s'appelait-elle ?

— Je ne m'en souviens pas. C'était une fille comme ça, de passage. Il y en a eu tellement ! Je t'ai parlé de la méthode Marlon Brando ?

— Seigneur ! Qu'est-ce encore, ça !

— C'est Truman Capote qui me l'a racontée. Brando avait l'habitude de jeter son dévolu sur des créatures assez difficiles à dompter. Malgré le charme fou qu'il possédait, et je te jure qu'au cours de ma vie j'ai vu peu d'hommes aussi beaux qu'il l'était, ses proies de l'époque avaient leur quant-à-soi. Une sorte de résistance souple, un flottement, un balancement qui voulait dire oui ou non, selon les moments. Très excitant. Donc, Marlon les invitait à dîner, champagne, bougies, conversation légère et passionnée. Il leur faisait la cour dans les règles, un jeu d'enfant quand on pratique ce sport avec assiduité. Ensuite il les emmenait faire un tour au clair de lune, les embrassait avant de les raccompagner le plus sagement du monde. Le jour suivant, le plus beau bouquet de fleurs... et plus de nouvelles pendant trois semaines. Elles tombaient neuf fois sur dix.

Saverio se lève de sa chaise, s'éloigne vers la mer sans un regard. Ensuite, les mains enfoncées dans les poches du pantalon, il revient. Entre les dents :

— Et vous appelez ça de l'amour ?

— Comment veux-tu appeler ça ? De l'amitié ? J'en ai eu, une fois mes blessures cicatrisées, pour ces filles qui traversaient ma vie. Quand je m'en déprenais, elles n'en étaient pas moins bien, tu peux me croire. J'étais généreux pendant, et après aussi.

— Ce n'est pas de l'amour. Vous les achetiez, le temps qu'elles vous convenaient. Et comme vous

175

n'êtes pas un chien, vous leur donniez ce que vous aviez en abondance : de l'argent.

— Pas seulement. De l'amitié aussi.

— L'amitié et la sensualité ensemble, ça peut ressembler à ce que vous appelez amour. Mais ça n'en est pas.

— On peut s'y tromper, non ? Tu le dis toi-même. Qu'est-ce d'autre ?

— Je suis mal placé pour répondre à ça.

Été 1961. Port de Castiglione della Pescaia

Un petit café, quelques tables en fer peintes en bleu dur. Sur l'une, la bouteille de vin blanc et les deux verres sont tout embués de fraîcheur. Le capitaine du *Don Juan* et le chauffeur du prince viennent de terminer un plat de spaghetti *aglio olio e peperoncino*. Ils s'épongent le front, soupirent de concert. Le chauffeur parle le premier :
— Et maintenant ?
— Quoi, maintenant ? On attend, non ?
— On n'en est qu'aux premières étapes, ça risque d'être long !
Le capitaine rit. Il fait chaud, le vin est bon, le pain croustillant et les pâtes, *al dente*. Il regarde autour de lui et rit à nouveau :
— Qu'est-ce que ça change, pour nous, d'attendre ici ou ailleurs ?
— Ça ne te gêne pas, toi ?
— Pourquoi tu veux que ça me gêne ?
— Ben, je ne sais pas. La mienne, au moins, sait de quoi il retourne. La tienne, non. Elle ne s'en doute même pas, à mon avis…
— Non, elle ne s'en doute pas, la pauvre ! Quand on descend du bateau, le prince et moi, elle en profite pour se remettre un peu d'aplomb… laver une culotte, je ne sais pas, des trucs de fille.

— Et quand il est sur la terre ferme, il passe son temps avec l'autre, dans le premier hôtel venu, les volets fermés !

— Que veux-tu que je te réponde ? *Chi ha pane non ha denti, e chi ha denti non ha pane.* Le prince, lui, a du pain pour deux, et des dents pour trois. Grand bien lui fasse. Tu l'envies, toi ? Moi, à ce rythme-là, je serais déjà à l'hôpital !

— Oui... non... Je ne sais pas si je l'envie. Une seule des deux me suffirait, mais je ne saurais pas laquelle choisir.

— Eh bien, tu vois ! Lui non plus.

Capri, septembre 1961

Donna, levée tôt, attend dans le premier bistrot ouvert de la *Piazzetta* le retour du prince, parti avec le capitaine le jour précédent. Elle est passée de l'anxiété à la colère et de la colère à la peur. Et s'il leur était arrivé quelque chose ? Mais la mer est plate, l'annexe ce matin roulait sur des vagues de soie, le matelot qui l'a emmenée sur le rivage a dit que les tempêtes de l'équinoxe sont encore loin, Donna l'a écouté d'une oreille distraite, où sont-ils donc partis ces deux-là ? Et pourquoi, surtout, ne sont-ils toujours pas revenus ?

À l'heure où le soleil se lève sur Capri et où Donna avale sa première gorgée de café noir, le prince est déjà en France. Il a passé la nuit dans un wagon-lit à bord du train qui est parti de Naples le soir précédent. Avec Nicole.

Le capitaine, averti par le matelot, retrouve Donna au centre du village et, tout rouge, confus, lui remet une lettre, puis va s'asseoir sur les marches du *Municipio* et attend. La lettre ouverte, Donna reste presque une heure sans bouger. Le soleil tape fort, le capitaine aimerait bien commander un café, un double, et un grand verre d'eau bien fraîche aussi, mais les ordres sont formels : ne pas quitter Donna un seul instant, l'aider en tout ce qu'elle demandera. Lorsque la jeune femme se met en route après avoir oublié de payer – il est obligé de le faire à sa place, vite, pour ne pas la perdre de vue –, il la suit sur le chemin qui monte vers les ruines de la villa de Tibère, tout en haut de l'île. Sur le chemin étroit, Donna glisse. Il l'attrape avant qu'elle ne tombe, la remet d'aplomb et marche avec elle vers l'éperon rocheux qui surplombe la mer, un précipice infernal dans lequel l'empereur, dit-on, aurait jeté les gitons qui lui avaient déplu. Donna regarde en bas, frissonne, se retourne vers le capitaine et le scrute sans parler, puis avance une main et effleure sa joue. Le capitaine saisit ses doigts dans un baisemain maladroit, la reprend par le bras et ils descendent, tous les deux, vers le *Don Juan* qui se balance dans les eaux turquoise, jouet imprécis, vague et lointain.

Torre Cane, Ischia, automne 2010

Don Emanuele s'est reposé, il n'a pas toussé, a dormi quelques heures et s'est réveillé dispos. Blonde n'est pas rentrée. Un dîner simple a été servi sur une table roulante, loup grillé et champagne auquel Saverio n'a pas touché. Le prince lui a demandé ce qui lui ferait plaisir, Saverio n'a pas répondu. Alors il a sonné et ordonné au majordome d'apporter un Romanée-Conti 1955. Il s'est fait poser la bouteille entre les bras, caressant le verre froid comme si c'était une peau. Renvoyant le majordome, il dit à Saverio de l'ouvrir, avec juste la délicatesse nécessaire. Pas de carafe ni d'autres complications.

Le bouchon ne fait aucun bruit en glissant du goulot. Le prince l'approche de son nez, l'effleure de ses lèvres, approuve. On laissera la bouteille décanter sur l'herbe, on la goûtera à la fin de la soirée, Saverio veut-il bien faire cela pour lui, avec lui ?

Blonde, le pelage tout mouillé, une espèce de sourire espiègle sur son long museau, se précipite vers les deux hommes, se roulant au pied du lit de camp. Le prince sourit, tend une main que la chienne lèche en bavant. Elle se lave bruyamment pendant qu'ils la regardent sans rien dire puis s'écroule d'un seul coup et commence à ronfler.

Don Emanuele lève les sourcils, Saverio hausse les épaules. Puis le jésuite demande :

— Mais dites, don Emanuele, cette bouteille... Le vin ne va pas être trop chaud ?

— Ça me réjouit de voir que tu n'es pas qu'un pur esprit.

— Je déteste le champagne. Il n'est pas difficile de résister à ce qu'on n'aime pas.

— Sers-nous.

Le majordome accourt. Le prince le renvoie d'un geste sec, qu'il rend plus aimable, ironique, sous le regard de Saverio.

Le vin a des tons mordorés, une odeur de terre et de truffes, un parfum de regret.

— J'aimerais savoir ce qui s'est passé, entre Donna, Nicole et vous.

— Une fois arrivé à Paris avec Nicole, j'étais descendu à l'hôtel Ritz, dans l'appartement que je louais à l'année. J'étais ennuyé pour Donna, mais je n'en pouvais plus. À bout de forces, il m'avait fallu choisir, bien qu'au fond je sache qu'il ne s'agissait pas d'un choix vraiment libre, ni même sage. Simplement, j'en avais marre. Je n'avais qu'une envie, dormir une semaine entière, et manger. Quand on est amoureux, on ne mange pas, on ne dort pas.

— Amoureux...

— Ne te moque pas. Qu'en sais-tu, d'abord ?

— Ce qu'il y a à en savoir. Que ça peut changer votre vie entière, de tomber amoureux, même une seule fois.

— On n'est pas de la même espèce, toi et moi. On dirait que nous sommes nés sur deux planètes différentes. Et pourtant, nous sommes plus proches que ce que tu peux imaginer.

— Nous y voici. Le fameux secret, qui traîne depuis si longtemps que personne ne croit même plus qu'il existe vraiment. Allez-y, c'est quoi alors, ce secret si bien gardé ?

— Tout viendra en son temps, mon cher.

— Comment s'est terminée la triste histoire de Donna abandonnée sur votre bateau avec trois paréos et deux maillots de bain ?

— Le matin suivant, en descendant dans le hall chercher un thé pour Nicole – je déteste montrer ma chambre à qui que ce soit avant d'avoir un tant soit peu remédié aux ravages de la nuit –, j'ai rencontré Donna. Elle m'attendait, debout, droite, parfaite dans un tailleur lilas. En me voyant, elle a marché vers moi. Tu peux imaginer tout ce que j'ai pensé à ce moment-là... Une gifle, ou même, pourquoi pas, un revolver dans son petit sac à main.

— Et ?

— Elle m'a sauté au cou. Et embrassé sur les deux joues, moitié pleurant, moitié riant. Et elle m'a dit quelque chose que je n'ai jamais oublié : Merci.

— ... ?

— Merci de m'avoir appris quelque chose de l'amour que je ne connaissais pas.

— Je n'y comprends rien.

— C'était la première fois que quelqu'un lui infligeait ce que, d'habitude, elle infligeait aux autres. Et puis, aussi, elle s'était rendu compte que l'amour n'a rien à voir avec l'argent, que ce dont sa mère lui avait rebattu les oreilles pendant toute son enfance était faux. Elle était ravie.

— Les voies du Seigneur sont impénétrables. Et Nicole ?

— J'ai vécu avec elle trois mois, à Paris, puis nous nous sommes quittés d'un commun accord lorsqu'un Chilien richissime l'a demandée en mariage un soir, devant moi, chez Maxim's.

— Et Donna ?

— Donna a été ma meilleure amie jusqu'à sa mort, l'année dernière à New York, où elle vivait. Elle est morte dans son sommeil après avoir écrit le mot Fin, le soir précédent, à l'un de ses romans. Elle était devenue romancière.

— Jolie histoire. Édifiante. J'y vais maintenant. Mais, au fait, juste une dernière chose : pourquoi vous n'avez pas d'enfants ?

— Qu'en sais-tu ?

— Des enfants reconnus, je voulais dire.

— Je suis fatigué. Je n'ai plus envie de parler... pour l'instant. Mais ne tarde pas à revenir. J'ai une autre histoire à te raconter. Et tu sais que...

— Pas maintenant. À tout à l'heure... Malo.

Plage d'Ostie, juillet 1967
La chiamavano Bocca di Rosa, metteva l'amore sopra ogni cosa. « *On l'appelait Bouche de Rose, elle mettait l'amour au-dessus de toute chose.* » *Fabrizio De André*

Elle n'est habillée que de ses lunettes de soleil et du bas d'un Bikini roulé sur les hanches. De dos, on dirait qu'elle dort. La serviette sur laquelle elle est étendue une jambe repliée, le pied presque à la hauteur de la taille, est d'un orange vif. Le corps gisant est à moitié caché par une touffe de graminées drues, sèches et coupantes. À cette heure-là, peu de gens arpentent le sentier entre les dunes. Le vent frôle les herbes, sifflant entre les feuilles. La femme ne bouge pas. Le soleil darde ses rayons sur les vagues huileuses qui viennent mourir dans la mousse sale et le sable noir. De la terre jaune monte une vapeur moite, le corps immobile est un mirage. Un jeune homme chétif, sa serviette sur l'épaule, passe tout près, sans voir le corps étendu. Un gémissement, comme un râle, le sort de ses pensées. Il s'écarte et continue son chemin, se retournant de temps en temps, inquiet. C'est à nouveau le silence, et la plage nue. Puis des rires, des voix. Deux garçons s'approchent en plaisantant. Ce sont deux soldats en permission, les cheveux en brosse, bas du pantalon relevé sur les chevilles nues, chemise sous le bras. Quand ils voient la femme ils s'arrêtent, la fixent, s'interrogent du regard, muets, puis examinent les alentours. Toujours sans parler. Elle bouge enfin. Levant les yeux, après avoir fait tomber d'une secousse ses lunettes, elle étudie les deux hommes avec une expression vide, puis pose à nouveau la tête sur son bras. Les soldats n'ont pas cessé de l'observer sans ciller. Alors la femme fait quelque chose d'incroyable : elle sort la langue et la glisse entre ses lèvres, une fois, deux fois. À la troisième, elle a un geste de la main, un geste sans équivoque qui veut dire venez.

Celui qui a l'air d'être le plus jeune semble aussi le plus entreprenant. Il est déjà en train de s'agenouiller près de la femme lorsque l'autre l'appelle par son nom. Le premier hausse les épaules, sourit de toutes ses dents, mais l'autre l'appelle à nouveau. Du doigt, il indique quelque chose non loin de là. Un homme les épie. Le plus jeune suspend son mouvement, le temps s'allonge, puis son rire résonne, et ce rire signifie on s'en fout, les gens sont bizarres, la vie est trop courte, cette femme est belle, dans trois heures on sera rentrés à la caserne ; viens, c'est une occasion en or, on va la baiser tous les deux, se la partager, allez, viens, quoi, on s'en fout si ce vieux con nous mate, qu'il fasse ce qu'il veut, mais surtout, surtout, qu'il ne nous dérange pas.

Elle remue à peine les fesses quand le soldat se place entre ses cuisses. La main ouverte du garçon effleure le renflement du sexe par-dessus le maillot de bain, puis, repoussant le tissu de côté, il caresse la chair nue. C'est alors que le garçon plus âgé, enhardi, s'agenouille à son tour devant le visage de la femme qui garde les yeux fermés, met le pouce sur sa bouche et dessine le contour de ses lèvres, appuyant un peu pour qu'elle les ouvre et lèche son doigt, ce qu'elle fait sans émettre un son. Un long soupir la secoue quand l'index et le majeur du garçon derrière elle la pénètrent, un autre soupir lui échappe quand la queue de l'un lui emplit la bouche tandis que celle de l'autre entre en elle, la prenant sans ménagement, exigeant qu'elle se cambre, qu'elle crie, et elle le fait car le tout jeune homme lui claque les fesses maintenant, lui pince les seins et la chevauche, allant et venant avec une violence aveugle, et elle hurle et hurle, couvrant le bruit de l'obturateur de l'appareil photo mitraillant les deux hommes qui jouissent en elle, giclant sur son visage et son cul, et alors, à nouveau, elle a un geste auquel on ne s'attend pas de la part de cette femme trempée de sueur, ouverte et forcée : elle sourit à l'appareil photo de l'homme caché derrière les dunes, lui faisant un clin d'œil que la pellicule emprisonne.

Anna Fallarino est une marquise. Mariée en secondes noces avec Camillino Casati Stampa di Soncino, héritier d'une fortune considérable et ami de tous ceux qui comptent, elle est l'une des figures mondaines les plus en vue du pays. Premières à l'opéra, fêtes et ouvertures de saison, elle trône dans les pages roses des magazines en robe du soir haute couture et diadème dans les cheveux.

Dimanche 30 août 1970. Rome, via Puccini 9
The purple piper plays his tune, The choir softly sings, Three lullabies in an ancient tongue, For the court of the crimson king.

Dans la ville déserte une Fiat 500 bleue roule à toute allure. Un jeune homme et une femme plus âgée plaisantent et s'embrassent à l'intérieur du pot de yaourt au toit ouvert. Dans les deux heures qui viennent ils vont faire l'amour, se quitter, se reprendre, essayer dans un dernier sursaut de sauver leur vie, ensemble d'abord, puis chacun pour soi. Sans y parvenir.

Les pins parasols, dans le quartier des Parioli, l'un des plus chic de Rome, frémissent à peine dans la brise légère qui vient de se lever. Il a fait très chaud ce jour-là, une journée comme les autres de cet été qui se termine. Ce matin le pape Paul VI a béni *le peuple qui va reprendre le travail*, mais rien ne presse. À Ostie, Fregene, Castelporziano, on danse une dernière fois sur les tubes de l'été, *Ma chi se ne importa*, de Gianni Morandi, *La Spada nel cuore*, de Little Tony, *Taxi*, d'Antoine, et *Occhi neri*, de Mal. On replie les chaises longues, on repose la nouvelle Brionvega rouge, radio-cube aussi indispensable à l'été que le maillot de bain, dans les sacs de voyage, on rappelle les chiens, les chats, les enfants égaillés dans les pinèdes. À la queue leu leu, dans une longue procession de voitures, les Romains quitteront les stations balnéaires lorsque la canicule aura cédé à la première fraîcheur de la nuit. Demain, Rome aura repris son aspect habituel, les magasins et les bureaux ouvriront leurs portes, la ville retrouvera son allure. Pour l'heure, noire, embrasée, on dirait une cité abandonnée par ses habitants. La cité des morts.

C'est Anna Fallarino, la marquise, qui conduit la petite voiture de Massimo Minorenti, vingt-cinq ans, étudiant en Sciences politiques, avec des sympathies d'extrême droite – mais à ce moment-là dans le pays, tout est extrême –, visage d'ange et corps d'éphèbe, qu'elle fréquente depuis quelques mois. Ce n'est pas son seul amant depuis qu'elle a quitté son premier mari, Peppino Drommi, pour le marquis Casati, un soir de 1958 à Cannes.

Ça avait fait un joli esclandre, cette histoire. Porfirio Rubirosa, le play-boy grand joueur de polo, amateur de belles voitures, célèbre pour les dimensions de son sexe – dans *Prières exaucées*, Truman Capote décrit l'engin le plus époustouflant qu'il ait jamais vu, et il en a vu quelques-uns, notamment celui d'Errol Flynn avec lequel, dit-il, l'acteur pouvait jouer une partition de Bach en tapant sur les touches du piano –, a fait une cour très empressée et très désinvolte à Anna. Rien n'arrête cet homme brun, grand, magnifique, ce bourreau des cœurs sans honte et sans scrupule. Les femmes et les chevaux sont ses montures attitrées, et il n'en épargne aucune. Marié en premières noces à la fille du dictateur dominicain Trujillo, Porfirio Rubirosa s'est taillé une célébrité sur mesure à Paris, où il mène une vie de patachon. En 1942, il s'est remarié avec Danielle Darrieux. Cinq ans plus tard il a encore divorcé pour épouser Doris Duke, l'une des plus fabuleuses fortunes du monde, ange et démon, une légende, une énigme ; mais son aventure ne fait que commencer, puisqu'il a des liaisons avec Patricia Kennedy (future épouse de Peter Lawford), Eva Peron, Marilyn Monroe, Ava Gardner, Rita Hayworth, Kim Novak, Dolores del Rio, Veronica Lake et enfin Zsa Zsa Gabor, un amour véritable, car ils se ressemblent infiniment, ces deux-là, fous de sexe, fous de la vie, fous tout court. Il y a eu ensuite Barbara Hutton, l'une des femmes les plus riches du monde, et enfin une actrice charmante, Odile Rodin.

Au moment où il rencontre Anna, Porfirio Rubirosa écume un monde où un certain nombre de snobs, aussi bien mâles que femelles, seraient prêts à tout pour une nuit, une heure, en sa compagnie. Mais, même si sa réputation le précède – dans certains restaurants parisiens, le moulin à poivre de grand modèle est appelé un Rubirosa –, le don Juan n'a pas l'heur de plaire à Anna, qui, pour l'instant, a d'autres chats à fouetter.

À Cannes ce soir-là Anna est accompagnée de Peppino, son premier mari. Lorsque Rubirosa commence à faire sa cour à Anna, Peppino riposte à coups de poing, attaque risible car le play-boy est un géant. Le marquis Camillo Casati Stampa, ami de Peppino, se précipite pour lui venir en aide – lui qui doit peser soixante-cinq kilos tout mouillé.

Ça fait rire tout le monde, cette scène, sauf les deux principaux intéressés, Peppino qui va perdre sa femme ce même soir, et Camillo qui vient de la gagner.

Ce 30 août 1970 Anna et Massimo ont rendez-vous avec Camillo, rentré précipitamment de la battue de chasse qui a eu lieu chez ses amis Marzotto à Valdagno, en Vénétie.

Le marquis ne tenait plus en place. Depuis plusieurs jours, on l'a vu agité, à cran, lui que la chasse apaise, d'habitude. Lui qui, un fusil à la main ou sur un cheval, est le plus heureux des hommes. Lui qui, calme et narquois, garde dans une main de fer le contrôle de sa vie. Une vie de luxe passée entre ses différentes propriétés, l'île de Zannone, au large des côtes, où il aime séjourner quelque temps en été, et les belles résidences de famille, notamment la villa San Martino à Arcore en Lombardie, un ancien couvent de la Renaissance, cent quarante-cinq pièces, une pinacothèque et une bibliothèque de livres rares, un jardin historique où paissent les chevreuils en liberté.

Camillo, comme tant d'autres dandys de son époque, à ceux qui s'enquerraient de son travail pourrait répondre, Le travail ? Je n'ai pas assez de temps pour ça. Les journées s'écoulent semblables les unes aux autres, longues files d'heures consacrées aux plaisirs, aux divertissements, aux sports, aux voyages, aux vacances. Il peut s'acheter tout ce qui lui fait envie, des palais, des chevaux, des tableaux, des armes. Le marquis est un enfant gâté au milieu de ses joujoux, le dernier toujours le plus beau, jusqu'au prochain. Il suffit d'esquiver l'ennui, de cultiver les envies. Jusqu'au jour où son bien le plus précieux, le jouet dont il est le plus fier – aussi satisfait que d'une jument qui gagnerait tous les prix – lui échappe. Depuis plusieurs semaines déjà, son journal intime garde les traces de son désespoir. Le 7 juillet, il y a consigné : *La plus grande déception de ma vie! Je voudrais être mort et enterré, quelle petitesse, c'est affreux, dégoûtant ce que me fait subir Anna. Je pensais que nous étions l'unique couple vraiment uni, mais ce n'était pas vrai…*

Et encore, le 24 août : *Je suis en train, littéralement, de mourir, et j'ai tout perdu… !*

Pourtant, le marquis sait parfaitement que sa femme a des dizaines d'amants. C'est même lui qui choisit les hommes d'Anna, et ce depuis leur nuit de noces, quand il a appelé le garçon d'étage pour qu'il vienne lui faire l'amour, un acte qu'il a, comme tant d'autres, orchestré, regardé, photographié, et qu'il a ensuite décrit dans le journal à la couverture de satin vert qui ne le quitte jamais.

Anna et Massimo arrivent devant le bel immeuble de la rue Puccini dont le couple Casati habite l'*attico*, le dernier étage avec jardin sur le toit. Ils garent la Fiat 500 et entrent. Ils s'enferment avec le marquis dans le grand salon. Les domestiques, depuis toujours, ont interdiction expresse d'y entrer, sauf ordre contraire du marquis lui-même. Ils sont habitués aux extravagances du couple, à ses étrangetés, aux gémissements et aux cris qui en sortent parfois.

Quand Anna a-t-elle écrit à Massimo avec sa graphie de fillette cette lettre sur papier quadrillé, *Addio, mio più grande amore* ? Quand Camillo a-t-il écrit, avec sa belle plume déliée, ce billet qui sera retrouvé par la suite, *Amore mio, vita mia*, pardonne-moi, mais ce que je vais faire je dois le faire. Adieu, ma seule joie passée ?

Anna a déjà décidé de quitter son jeune amoureux et de revenir à sa vie conjugale, si bizarre soit-elle. Elle a quarante et un ans, pas vingt-cinq comme Massimo, et surtout elle n'a aucun désir de renoncer à son existence dorée. Alors que se passe-t-il, ce soir-là ? Le drame à venir est-il déjà joué, ou peut-on encore l'éviter ?

Pendant ces dix dernières années, Anna s'est prêtée à tous les fantasmes de son mari, *À la mer, aujourd'hui, j'ai inventé un nouveau jeu. Je l'ai fait rouler sur le sable, puis j'ai appelé deux aviateurs pour qu'ils retirent les grains de sa peau avec la langue,* peut-on lire dans son journal. Et aussi, *Aujourd'hui, Anna m'a fait exploser de bonheur. Elle a fait l'amour avec un petit officier de manière tellement efficace que, même de loin, j'ai participé à sa joie. Ça m'a coûté trente mille lires, mais ça en valait la peine.*

Six coups de fusil, le Browning 12 tant aimé, et l'intimité jalousement gardée vole en éclats. Mais d'Anna on ne saura jamais que cela : un corps violent à la taille étroite et aux seins énormes, un cul affiché, un ventre arraché, des yeux le plus souvent cachés par de grandes lunettes aux verres fumés. De ses pensées, de ses peurs, de sa tristesse, rien qu'une lettre à son dernier amant, *adieu, mon plus grand amour.* La mort trône sur le théâtre du meurtre, obscène mère maquerelle, dévoilant lits ouverts, sous-vêtements aux taches suspectes, draps salis. Âmes souillées et chairs outragées.

Des milliers de photos d'Anna vont être mises aux enchères dans la presse, dès le jour suivant. Toutes les photos que le marquis a prises au cours de leur mariage. D'abord timidement osées, puis de plus en plus dégradantes, elles vont fleurir sur tous les magazines, des plus grivois aux plus sérieux. Les plus honteuses, les plus avilissantes, celles qui ne peuvent trouver preneur même auprès des feuilles les plus sordides, seront vendues à des amateurs privés.

Torre Cane, Ischia, automne 2010

— Je n'ai jamais trop apprécié ce Camillo. J'aimais bien, en revanche, la belle-mère du marquis, l'étrange Luisa Amman que je n'ai connue que très tard, malheureusement.

— Mais que s'est-il passé, à la fin, ce 30 août 1970 ? Ils sont morts tous les trois, d'accord, mais comment ? Qui a tué qui ?

— Quand le majordome a entendu le premier et le deuxième coup de feu, il a pensé à des bouteilles de champagne. En fin de compte, les bruits qui lui étaient parvenus juste avant n'étaient pas de nature à évoquer une quelconque violence, bien au contraire. Tout le monde était accoutumé aux mœurs sexuelles du marquis et de sa femme. Mais les suivants ont été précédés d'un cri, la plainte d'un homme acculé, et d'un remue-ménage. La sixième détonation, en revanche, a éclaté dans un silence total. Mais les ordres étaient les ordres, et les domestiques ne sont pas entrés dans la pièce. On ne sait qui, de la police ou de la sœur d'Anna, a été appelé en premier. Ce qui est certain, c'est que personne n'a ouvert la porte du salon avant les forces de l'ordre qui ont découvert les trois corps : celui d'Anna, renversé sur le fauteuil avec trois trous à la poitrine d'où suintait la silicone, celui de Massimo, couché sous une table basse derrière laquelle il avait essayé de s'abriter en dernier recours, et celui du marquis, à la cervelle éparpillée sur les murs. Une oreille, je ne me souviens pas si c'était la droite ou la gauche, était collée à un tableau.

— Qu'est-ce que ça peut vous faire que l'oreille droite ou gauche du marquis soit restée collée au tableau ? Pourquoi, tant qu'à faire, ne pas décrire le tableau en question ?

— J'aime bien mettre ma mémoire à l'épreuve. Le tableau était une scène de chasse du XIXe, pas une perte pour l'humanité... mais tout ça n'est pas bien important. Ce qui l'est beaucoup plus, c'est l'héritage.

— Je sens déjà le coup fourré.

— Et tu sens bien. Tu sais qui habite, à l'heure actuelle, la somptueuse villa San Martino à Arcore ? Le fleuron des Casati Stampa ?

— Arcore... C'est le refuge, la tanière, l'abri...

— La cachette, le gîte, la retraite de luxe...

— De...

— De...

— De...

— Allez, qui va le dire le premier ?

— De Silvio Berlusconi.

— Et voilà !

— Il l'a rachetée à ce moment-là ? C'était en 1970, il avait quel âge... ? Il était déjà si riche que ça ?

— À l'époque, Silvio Berlusconi, qui avait à peine plus de trente ans, était déjà en train de faire construire Milano 2, un nouveau quartier aux portes de Milan qui est devenu le siège de sa première télé par la suite. L'argent, donc, ne lui manquait pas. Venu d'où, c'est quelque chose que l'on verra plus tard... En tout cas, c'est par le biais d'un jeune homme de loi, Cesare Previti, que Berlusconi a acquis le domaine des Casati. Je ne veux pas entrer dans les détails de la magouille, mais quand même, écoute bien : ce Previti a d'abord été l'avocat des parents d'Anna Fallarino, qui avaient réclamé, en vain, l'héritage... pour devenir ensuite le tuteur légal – je crois que c'est comme ça qu'on dit – d'Annamaria, la fille du marquis et de sa première femme, qui avait à peine dix-neuf ans à l'époque. Effrayée par le scandale, elle est tout de suite partie au Brésil, laissant à Previti la charge de s'occuper de la succession et de vendre la villa d'Arcore, notamment, mais pas les meubles et les tableaux. La villa a donc été achetée par Silvio Berlusconi pour cinq cents millions de lires, une coquette somme, certes, mais qui ne correspondait absolument pas à la réelle valeur de l'immeuble. En fait, c'était le prix d'un bel appartement en ville, pas celui d'une villa de trois mille cinq cents mètres carrés avec un parc de ces dimensions. D'ailleurs, pour bien faire, le versement n'a pas été payé tout entier mais échelonné de 1973 à 1980 – des années pendant lesquelles Annamaria Casati a continué à en payer les impôts, il n'y a pas de petit profit... Les tableaux, les livres inestimables, les meubles de collection ont fait partie du lot, malgré la volonté de la jeune femme de les garder. Que je sache, même le portrait de sa mère est toujours suspendu là où il l'était, dans la villa d'Arcore, alors que Berlusconi avait promis de le lui rendre.

— Pauvre petite.

— C'est tout de même curieux, non ? Ce scandale a un parfum presque... naïf, je dirais... en comparaison des vrais scandales, financiers et politiques, qui vont avoir lieu en Italie à partir de ce moment. Et puis, autre chose.

— Quoi ?

— La réalité a toujours un temps d'avance sur la fiction.

— C'est-à-dire ?

— C'est la marquise Casati Stampa elle-même qui a entretenu, le temps de ses études, Mario Moretti, celui qui a été – tu le sais bien, non ! – le chef des Brigades rouges au moment de l'enlèvement et de l'assassinat d'Aldo Moro. Cela a donné lieu, d'ailleurs, à pas mal d'hypothèses sur le concours présumé du couple Casati à une trame faite d'espionnage et de coups d'État. Mais pour ma part je n'y crois pas. Les circonstances, dans ce cas, me semblent assez limpides. Mario Moretti était l'un des protégés de la marquise, comme d'autres l'ont été. Il connaissait bien la famille Casati, même et surtout la jeune Annamaria avec laquelle, paraît-il, il faisait du ski. Bref, ce n'est pas parce que beaucoup de vicissitudes, dans l'histoire italienne, sont enchevêtrées qu'il faut y discerner ce qui n'existe pas, au risque de mélanger le vrai et le faux, au risque d'ailleurs que tout ce qui est vrai soit soupçonné de ne pas l'être. C'est là-dessus qu'ont joué les services secrets et leurs diaboliques bras armés, la loge P2 et le réseau Gladio. C'est exactement ça qu'on appelle « déviation ».

— On devrait l'appeler perversion. Le détournement de l'humain et du vivant.

Hôtel Excelsior, via Veneto, Rome, automne 2010

Ils sont tous venus. Maintenant, autour de l'énorme table drapée de blanc, ils sont assis sur de hauts fauteuils, une coupe de champagne à la main, et ils devisent gaiement. De tout, de rien, des derniers potins. Les hommes ont des smokings parfaitement coupés, chemise blanche et cravate sombre. Certains arborent des nœuds papillons noirs, d'autres de larges ceintures en tissu rigide. Les femmes sont *just over the dress*, longues robes fendues, talons et coiffures apprêtées. Elles gardent à portée de la bouche un macaron rose, ou vert pâle, ou couleur mûre, mais ne le mangent pas.

Un soprano et un ténor, dans un coin de la grande pièce ouverte sur le jardin, interrompent parfois les murmures. Rien de trop ardu, un duo sur un air du *Don Juan*, un morceau de *Madame Butterfly*. Les garçons tissent un ballet de plateaux encombrés de verres. De temps en temps, quelqu'un se lève, un étui de cigarettes en argent à la main, et sort fumer. Il fait si doux, dehors, que des petits groupes se forment. Les indisciplinés, ceux qui ont des impatiences et n'en peuvent plus de rester assis. Il y a des actrices, des diplomates, trois cardinaux, un ambassadeur. Un ou deux princes aux sobriquets saugrenus, Bobi, Babou, suivi de noms à rallonge qui n'en finissent plus. Les femmes ont des visages enjoués, impénétrables et figés.

— Des nouvelles de Beatrice ?

— Beatrice ? Elle n'a pas pu venir. Elle s'en va de la cuisse, la pauvre.

— Son mari la trompe toujours autant ?

— Non, elle a des rhumatismes.

Même quand elles rient, leurs pommettes ne bougent pas, et leurs petites rides, au coin des yeux, ont l'air sculpté. Des lèvres charnues, des fronts blancs et secs. Seuls le cou et les mains dénoncent leur âge. Et le regard, comme traqué, poursuivi par quelque chose d'invisible, paniqué. Les hommes sont polis, elles aimeraient sans doute qu'ils le soient un peu moins, ces hommes qui les ont désirées, harcelées, troussées, épousées, abandonnées. Ces hommes qui les ont fait pleurer, hurler de plaisir et de douleur, qui les ont entretenues ou dépouillées. Pendant plus d'un demi-siècle ces gens se sont fréquentés, aimés, haïs. Ils ont marié leurs enfants dans les mêmes églises, enterré leurs parents dans les mêmes chapelles de famille, trompé leur femme et leur mari avec leur frère, leur sœur et leurs meilleurs amis. C'est une tribu incestueuse, un clan.

Deux photographes détonnent dans l'assemblée. Ce sont deux frères. L'un fait des photos aimables, lisses, l'autre, une vieille veste de travail sur le dos, un chapeau en laine bleu pâle sur la tête, flashe les décrépitudes, les calvities, les bourrelets.

Trois jeunes gens, deux garçons et une fille, rient dans l'embrasure de la salle la plus reculée. Droits et gais, les jeunes hommes font des baisemains, la jeune fille, une jupe si courte qu'on voit la dentelle de ses sous-vêtements, des bises sur la joue. Ils boivent des piscines de Dom Pérignon, des coupes énormes remplies à ras bord de glaçons et de bulles qui les font éternuer. Ils rient, et ces rires charmants et jeunes sont cruels. On les entend par éclats, légers, sans arrière-pensées. Ils s'appellent tous les trois Palmieri di Valfonda, ils sont cousins, ils ont grandi ensemble, les châteaux aux vastes jardins, les vacances d'hiver à Gstaad, les stages de management, de cinéma et de droit international à Los Angeles. Ils sont beaux, avec ce quelque chose en plus qui n'appartient qu'aux gosses de bonne famille, le charme et la bonne éducation un peu effrontée de ceux qui peuvent tout se permettre. Les rejetons de la caste s'amusent d'un rien, le souvenir d'une nounou qui avait des poils au menton…

— Oncle Malo, vous avez des nouvelles ?

— Maman m'a dit qu'il est à la maison d'Ischia. Il paraît qu'il y fait une retraite spirituelle.

— Une retraite spirituelle, lui ? Il doit avoir au moins deux enseignantes particulières de tantra… de vingt-cinq ans maximum.

— Ne dis pas ça. Malo ne va pas bien. Maman pense qu'il ne lui reste pas longtemps…

— Je ne dis rien de mal. Je le connais, c'est tout. Et tu sais que je l'adore. Tu remarqueras que tout le monde l'aime, d'ailleurs, dans la famille. C'est la seule chose que les Valfonda ont en commun, aimer ce vieux fou. J'ai une idée, et si on allait le voir ?

— Tu rêves ! Tu sais avec qui il est, là-bas ? Avec Saverio, le… enfin, tu vois, quoi… Qui est devenu curé, ou moine, je ne sais plus…

— Oh Seigneur ! Tu crois qu'oncle Malo va finir par lui dire ?

— Déjà que l'héritage est en train de fondre à vitesse grand V... Tu le connais, toi, Saverio ?

— Je me rappelle de lui. Je le voyais au domaine. Je le trouvais très beau, et très inquiétant aussi. Il me regardait avec des yeux... comme s'il voulait me manger !

— Moi, j'étais trop bébé pour le remarquer... oups, pardon, monsieur !

La jeune fille heurte le photographe qui était venu l'observer de plus près. Elle lui demande qui il est.

— Agence Fratelli Petrizzi, lui répond-il. Et vous ?

— Luna Valfonda, *piacere*. Qu'est-ce que vous faites là ? Qu'est-ce que vous immortalisez ?

— Tout le monde. Personne. Toujours les mêmes, quoi.

— Toujours les mêmes ?

— Oui. Ça fait cinquante ans que je les photographie.

— Et vous n'en avez pas assez ?

— Non. Et pourquoi j'en aurais assez ? Du Jackie O' au Piper, du Doney au Café de Paris, je les connais depuis longtemps. Depuis leur premier mariage, leur première trahison, parfois leur premier baiser. Tous ces gens ont eu leur moment de gloire, vous savez. Ils étaient sublimes, et tellement sexy.

— Ah oui ?

— Tenez, suivez-moi pendant que je travaille... Tournez votre visage vers moi un instant... La princesse Fauzi, sœur du shah de Perse, vous ressemblait un peu. Quelque chose dans les yeux. C'était l'une des plus *destroy*, aussi, alors que vous avez l'air d'une petite fille sage, vous. Tous ces gens, comme vous dites... Il y en a qui sont là, d'autres que je ne vois plus, et ceux qui ont disparu à jamais. Cette chère Giovannona Pignatelli, vous avez dû la côtoyer quand vous étiez petite. Elle fréquentait les mêmes cercles que votre oncle, et elle était si belle qu'elle avait tourné la tête de tout le monde. Elle préférait faire l'amour à une effeuilleuse parisienne. La somptueuse Stefania Sandrelli, qui venait au Jackie avec son mari Niki Pende. Renato Zero, lui, adorait faire la fête habillé d'une combinaison en lamé rouge vif. Mariangela Melato vivait littéralement accrochée à Renzo Arbore, une liane dans la jungle. Au Jackie, le prince Lillio Ruspoli a connu la chère, splendide Pia Giancaro, qui est devenue la plus adorable des princesses. Je pourrais vous raconter le scandale du flirt de Filippo Orsini avec la star Belinda Lee. Belinda est morte à San Bernardino dans un accident d'auto, mais elle avait déjà rompu avec Orsini, et s'était fiancée au réalisateur Gualtiero Jacopetti, celui autour duquel s'était déchaîné un véritable tsunami à cause d'une vague histoire de bohémienne violée… puis la drôle et magnifique, très chère Marina Punturieri. Elle a épousé Alessandro Lante della Rovere, la charmante duchesse Lucrezia est née – juste un peu plus vieille que vous, je crois –, et maintenant Marina est heureusement mariée à Carlo Ripa di Meana, que l'on surnommait « Orgasme de Rotterdam ». Vous êtes trop jeune pour ça, mais si vous demandez à votre oncle, il vous parlera de cette *love affair* qui a fait scandale entre Gianni Agnelli et Silvia Monti, qui par la suite a épousé Luigi Donà delle Rose. C'était un peu avant, si je me souviens bien. Après, Agnelli – dont les dames murmurent qu'il avait l'un des jouets les plus crac boum hue d'Italie, comme tous les mâles de famille, d'ailleurs – est sorti avec la chère Anita Ekberg. Ils étaient merveilleux ensemble. Mais, même si je suis resté en embuscade pendant plus de quinze jours, je n'ai jamais réussi à le photographier avec Jacqueline Kennedy. Ils étaient hôtes chez les Urso, sur la côte amalfitaine, et Jackie était si triste quand elle est arrivée... et si gaie quand elle est repartie. J'ai même photographié Claudia Cardinale, tellement mignonne, et cet amour de Sarah Churchill, souvent grise, mais qui n'a pas ses défauts ? La délicieuse donna Francesca Agusta, malheureusement décédée après une chute en mer de sa villa de Portofino. Jolanda Addolori, qui a épousé Anthony Quinn, était amoureuse de Rick Di Portanova. Elsa Martinelli et Willy Rizzo ont commencé à flirter un soir où j'étais là. Et je pourrais même vous dire quelle était la chère, exquise baronne qui, une nuit, me prenant pour quelqu'un d'autre dans le noir d'une alcôve, m'a pratiquement violé. Vous voyez, c'est l'histoire de leur vie, mais la mienne aussi, et c'est plus drôle que vous n'avez l'air de le croire : tous ceux qui sont ici, je les ai photographiés aux trente ans d'Helmut Berger, au Jackie O', en mai 1974. Ils étaient habillés en style Marlene Dietrich.

— Helmut Berger ? C'est qui ?

— Vous ne savez pas ? Venez à l'agence. Je vous montrerai.

— Non merci.

Torre Cane, Ischia, automne 2010

— Je voulais vous demander quelque chose…
— Quoi, mon cher ? Si je vais bien ?
— Ah… oui… Comment allez-vous ?
— Pas plus mal que tout à l'heure. Je vais même avoir faim, je crois… Alors, que voulais-tu me demander ?
— Vous savez, un jour, par le plus grand des hasards, je me suis retrouvé dans un hôtel de Belgrade, à la fin de la guerre des Balkans, et tout d'un coup il m'a semblé comprendre plein de choses. Comme si mes yeux se dessillaient. Comme si toutes ces choses que je savais, soudain, commençaient à avoir un sens. Le hall et le bar grouillaient d'hommes d'affaires, de journalistes, de commerçants, de mafieux, de gardes du corps, de prostitués femmes et hommes, de représentants d'organismes humanitaires catholiques, juifs et islamistes, de vrais méchants armés de gros pistolets. C'était bizarre, on ne savait pas qui était qui. Et ce n'était pas si important, après tout. J'ai pensé, voilà, l'Italie c'est ça.
— Oui, et donc ?
— Quand avons-nous commencé à être aveugles, et sourds ?
— C'est à moi que tu poses la question ?

— Votre confession n'en est pas une. Je ne sais pas ce qui vous pousse à me parler de tout ça. C'est ma vie, c'est la vôtre, c'est vrai, mais vous ne parlez pas beaucoup de vous-même. En revanche, vous parlez beaucoup de nous. De notre pays, mon Italie, la vôtre.

— Ceux qui ont vu les transformations s'accomplir, les gens *perbene* baisser la tête et se masquer la face au milieu des vociférations, les petits délits se perpétrer et muter pour devenir des crimes éhontés, les lois se déterminer en fonction de ceux qui en bénéficiaient, les pouvoirs occultes marcher main dans la main avec ceux qui nous représentaient, les héritiers investir leur argent partout ailleurs que dans leur pays, et cette cohorte de nains de cour, de bouffons et de piliers de comptoir, d'incultes fiers de l'être, de bellâtres, footballeurs et putes au grand cœur envahir leur espace vital sont restés sans voix. Comme si nommer les choses était le délit, et non que ces choses existent. En révélant au monde l'abus et l'injustice, les mots et les personnes qui les dénonçaient en devenaient les responsables.

— Quel souffle ! Mais vous n'avez pas répondu.

— Comment répondre à ça ? Ce que nous sommes, toi et moi, à notre pauvre échelle, est totalement inintéressant en soi. En revanche, si nous nous mesurons à l'histoire, nous devenons immédiatement passionnants. Ni toi ni moi n'avons été aveugles ou sourds. Nous avons été des rouages, des chevilles, des maillons, appelle ça comme tu veux, et nous nous y sommes prêtés avec élan, moi avec le poids de ma naissance – je te l'ai déjà dit, mais je le répète –, toi avec… tes choix de vie, qui me laissent toujours aussi perplexe qu'au début. Néanmoins, ma vision des choses et la tienne se complètent, je crois, à merveille. Affronter les événements sans se cacher la réalité, comme nous l'avons fait, c'était participer à une guerre dans laquelle, comme dans toutes les guerres, l'ombre et la lumière se mélangeaient. Mais si, n'était-ce qu'une fois, une seule, tu as justifié le mal, sache que c'est très exactement ce qu'on voulait de toi.

— J'y pensais, justement. Que celui qui n'a jamais péché jette la première pierre, c'est ça ?

— Ramasse cette pierre, et tu seras du mauvais côté.

— Je sais. Je sais. Et j'assume ma vie. Mais vous, don Emanuele ? Vous, Malo, qu'avez-vous fait ?

— Moi, mon cher... Ce que je n'ai pas fait est plus important que ce que j'ai fait !

— Et moi ?

— Toi, tu t'es conduit selon ton cœur. Et ce n'est pas toujours la meilleure chose.

5 juin 1975. Cascina Spiotta, une chaumine sur les collines entre Gênes et Turin

Chère maman, chers parents,

Je vous écris pour vous dire que vous ne devez pas trop vous inquiéter pour moi. C'est à mon tour, maintenant, et au tour de ceux de mes compagnons qui le veulent vraiment, de combattre ce pouvoir bourgeois pourri et de continuer la lutte. Ne pensez pas, je vous en prie, que je suis une inconsciente. Grâce à vous j'ai pu m'instruire, devenir adulte, intelligente et, surtout, forte. Et cette force, en ce moment, me remplit. Ce que je suis en train de faire est juste et sacré, l'histoire me donnera raison comme elle a donné raison à la Résistance, en 1945.

Vous allez me dire, il n'y a pas d'autres moyens? Croyez-moi, il n'y en a pas d'autres. L'État policier ne tient debout que les armes au poing, et ceux qui veulent le combattre doivent le faire de la même manière.

Votre fille qui vous aime, Margherita.

Tout semble si tranquille ce matin. Dans les bois autour de la vieille maison en pierre sèche, les merles appellent. Un coucou répond un peu plus loin. Le printemps est arrivé même dans ces vallées âpres et crues.

Dans le village on connaît depuis longtemps les jeunes qui louent la *cascina*. On n'a rien à leur reprocher. Un peu barbus, un peu hippies aussi, mais gentils, bien élevés, on voit qu'ils ont fait des études ; des jeunes gens comme tant d'autres, peu importe comment ils s'habillent ou s'ils ne se rasent pas tous les jours, dans ces montagnes on s'occupe de ses propres affaires. On leur fiche la paix : on n'a vraiment rien à leur reprocher.

Des hommes en uniforme s'approchent de la demeure, quatre carabiniers venus faire un *sopraluogo*, une inspection ; certains détails dans le kidnapping d'un riche industriel, survenu le jour précédent, laissent penser qu'il est peut-être détenu dans les environs. C'est le général Carlo Alberto Dalla Chiesa qui coordonne ces recherches. Nouvellement arrivé de Palerme où il enquêtait sur la disparition du journaliste Mauro De Mauro et sur ses liens avec le cas Mattei – sans succès, et c'est bien la seule fois de sa carrière –, il vient d'être chargé de l'organisation d'une cellule spéciale anti-Brigades rouges.

Dans l'une des pièces à l'étage, une jeune femme range des papiers épars, lettres, notes, cahiers. Habillée d'un jean retroussé, d'espadrilles en corde lacées aux chevilles et d'une chemise blanche, yeux cernés et cheveux en bataille, elle fait cependant ce qu'elle doit faire avec calme et précision. Lorsque l'un des carabiniers frappe à l'entrée principale elle ouvre la fenêtre, se penche, puis se rétracte, vite. Un type d'une trentaine d'années, maigre, le visage intelligent, se montre alors sur le seuil. Quand le carabinier lui demande de sortir, il répond qu'ils n'ont qu'à entrer s'ils le veulent, mais, contredisant ses propres paroles, il referme immédiatement la porte derrière lui. Le carabinier a à peine le temps de se protéger la tête de son bras levé que quelque chose lui tombe dessus. Quelque chose de rouge, dira-t-il ensuite. C'est une bombe à main. Le bras gauche est coupé net, la brûlure soude veines et vaisseaux, il ne saigne presque pas, ne tombe pas et tire au jugé de la main droite. À partir de ce moment, les versions diffèrent. La dernière image que garde le terroriste qui parvient à s'échapper est celle de sa compagne assise, les bras en l'air, et de deux coups de feu qui claquent, alors que le carabinier affirme qu'il a tiré sur une femme qui hurlait en continuant de vider son chargeur sur lui après avoir tué son collègue.

Ce qui est certain, c'est que restent à terre Giovanni D'Alfonso, l'un des carabiniers, qui mourra après quelques jours d'une agonie atroce, et Margherita Cagol.

Dans la maison les forces de l'ordre trouveront Vittorio Vallarino Gancia, cagoulé et enchaîné à son lit.

L'autopsie révélera qu'un seul coup de feu a été tiré sous le bras gauche de Margherita, la tuant sur l'instant.

*Premier matin du mois d'août 1969.
Nom de bataille Mara*

Le sanctuaire San Romedio en Val di Non, tout en haut de l'Italie dans la région du Trentin, est encore dans l'ombre à cette heure-ci.

Les cinq petites églises superposées qui forment l'Ermitage sont construites sur un éperon rocheux impressionnant au centre d'une *forra*, un trou de roches âpres et coupantes creusées par l'eau dans un goutte à goutte qui dure depuis des millénaires. De ce lieu émane une solennité austère, à partir du XIIe siècle il est devenu but de pèlerinages et récipiendaire d'ex-voto ; le sanctuaire a vu le monde changer mais rien n'a bougé entre ses murs, qui recèlent mystères et légendes à foison.

Margherita Cagol, en robe blanche, épouse ce matin un jeune homme moustachu, très brun, ardent et silencieux. Il s'appelle Renato Curcio. Elle l'a connu à la faculté de sociologie de Trente où il a fait ses études et passé ses examens jusqu'au bout, refusant toutefois à la fin de soutenir sa thèse car, explique-t-il, il ne reconnaît pas aux professeurs le droit de juger de ses connaissances. Il se proclame athée, mais Margherita croit qu'au fond de lui il n'en est pas si sûr. D'ailleurs, il lui a dit oui quand elle lui a fait part de son désir d'un mariage à l'église, mariage qui va être célébré selon un rite mixte, catholique et vaudois.

Margherita Cagol. Un beau visage loyal, des yeux bleu-vert ouverts sur le monde, une cascade de cheveux noirs. Des études terminées au galop avec une thèse sur la place et la valeur du travail dans le monde capitaliste, *110 e lode*, la meilleure note avec mention, à l'université de Trente, petite ville de montagne où elle habite avec ses parents, mère pharmacienne, père commerçant. Margherita est née du bon côté de la barrière dans une famille bourgeoise, petite fille elle lisait les Évangiles à l'église, jouait de la guitare classique au conservatoire et organisait des loteries de bienfaisance.

Jusqu'ici, la vie d'une jeune fille normale qui va fonder une famille, faire des enfants, poursuivre peut-être une carrière universitaire – au département de sociologie on lui a offert un poste d'assistante –, et en tout cas continuer à faire autant de bien qu'il est possible en aidant le tiers-monde à travers des organisations comme *Mani Tese*, Mains tendues, un groupe de bénévoles catholiques dont elle fait partie depuis son adolescence.

À vingt-quatre ans, le jour suivant la soutenance de sa thèse – qu'elle a terminée, triomphale, le poing dressé en l'air –, elle se marie. Mais il n'y a pas de voyage de noces prévu pour le couple : l'après-midi même, ils vont se rendre à Milan où une réunion avec des *compagni* va avoir lieu pour décider d'une stratégie commune. Le monde va mal. On ne va pas continuer à subir. Il faut réagir. Vite.

Chère maman, Milan est une grande ville, au début elle semble lumineuse, attrayante, puis elle se révèle féroce, elle dévore et vous recrache. Tu sais maman, je ne sais pourquoi, la barbarie que je découvre me rend plus mûre, plus consciente. Cette société nous violente à chaque instant, elle viole les joies comme les tourments. Elle nous réprime, nous frustre, nous brise, manipule notre cœur, la rage monte et se transforme en rébellion. Et moi, tu le sais, je parle, je parle trop, je ne peux pas m'en empêcher. J'explose. Je t'embrasse. Ta fille qui ne sait plus quoi faire, Margherita.

Novembre 1969, hôtel Stella Maris, Chiavari, Ligurie

Marciavamo con l'anima in spalla, nelle tenebre lassù, il tuo nome di Battaglia era Philippe ed io ero Sandokan... La légende prétend que c'est en passant par piazzale Loreto à Milan que Renato Curcio aurait dit à ses compagnons, Ici les brigades partisanes ont pendu Mussolini et sa maîtresse Claretta Petacci par les pieds. Margherita aurait répondu, Brigata sera le nom de notre bande... Brigata... Brigata Rossa.

Une bande, quelle bande ? Pour quoi faire ? Et qui en fait partie ? Ce jour de novembre 1969, ils sont plusieurs à se retrouver dans ce petit hôtel que l'arrière-saison a vidé de ses touristes.

Renato Curcio, né à Monterotondo près de Rome, 28 ans, étudiant en sociologie. Idéologue des Brigades rouges.

Margherita (Mara) Cagol, née à Sardana de Trento, 25 ans, docteur en sociologie. Mariée à Renato Curcio. Elle mourra dans une fusillade en 1975.

Paola Besuschio, née à Vérone — la ville de Roméo et Juliette –, 22 ans, docteur en sociologie. Arrêtée, elle sera au centre d'une négociation dans l'enlèvement d'Aldo Moro.

Giorgio Semeria, né à Milan, 20 ans, étudiant en sociologie. Après avoir fait partie des GAP, Groupes armés prolétaires, il entrera dans les Brigades rouges.

Alberto Franceschini, né à Reggio Emilia – la ville du parmesan dans la région la plus « rouge » d'Italie –, 23 ans, étudiant en ingénierie. Il organisera l'enlèvement du juge Mario Sossi.

Prospero Gallinari, né également à Reggio Emilia, 19 ans, ouvrier. Il participera à l'enlèvement d'Aldo Moro.

Roberto Ognibene, né lui aussi à Reggio Emilia, 16 ans.

Mario Moretti, né à Porto San Giorgio dans la région des Marches, 23 ans. Il travaille à l'usine Sit-Siemens grâce à une recommandation de la marquise Casati Stampa, qui a d'ailleurs payé ses études de technicien supérieur industriel. Il deviendra le leader des Brigades rouges dans un second temps et sera à l'origine de l'enlèvement d'Aldo Moro, ainsi que son probable exécuteur matériel.

Corrado Alunni, né à Rome, 23 ans. Il quittera les Brigades rouges pour fonder les Formations communistes combattantes.

Alfredo Bonavita, né à Avellino, au sud de Naples, 24 ans, ouvrier électrotechnicien. Il participera à l'enlèvement du dirigeant de Fiat, Ettore Amerio.

Ce sont eux les fondateurs de la première colonne, le peloton de tête d'une formation qui signera d'une étoile biscornue la condamnation à mort de cent vingt-quatre personnes et la *jambisation* – terme né en même temps que l'acte et signifiant la pratique de tirer dans les jambes de l'ennemi de classe, le laissant le plus souvent estropié à vie – de centaines d'autres.

De cette première réunion sortira un communiqué qui porte tous les stigmates des communications suivantes, répétition obsessive de certains mots, dédain d'un quelconque doute, arrogance d'une certitude absolue, *Compagni, ce n'est pas avec les armes de la critique que nous pouvons détruire la cuirasse du pouvoir capitaliste. Ces années de lutte prolétaire ont donné naissance à une fleur, la lutte violente et organisée des nouveaux partisans contre le pouvoir, ses serfs et ses instruments. De Milan à Rome, de Trento jusqu'au Sud de l'Italie, les incessantes luttes prolétaires ont trouvé une issue : nous sommes les groupes prolétaires pour une nouvelle Résistance.*

C'est une déclaration de guerre, le début d'un conflit que certains – les extrémistes d'un côté, les nébuleuses liées à certains courants politiques de l'autre – voudraient voir se transformer en guerre civile, mais ça, personne ne le sait encore.

Torre Cane, Ischia, automne 2010

— Quand est-ce que tu les as connus, Saverio ?
— Après la mort de Matteo, mon meilleur ami. J'ai voulu comprendre.
— Et tu as compris ?
— Non. Oui. Je ne sais pas. J'avais fait mienne la déclaration de Camilo Torres, le prêtre colombien qui disait, je m'en souviens encore par cœur, Je suis révolutionnaire en tant que Colombien, en tant que sociologue, en tant que chrétien et en tant que prêtre. En tant que Colombien parce que je ne peux pas rester étranger à la lutte de mon peuple. En tant que sociologue parce que les connaissances scientifiques que j'ai de la réalité m'ont conduit à la conviction qu'il n'est pas possible de parvenir à des solutions techniques et efficaces sans révolution. En tant que chrétien parce que l'amour envers le prochain est l'essence du christianisme et que ce n'est que par la révolution que l'on peut obtenir le bien-être de la majorité des gens. En tant que prêtre parce que la révolution exige un sacrifice complet de soi en faveur du prochain et que c'est là une exigence de charité fraternelle indispensable pour pouvoir réaliser le sacrifice de la messe, qui n'est pas une offrande individuelle mais l'offrande de tout un peuple, par l'intermédiaire du Christ. Vous voyez,

je l'ai imprimé dans ma mémoire comme s'il s'agissait d'un poème.

— Ce Matteo. Tu ne m'en as jamais parlé.

— ... et je n'ai pas envie de le faire.

— Pour en revenir à ton curé, là... ça ne te fait pas penser à quelqu'un d'autre de... ton bord, si j'ose dire ?

— Vous faites allusion à *Frate Mitra* ?

— Frère Mitraillette, oui. Il était aussi en Amérique latine, non ? Et il n'était pas armé que de son missel, que je sache.

— *Frate Mitra.* Silvano Girotto. Une fois revenu en Italie, il a infiltré les Brigades rouges. Curcio et Franceschini, les deux chefs, sont tombés dans un piège qu'il leur a tendu et ont été arrêtés. Moretti a reçu un coup de téléphone anonyme et n'est pas allé au rendez-vous : un concours de circonstances l'aurait empêché d'avertir les deux autres... Mais il y a, déjà, quelque chose d'étrange : ce jour-là, Renato Curcio avait l'intention de confier à Frère Mitraillette un rôle important au sein de l'organisation. Les Services secrets le savaient, il les avait avertis. Pourquoi ont-ils décidé de « brûler » leur contact, au lieu de l'infiltrer plus profondément ? Quoi qu'il en soit, le franciscain délateur a été très satisfait de l'opération. Interviewé partout, il faisait des grandes tirades, donnait des leçons, tout fier. Il disait, si je me souviens bien, En Amérique latine, la seule chose qui reste à faire aux gens, c'est prendre le fusil. Ici, non. C'est avec les armes de la démocratie que les citoyens italiens doivent lutter. Les terroristes sont des enfants gâtés, des petits-bourgeois en mal d'héroïsme qui se prennent pour le Che. Ils font le jeu de ceux qui les manipulent à d'autres fins, et avec toute leur morgue ils ne s'en aperçoivent même pas.

— Tu as l'air de désapprouver.

— C'est difficile de vous répondre, même après tant d'années. Je ne sais pourquoi, alors que son point de vue était défendable, je trouvais les moyens détestables. Lui, qui réellement jouait au Che, lui, qui réellement se servait d'un fusil – encore que, j'ai l'impression qu'il parlait plus qu'il n'agissait – dans une réalité tout autre que celle des premières Brigades rouges, avait pourtant ressenti le besoin de faire incarcérer ces espèces de faux frères. Pourquoi ? Et aussi, il montrait un peu trop sa belle gueule. Mes… collègues… ont parfois un goût exagéré pour une certaine esthétique, celle de la maigreur, des yeux illuminés, des joues creuses. Leur *it boy*, c'est saint François d'Assise, quand ce n'est pas saint Sébastien.

— Lorsque tu as eu besoin de mon aide pour quitter l'Italie, en 1981, je ne t'ai rien demandé. Je te le demande maintenant : pourquoi ?

— Parce qu'on allait m'arrêter. Ça, vous le saviez, tout de même.

— Oui, mais pourquoi ?

— Parce que je savais des choses que je ne pouvais pas dire.

— Encore une fois, pourquoi ?

— Parce que j'étais tenu par le secret du confessionnal. J'étais devenu le confesseur des Brigades rouges, de certains d'entre eux, en tout cas. Et je ne pouvais pas les trahir.

— C'est bien ce que j'imaginais. Je t'aurais aidé de toute façon, mais cette raison était quand même la meilleure.

— Mmm... ouais... merci quand même...
— Tu ne peux pas ouvrir la bouche quand tu parles ?
— Ohhh, j'ai dit merci. Je ne vous avais jamais remercié, c'est fait. Et c'est sincère, voilà.
— Eh bien dis donc ! Je croyais que tu me détestais.
— Je le pensais aussi.

Automne 1969
Nous marchions avec l'âme sur l'épaule dans les ténèbres, ton nom de bataille était Philippe, et moi, j'étais Sandokan.

Les premières échauffourées des Brigades rouges ne suscitent que dix lignes dans les journaux. Des voitures de dirigeants d'usine brûlées, des contremaîtres enlevés, photographiés avec un panneau des Brigades rouges au cou et relâchés quelques heures après, avertissements et coups de sonde pour se tester soi-même et tâter le terrain.

On est à l'époque des grandes luttes pour les contrats, des grèves et des manifestations paysannes. L'Italie, qui connaîtra une croissance constante, jusqu'à se hisser à la sixième place des pays occidentaux les plus industrialisés, est en proie alors à une pauvreté, une misère même, surtout dans le Sud, sans précédent depuis la fin de la guerre.

Dans les usines, celle de Fiat Mirafiori notamment, qui totalise vingt millions d'heures de grève cette année-là, les anciens activistes et les délégués syndicaux sont débordés par les jeunes ouvriers qui n'ont plus la même manière de négocier : eux, ils ne demandent pas, ils exigent.

De plus, les étudiants sont entrés dans l'équation de la lutte des classes ; depuis, par l'apport de leurs forces fraîches de contestation et leur disponibilité à s'investir du côté des ouvriers et des agriculteurs, les affrontements avec carabiniers et police se sont faits plus violents. À Battipaglia, dans le Sud de l'Italie, il y a eu deux morts et des dizaines de blessés, à Avola, en Sicile, les carabiniers ont tiré sur les paysans en révolte, faisant là aussi deux morts et une centaine de blessés.

Ce qui vient complètement changer la donne dans ce scénario, c'est le massacre de piazza Fontana. Son effet le plus dévastateur, au-delà de la barbarie implicite, est l'incroyable découverte, même si ce n'est qu'au niveau d'une minorité formée par des intellectuels et des journalistes de gauche, d'étudiants et d'ouvriers politisés, que l'ennemi est l'État lui-même et son objectif, celui d'insécuriser, de désorienter – et de transmettre la terreur.

Comme dans les films de science-fiction, piazza Fontana est la bombe qui se nourrit de sa propre énergie négative pour redoubler sa puissance.

Comment s'en défendre ? Le sentiment le plus répandu est celui d'avoir été trahi. L'impression d'une perte, le désarroi de ne pas savoir à quoi se raccrocher. Un enfant violenté par son père : si l'institution de référence est celle qui profane, brutalise et tue, qui appeler au secours ?

À partir de la bombe de piazza Fontana, l'État montre qu'il est prêt à tout pour sauvegarder ses acquis – autorité, pouvoir, maîtrise des courants politiques. L'État, mais lequel ? C'est maintenant que le terme de souveraineté partagée entre en cause. Partagée, mais avec qui ?

À la terreur on répond par la terreur. Dans ce cas, par le terrorisme.

La toute première action d'envergure, ce sont Renato Curcio et Mario Moretti qui la décident. Il s'agit d'un vol d'autofinancement et il a lieu le 30 juin 1971. Les deux hommes sont pourtant en conflit. Dès le départ, avec Corrado Simioni, un type très particulier qu'il a connu à Sit-Siemens, l'usine dans laquelle il travaille, Moretti a fait le choix de la lutte armée, une stratégie que combattent vigoureusement Curcio et Franceschini, estimant que l'époque n'est pas mûre. Néanmoins, il faut agir. Les Brigades rouges ont besoin d'argent pour la logistique – appartements, voitures, essence. Il faut aussi acheter des armes, bien que souvent les *compagni* qui habitent dans les zones où les partisans ont fait la Résistance retournent en montagne chercher les vieux fusils. Mais ce n'est pas sérieux, ces « vieux cadenas » ont plus une valeur sentimentale qu'une dangerosité réelle. Seulement voilà, les premières Brigades rouges, c'est ça : du romanesque, des idéaux à fleur de peau, et pas d'entraînement à la souffrance, à l'endurance, à la froideur nécessaire pour accomplir ce que, peu à peu, ils s'obligent à faire : « porter l'attaque au cœur de l'État ». Tuer.

À l'intérieur de ce noyau embryonnaire on distingue déjà les deux phases des Brigades rouges, celle d'avant le sang, celle d'après.

C'est Silvano Girotto, Frère Mitraillette, le responsable indirect de ce partage des eaux. Fils d'un officier des carabiniers, condamné pour braquage encore mineur, il se réfugie en France où il s'engage dans la Légion étrangère sous le faux nom d'Elo Garello – matricule 115353. Rentré en Italie, il est de nouveau arrêté pour braquage. En prison, il décide d'embrasser le sacerdoce. En 1969 il devient missionnaire en Bolivie, où il vit caché parmi les paysans, mitraillette à la main. De retour en Italie, Girotto noue ses premiers contacts avec les chefs des Brigades rouges. Grâce à lui, le 8 septembre 1974, Alberto Franceschini et Renato Curcio sont arrêtés.

Frère Mitraillette écrit alors une lettre ouverte aux Brigades rouges : *Et voilà messieurs ! Pendant que vous proclamiez aux quatre vents votre insensé programme d'attaque au cœur de l'État, c'est vous qui avez été touchés au cœur.*

Il est vrai que les carabiniers ont agi avec ma collaboration active. [...] Des bastonnades, donc, vous venez d'en recevoir une et vous en aurez encore jusqu'à ce que vous cessiez de provoquer les masses avec vos absurdes entreprises de petits-bourgeois frustrés et mégalomanes. [...] Cherchez-moi donc ! Il a été facile pour moi de vous frapper grâce aux profonds déchirements et aux rivalités internes qui minent votre organisation. Mais également, laissez-moi vous le dire, à cause de votre dilettantisme en matière de lutte clandestine. Il est cependant possible que vous me trouviez. Je ne me considère pas invincible comme vous. Bien sûr, ça ne vous sera pas aussi facile que d'enlever des personnes sans défense ou de tuer le premier venu. Mais je le répète, je n'exclus pas que vous réussissiez à me frapper.

Ce que le travail d'infiltration de Frère Mitraillette a provoqué n'est pas la fin des Brigades rouges, mais le passage à la seconde phase : après l'arrestation de Curcio et Franceschini, c'est Mario Moretti qui va diriger la nouvelle formation. Ce n'est plus la Brigata Rossa aux nostalgies partisanes de Mara, Renato et Alberto. Ce n'est plus Jules et Jim chez les beaux bandits, les Robin Hood de la révolution à l'italienne : ce sont les Brigades rouges, et ce nom sème la terreur au fur et à mesure qu'elles dérivent, noyées dans le sang, aveuglées de fureur, vers un futur de démence, de folie de plus en plus absurde et de férocité à nulle autre pareille. Vers le règne de la Terreur.

Milan, 23 mai 1974

Une voiture freine près d'un jardin public. Un homme en sort en vacillant, fait quelques pas les jambes flageolantes, puis s'assoit sur un banc. Quelqu'un à l'intérieur de l'habitacle prononce des mots auxquels l'homme ne répond pas, *Vai Mario, e metti giudizio*, Va, Mario, et tâche d'être plus sage.

Le type qui vient de sortir de l'auto est échevelé, vêtu d'habits débraillés, maigre à faire peur. Il est rasé n'importe comment, le menton râpeux, une plaque de barbe plus longue près d'une oreille, en haut de la joue. Il regarde droit devant lui, hagard, et se tient courbé, les bras devant la poitrine, comme pour se protéger. Son visage, sa pommette droite surtout, garde les traces d'anciennes ecchymoses.

Qui pourrait reconnaître en cet homme sale et fatigué Mario Sossi, quarante-deux ans, fringant substitut du procureur de Gênes qui a dirigé des enquêtes sur les ailes subversives de la gauche extraparlementaire ? Dans la presse on l'appelle Docteur Menottes pour son penchant à poursuivre les militants de gauche, tous, sans distinction, même les anciens partisans, même ceux de Soccorso Rosso, organisation soutenue par Dario Fo et Franca Rame.

Mario Sossi revient de loin, et il le sait. Il a pensé mourir, il a cru sa dernière heure arrivée et a eu tout le temps pour la contempler à loisir. On lui a même octroyé un repas qui aurait très bien pu être celui du condamné, un risotto avec une bouteille de barbera. Qui sait si de sa prison il pouvait entendre les cris des hirondelles, ou s'il y avait une radio quelque part ? Qui sait ce qu'un homme qui attend de savoir s'il va mourir bientôt, en pleine ascension sociale et en pleine santé, peut penser des chansons qui passent sur les ondes à ce moment-là, Demis Roussos avec *Goodbye my Love Goodbye*, Bob Dylan et son *Knockin'on the Heaven's Door*, ou Mina qui scandalise les foules avec sa voix de chatte en chaleur, *era forse troppo avanti, quando sei venuto in mente io e lui eravamo già amanti*, c'était déjà trop tard, quand j'ai repensé à toi, lui et moi étions déjà amants ?

Assis sur ce banc, seul, le juge savoure la liberté. Les mains dans les poches, il joue avec quelques pièces de monnaie que les Brigades rouges lui ont laissées. Pendant que tout le monde se pose des questions sur sa vie, sur sa mort, il prend le train sans appeler personne et rentre chez lui.

Pendant trente-cinq jours, Mario Sossi a été détenu dans ce que les brigadistes ont appelé, orgueilleusement, une prison du peuple. La phraséologie des Tupamaros, les gestes du Che ne sont jamais bien loin.

Le 12 mai, pendant sa réclusion, l'Italie a voté oui au divorce par référendum. Les partis ont versé dans la campagne toutes leurs croyances et convictions, bien sûr, mais aussi leurs perspectives politiques et le poids des coalitions qui pouvaient faire pencher la balance de leur côté. Ce sont la Démocratie chrétienne, et intrinsèquement son allié de toujours, le Vatican, qui sortent vaincus.

Le 14 mai, alors qu'il est toujours prisonnier, Mario Sossi envoie une lettre ouverte au président de la République, critiquant la fermeté avec laquelle les institutions refusent la demande de négociation des Brigades rouges, à savoir la libération de huit militants du groupe du 22 octobre contre sa propre liberté ; il évoque les lois de guerre que l'on adopte dans les moments d'exception ainsi que les échanges de prisonniers qui deviennent alors possibles ; il invoque l'autonomie de la magistrature, à juste titre, car ce n'est pas l'État qui peut le tirer de ce mauvais pas ; et, enfin, il conclut sa missive avec une phrase que seul l'humour noir d'un homme acculé peut mûrir, *Pour autant que je sache, jusqu'à maintenant, personne parmi les intransigeants ne s'est offert de prendre ma place dans la prison du peuple.*

À l'ultimatum des brigadistes, les autorités répondent par un embrouillamini qui tient de la commedia dell'arte : d'une part, la cour d'appel de Gênes décide la libération des huit détenus, de l'autre, le ministère de l'Intérieur ordonne que la prison soit cernée pour en empêcher la sortie.

C'est une situation sans issue.

Après le vote de tous ses membres actifs, les Brigades rouges libèrent le juge. Sans conditions. Ces mots, « sans conditions », qui signeront l'acte final de l'exécution d'Aldo Moro quatre ans plus tard, signifient la vie pour Mario Sossi.

Nous sommes en mai 1974, le soir à la télé Mina mince comme un fil change sa tenue haute couture toutes les dix minutes, avec la loi sur le divorce un vent de liberté souffle dans le pays, Curcio et

Franceschini dirigent toujours les Brigades rouges, Margherita Cagol écrit régulièrement des lettres à sa mère, Corrado Simioni est le secrétaire personnel de l'abbé Pierre, et l'espoir est toujours là. Pâle, fragile. Réel.

Torre Cane, Ischia, automne 2010

— En quelque sorte, l'enlèvement du juge Sossi a été la répétition générale de celui de Moro, à la différence qu'il s'est terminé sans mort d'homme. Vous vous rappelez de l'histoire du dernier repas ?

— Oui, c'était Alberto Franceschini, son geôlier, non ? J'espère au moins que c'était un bon cuisinier ! Il n'y a pas grand-chose d'aussi mauvais qu'un risotto mal cuit.

— Je me souviens du visage du juge à sa libération.

— Moi aussi je m'en souviens. C'était surtout…

— … ses yeux. Le regard d'un homme qui a eu le temps de penser à sa mort. Et à sa vie, par la même occasion.

— Ses yeux, oui. Je ne sais pas s'il t'est jamais arrivé de te cacher dans le giron de quelqu'un que tu aimes, de te mettre en boule en respirant l'odeur de sa peau, en ayant juste besoin de sentir les battements de son cœur. Je ne sais pas s'il t'est arrivé de retrouver les frayeurs de ton enfance, de trembler et de claquer les dents de terreur, si tu as éprouvé cette peur pure, exquise, de l'enfant sans défense. Je ne sais pas si tu te souviens d'avoir ressenti tout ça.

— Oui. Ça m'est arrivé. Et ça me fait penser à Ciro Cirillo, un autre otage qui a eu de la chance, libéré dans d'étranges circonstances au début des années quatre-vingt. À sa sortie, on l'a vu tenir si fort la main de sa femme qu'elle en avait les jointures blanchies.

— Cette fragilité, je l'ai revue dans les yeux de mon père, don Alessandro, pendant qu'on le transportait à l'hôpital, quelques heures avant sa mort. Lui aussi a tordu les doigts de ma mère. L'impuissance ultime.

— Vous n'avez pas ce regard.

— Pas maintenant. Il me semble que je vais mieux, depuis que tu es là. Tel Violetta, dans *La Traviata*, jusqu'à ce qu'elle meure, après avoir senti sa vie revenir à grands pas ! Mais ne parlons pas de ça. Il y a d'autres choses plus intéressantes. Tu savais qui était ce Corrado Simioni, toi ?

— Je ne savais pas. Et je ne sais pas si quelqu'un l'a, un jour, vraiment su.

Paris, 1976

Considéré comme l'un des meilleurs spécialistes de l'œuvre littéraire de Luigi Pirandello, Corrado Simioni est né à Venise en 1934. Son activité politique commence en 1965, lorsqu'il adhère au Mouvement des jeunes socialistes. Il en est exclu dans de curieuses circonstances pour une affaire d'indignité morale dont on ne saura jamais le fin mot. La rumeur parle d'une collaboration présumée avec l'United States Information Service. En tout cas, il quitte l'Italie et s'installe à Munich pour poursuivre des études de latin et de théologie, mais il y revient début 1968 et trouve un emploi dans la maison d'édition Mondadori. Le 8 septembre 1969 il fonde avec Renato Curcio le Collectif politique métropolitain (CPM) milanais, considéré comme le précurseur/inspirateur des Brigades rouges. De ce collectif font partie Margherita Cagol, Gianni Semeria et Vanni Mulinaris, ainsi que des catholiques dissidents.

Corrado Simioni bouge beaucoup. Au début des années soixante-dix il est à Paris et devient secrétaire particulier de l'abbé Pierre, vice-président de la fondation Abbé Pierre pour le logement et président de l'Association pour le renouveau du drame sacré (Ardras).

En 1976 il crée l'école Agora, devenue ensuite Hypérion.

Renato Curcio, dans une interview qu'il donnera des années plus tard, quand tout cela sera fini depuis longtemps, dira : « Tout a commencé par une lutte de pouvoir en soixante-dix. Corrado Simioni est arrivé avec l'intention de conquérir une position hégémonique à l'intérieur de la gauche prolétarienne agonisante. Il a prononcé un discours particulièrement dur, et soutenu que le service d'ordre allait être ultérieurement militarisé. Il a échoué mais, une fois retourné à Milan, il n'a pas lâché prise : il a proposé des attentats inconcevables pour une organisation ancrée, insérée dans un mouvement très vaste et, pratiquement, ouverte à tous. Margherita, Franceschini et moi étions d'accord pour juger ses idées irréfléchies et dangereuses. Nous avons décidé de l'isoler ainsi que les camarades qui étaient les plus proches de lui, Duccio Berio et Vanni Mulinaris : nous les avons tenus à l'écart de la discussion sur la naissance des Brigades rouges et nous ne les avons pas informés de notre première action. Simioni a alors rassemblé un groupe d'une dizaine de camarades, parmi lesquels Prospero Gallinari et Françoise Tuscher, la nièce du célèbre abbé Pierre, qui se sont détachés du mouvement, devenant des francs-tireurs. Cependant, il y avait des amis communs qui nous tenaient informés et nous connaissions leur projet de créer une structure fermée et sûre, super clandestine, qui pourrait entrer en action comme groupe armé dans un deuxième temps : quand, d'après leurs prévisions, repérés et désorganisés, nous aurions tous été capturés. »

Les membres qui se séparent de ce premier noyau – Corrado Simioni, Vanni Mulinaris, Duccio Berio,

Prospero Gallinari et Innocente Salvoni, entre autres – fondent le Superclan, une nouvelle structure qui a pour but la coordination de différentes organisations à l'échelle internationale. Ce Superclan trouve une base parisienne, l'école de langues Hypérion. L'école va notamment ouvrir un autre bureau en 1977 à Rome, au 26 via Nicotera. Dans le même immeuble opèrent des sociétés couvertes par le SISMI – Service Informations Sécurité Militaire. Les bureaux resteront ouverts jusqu'en juin 1978, c'est-à-dire durant la période qui va du projet d'enlèvement de Moro jusqu'à peu après son épilogue tragique.

Prospero Gallinari tuera le magistrat Riccardo Palma en février 1978, avec le même Skorpion qui achèvera Aldo Moro. Il participera également à l'action d'enlèvement et à la logistique.

Innocente Salvoni, marié avec Françoise Tuscher, et Vanni Mulinaris, à la tête d'Hypérion, seront inculpés de participation à bande armée. Ils verront l'abbé Pierre plaider leur cause auprès de Sandro Pertini, alors président de la République, et de Benigno Zaccagnini, alors secrétaire de la Démocratie chrétienne, qui par la suite niera la rencontre.

Corrado Simioni sera reçu en audience privée par le pape Jean-Paul II, puis ouvrira un *bed and breakfast* dans la Drôme avec sa compagne. Il se tournera vers le bouddhisme et finira sa vie parmi ses chats, ses chiens et ses oliviers.

Alberto Franceschini, qui l'appelait l'Inglés comme le faux révolutionnaire interprété par Marlon Brando dans le film *Queimada* de Gillo Pontecorvo, a affirmé que Simioni travaillait pour le compte de l'OTAN et rappelé qu'il avait proposé, entre autres opérations, l'assassinat du Prince noir Junio Valerio Borghese. Il a dit aussi que, au cours des années soixante-dix, lui-même avait eu connaissance d'une mystérieuse organisation secrète financée par la CIA qui aurait infiltré le groupe des Brigades rouges alors dirigé par Mario Moretti.

Alberto Franceschini maintiendra cette thèse dans ses mémoires.

Des années plus tard, à la découverte dans les caches des Brigades rouges d'une imprimerie qui avait auparavant appartenu au Service informations défense – SID –, et après des tests balistiques démontrant que plus de la moitié des quatre-vingt-douze balles tirées sur les lieux de l'enlèvement de Moro étaient similaires à celles des stocks du réseau clandestin stay-behind Gladio – le réseau mis en place par l'OTAN après la Seconde Guerre mondiale pour lutter contre l'influence communiste –, Duccio Berio avouera avoir transmis au SID des informations ultrasecrètes en tant que membre du Superclan pendant ses années de présence à Paris.

Tous ceux qui étaient liés à l'institut Hypérion, hors Prospero Gallinari, ont été acquittés.

Torre Cane, Ischia, automne 2010

Blonde à ses pieds, le prince, assis sur un grand fauteuil recouvert d'un drap blanc, ferme les yeux au soleil, exsangue. Seule, dans son visage blanc, sa bouche rouge met une tache de couleur. Sa voix est un murmure, mais l'avidité avec laquelle il pose sa question fait sursauter Saverio.

— Quelqu'un parmi tes… cocos… t'avait-il parlé du stay-behind Gladio, l'officine militaire dépendant des services secrets, notre beau réseau d'ingérence américain échappant à tout contrôle démocratique ?

— Oui. Oui, j'étais au courant de… ça. Pourtant, à l'époque, on ne savait rien encore, tout au moins officiellement. Ceux qui en connaissaient l'existence, à l'extrême gauche, en connaissaient aussi la virulence, et l'efficacité.

— Qui te l'avait dit ?

— C'était au cours d'une confession. Je suis tenu par le secret.

— Et il n'y a pas de prescriptions pour ça ?

Saverio serre les lèvres sans répondre.

— Si on ne peut plus plaisanter… Dis-moi, plutôt : si quelqu'un t'avait avoué un crime à venir, comment t'en serais-tu tiré ?

— C'est arrivé.

— Et ?

— Je ne lui ai évidemment pas donné l'absolution. J'ai ordonné à cette personne de se rendre à la police.

— Elle l'a fait ?

— Non.

— Pas très efficace ta menace, non ?

— Cette personne – une femme, en fait – ne s'est pas rendue, c'est vrai. Mais elle a fait en sorte que le meurtre projeté échoue.

— Un qui a pu sauver sa peau parmi tant d'autres à qui on l'a trouée.

— Et une âme qui n'a pas été perdue. J'ai fait ce que j'ai pu.

— Ce n'était pas plus simple de la dénoncer ?

Saverio, debout face à la mer, secoue la tête. Une main en visière sur les yeux, il contemple au loin Capri voilée de brume, les bateaux dans le petit port de Sant'Angelo, la longue langue de sable de la plage, les pêcheurs qui viennent de rentrer. Puis, en soupirant, il se retourne vers don Emanuele, fait un pas vers lui, se penche et lui tend le chapeau qu'il tient à la main :

— Couvrez-vous, don Emanuele. Le soleil est encore violent.

— Réponds-moi. Ce n'était pas plus simple de la dénoncer ?

— Est-ce que l'abbé Pierre n'est pas allé demander grâce pour le compagnon de sa nièce et ses amis ? Ce n'était pas un naïf, pourtant. Ni un sot.

— Tu t'obstines à ne pas me répondre.

— Faire le mal pour avoir le bien, c'était le raisonnement de ceux qui tiraient les ficelles en Italie. Regardez où on en est !

— C'est un point de vue. Je te pose, par absurde, la même question d'une autre manière : si tu avais pu étrangler Hitler dans son berceau sachant qui il allait devenir et ce qu'il allait faire, l'aurais-tu tué ?

— Non.

— C'était le mal mineur, pourtant.

— Je ne crois pas au mal mineur. Je crois au mal tout court.

— C'est toute la différence entre nous.

— Ils cogneront les uns contre les autres comme des ivrognes et s'entre-dévoreront.

2 décembre 1969. 28 mai 1974. 4 août 1974

« Si quelqu'un, aujourd'hui, me demandait ce dont je me rappelle, je dirais que je revois une par une les trois cent mille personnes présentes aux funérailles le lundi matin suivant, un mur humain sans banderoles, sans rien. Il y avait des ouvriers en bleu de travail, des employés, des ménagères, et tous ces gens étaient là, debout, immobiles, muets, avec un regard terrible. Ce sont ces visages-là que je n'oublie pas, et surtout ce silence assourdissant. Je crois que ces Milanais ont empêché la proclamation de l'état d'urgence et l'objectif recherché par ceux qui avaient mis cette bombe. L'Italie a frôlé à ce moment-là la dérive autoritaire. »

Celui qui se souvient de la bombe de piazza Fontana s'appelle Fortunato Zinni, il était à l'époque employé de la Banca dell'Agricoltura au guichet 15 et il est sorti indemne du massacre.

La police a arrêté le soir même quatre-vingt-quatre anarchistes, mais, deux ans après, un nouveau témoignage a conduit à la mise en accusation de plusieurs néofascistes et officiers du SID. Le procès sur le massacre a duré jusqu'en 2005.

Guido Giannettini, Marco Pozzan, Stefano Delle Chiaie, Franco Freda, Giovanni Ventura dans un premier temps, puis Delfo Zorzi, Carlo Maria Maggi et

Giancarlo Rognoni, dans un deuxième temps, ont été inculpés.

Après plusieurs démêlés juridiques, aucun responsable avéré n'a été puni.

Piazza della Loggia, Brescia. En mai 1974, un attentat à la bombe dans un rassemblement antifasciste à Brescia tue huit personnes et en blesse cent deux. Une fois les corps ramassés et les blessés emmenés à l'hôpital, arrive l'ordre du préfet de police : il faut faire laver la place, immédiatement. À la fin de la journée, tous les indices, toutes les preuves ont disparu. Aucun enquêteur ne peut travailler dans ces conditions : sol et mur ont été astiqués, brossés, lessivés.

La première audience de la troisième phase du procès se tiendra en 2008. Six personnes sont inculpées : à nouveau, Delfo Zorzi et Carlo Maria Maggi, puis Maurizio Tramonte, Giovanni Maifredi, Pino Rauti et Francesco Delfino, à l'époque capitaine du noyau d'investigations des carabiniers de Brescia.

Aucun coupable avéré n'est actuellement incarcéré.

Ces deux procès, celui de piazza Fontana et celui de piazza della Loggia, avec leurs sillages de dits et de non-dits, de déclarations fracassantes redimensionnées, de chicanes juridiques, de procédures douteuses, d'ergotages et tracasseries divers, ont néanmoins révélé que les services secrets savaient. Ils connaissaient modalités et pratiques des poseurs de bombe, jusqu'à la chronologie. Suggérées, inspirées… ordonnées ?

Tous les chefs des services secrets de l'époque – Gianadelio Maletti, Vito Miceli, Antonio Labruna,

Federico Umberto D'Amato – étaient inscrits à la loge maçonnique P2.

Delfo Zorzi, l'inculpé n° 1, vit et travaille aujourd'hui à Tokyo. Docteur ès langues orientales, il est l'auteur d'une thèse sur le bushidô, forme de culture japonaise liée à l'éthique guerrière. Avant de devenir citoyen japonais – et richissime homme d'affaires –, il faisait partie d'Ordine Nuovo, le mouvement d'extrême droite fondé par Pino Rauti en 1956. Condamné à la prison à vie dans un des procès pour la bombe de piazza Fontana, accusé d'être l'un des coupables du massacre de piazza della Loggia, défendu par l'avocat Gaetano Pecorella, député de Forza Italia, également avocat de Silvio Berlusconi, Zorzi est aujourd'hui encore parfaitement libre de ses agissements, le Japon ayant refusé son extradition.

Le collaborateur de justice Martino Siciliano, qui avait disculpé Zorzi au cours d'un des procès en 1994, est actuellement en fuite.

Une enquête a établi qu'un virement de six mille marks avait été transféré à son nom, provenant d'un compte suisse reconductible à la Société Fininvest/Mediaset.

Train Italicus, San Benedetto Val di Sambro, Bologne. Quelques mois après le massacre de piazza della Loggia, une explosion dans le train Italicus près de Bologne tue douze personnes et en blesse quarante-huit.

Les coupables n'ont jamais été découverts.

Le réseau de stay-behind Gladio n'a obtenu une reconnaissance officielle que le 24 octobre 1990. Ce jour-là, Giulio Andreotti, alors Premier ministre, s'est vu obligé de tenir une conférence de presse pour en parler. Mais au cours de différentes recherches voulues, et obtenues, par des juges un peu trop têtus, on avait déjà découvert un papier top secret avec l'entête *Stato Maggiore delle Forze della Difesa*, État-major des forces de défense, concernant l'opération Gladio. Dans ce document daté du 1er juin 1959, une phrase était soulignée en jaune : *Gladio a été créé avec le double objectif d'entrer en action en cas d'invasion soviétique ou dans celui d'un renversement des forces politiques occasionné par les communistes.*

Torre Cane, Ischia, automne 2010

— Alors, quoi ? D'un côté les Brigades rouges, infiltrées par les services secrets. Et de l'autre… ?
— Quelle candeur, Malo, tout d'un coup. C'est moi qui attrape un coup de soleil et c'est vous qui en êtes atteint ? Pourtant, il m'a semblé que vous étiez plus que moi au courant de certains détails. Vous en savez beaucoup, beaucoup trop par moments, pour n'avoir été qu'un simple prince de *La Dolce Vita* dans sa tour d'ivoire.
— Pas vraiment. Je vagabondais entre l'Inde, le Tibet, l'Afghanistan et le Maroc avec Dorothée, ma deuxième femme, dans les années soixante-dix. Je crains de ne pas avoir été très attentif, à certains moments. Et puis tu sais, les sigles et les dénominations, moi…
— Au début des années soixante-dix, je vous résume, à gauche il y avait Movimento Studentesco, FGCI, Lotta Continua, Avanguardia Operaia, Potere Operaio et Autonomia Operaia, entre autres. De l'autre, à droite, le Fronte della Gioventù, le FUAN, Avanguardia Nazionale, Ordine Nuovo. Des dizaines de morts, des centaines de blessés. Des vies brisées, rouges et noires. Des carabiniers tués. Des policiers suicidés. Les couleurs des uns ont déteint sur les autres depuis.

— Ne dis pas ça. Ce n'est pas vrai.

— Tous ces jeunes qui avaient des idéaux, même opposés, ont été instrumentalisés. Par les mêmes personnes, pour les mêmes raisons. C'est vous qui l'aviez dit le premier, vous en souvenez-vous ?

— Ça ne suffit pas pour les jeter dans une fosse commune.

— Demandez aux mères. Demandez aux frères, aux sœurs. Demandez aux amis. Et n'oubliez pas où nous en sommes aujourd'hui : après les années de plomb, celles de la boue.

— *Cui prodest ?* Tu dois connaître ton latin, non ?

— À qui cela profite ?

Peteano, Frioul, nord-est de Venise, 31 mai 1972
Deception is a state of mind and the mind of the State. *James Jesus Angleton, chef de la CIA de 1954 à 1974*

Ils ont abandonné une Fiat 500 blanche pleine d'explosifs dans un bois. Ils ont tiré des coups de feu contre le pare-brise. Ils ont téléphoné anonymement aux forces de l'ordre pour signaler la voiture. Une voix très particulière, quelqu'un qui parlait le dialecte de la région, *Ghe sé na machina co dei busi de fusie. Na sinquesento Bianca...*

Cinq carabiniers sont rapidement arrivés sur place. Antonio Ferraro, trente et un ans, Franco Dongiovanni, vingt-trois ans, Donato Poveromo, trente-trois ans, meurent en essayant d'ouvrir le coffre. Les deux autres sont grièvement blessés.

« J'étais sur le côté gauche de la Fiat, à la hauteur de la portière. Il y a eu un éclair aveuglant, un bruit épouvantable. J'ai été soulevé de terre. J'ai littéralement volé dans les airs. Je suis retombé près de la voiture qui brûlait et, me traînant sur les coudes, j'ai essayé de m'en éloigner. Quand les secours sont arrivés j'ai été reconnu, paraît-il, à mon uniforme. » Renato Tagliari, l'un des carabiniers rescapés, doit sa vie au hasard. Il était à peine trente centimètres plus loin que ses collègues de la charge explosive.

Ceux qui ont commis l'attentat à la Fiat 500 s'appellent Vincenzo Vinciguerra – qui a avoué –, Ivano Boccaccio et Carlo Cicuttini. Ils sont inscrits sur les listes du Movimento Sociale Italiano, MSI, le parti de droite. Ils font aussi partie d'Ordine Nuovo, le groupe armé d'extrême droite.

L'enquête est confiée au colonel Dino Mingarelli, bras droit du général Giovanni De Lorenzo. La magistrature milanaise communique à Mingarelli le nom de l'un des responsables, dénoncé par Giovanni Ventura, l'un des deux hommes mis en examen pour la bombe de piazza Fontana, mais le colonel fait la sourde oreille et pilote les recherches dans l'aire de Lotta Continua, à l'extrême gauche.

Un premier procès met en cause six jeunes gens totalement étrangers aux faits, révélant par la même occasion la culpabilité du colonel Mingarelli, condamné par la suite pour faux, usage de faux et suppression de preuves. La cour estimera que Giorgio Almirante, secrétaire du MSI, à ce moment-là la vraie référence de la droite parlementaire, a été complice du brouillage des pistes. Le secrétaire du parti est condamné pour connivence, puis amnistié. Dans la même veine, elle condamnera le général Giovanni Battista Palumbo, commandant de la division Pastrengo de Milan – celui-là même qui s'était réjoui du viol de l'actrice Franca Rame –, à dix ans et demi de prison.

« La quatrième dimension de la guerre, c'est celle qui comporte la conquête des cœurs et des esprits. C'est

ça la Troisième Guerre mondiale, des conflits de basse intensité avec les moyens à disposition, notamment ce qui, de manière inappropriée, a été appelé terrorisme. La Stratégie de la Tension cherchait à déstabiliser le peuple pour stabiliser l'ordre politique, justifiant ainsi l'intervention répressive, une répression accueillie avec soulagement par les gens. Parce que c'est ça que les gens veulent : vivre en paix. »

Vincenzo Vinciguerra, responsable de la tuerie à la Fiat 500, dans une interview à *Blu Notte*, émission de télé de Carlo Lucarelli, diffusée par Rai 3 en 2009.

« C'est une structure parallèle, une armée invisible qui n'est pas mise en place en fonction d'une guerre contre un agresseur hypothétique, mais plutôt utilisée à l'intérieur des pays – pas seulement l'Italie – contre ce que, dans les milieux militaires, on appelle communément la "cinquième colonne", c'est-à-dire les forces de gauche et d'extrême gauche. Cette structure se sert d'éléments d'extrême droite et son origine date de la fin de la Deuxième Guerre mondiale. Il y a un homme dont le parcours illustre parfaitement l'histoire du stay-behind italien, c'est le prince Junio Valerio Borghese. Le Prince noir a été sauvé personnellement de la pendaison par James Jesus Angleton, ensuite protégé par l'OSS qui l'a aidé à s'enfuir de Salò lorsque les Américains ont pris possession du territoire. Junio Valerio Borghese a été réutilisé lors de différentes opérations, dont le coup d'État avorté du 8 décembre 1970. »

Vincenzo Vinciguerra, interview pour le documentaire « Opération Gladio » diffusé par la BBC en 1992.

*Opération Tora Tora. 7 décembre 1970,
nuit de l'Immaculée Conception*
E mentre la forestale tentava il golpe alla Rai, c'era stato un concerto all'isola di Wight. « *Et pendant que les gardes forestiers faisaient leur coup d'État à la Rai, il y avait eu un concert sur l'île de Wight.* » *Chanson de Rino Gaetano*

« Italiens, le virage politique tant espéré, le coup d'État si longuement attendu a enfin eu lieu. La politique qui nous a gouvernés pendant vingt-cinq ans et qui a porté l'Italie au bord de la faillite économique et morale a cessé d'exister. Dans les prochaines heures, nous vous indiquerons les mesures immédiates à prendre pour faire front aux déséquilibres de la Nation.

Les forces armées, les forces de l'ordre, les hommes les plus compétents du pays sont avec nous. Nous pouvons vous assurer que les adversaires les plus dangereux, ceux qui voulaient asservir la patrie à l'étranger, ont été rendus inoffensifs.

Nous remettons dans vos mains le glorieux drapeau et vous invitons à crier notre hymne d'amour : Italia ! Italia ! Viva l'Italia ! »

Voici le message que les Italiens auraient dû entendre à la télévision et à la radio le matin du 8 décembre si le plan du Prince noir Junio Borghese avait eu lieu comme prévu. Tout avait bien commencé à l'heure dite le soir précédent, et même s'il pleuvait très fort sur Rome, les participants au putsch étaient à leur place, prêts à accomplir leur part de travail au risque de leur vie. Un coup d'État n'est pas une opération à prendre à la légère. Junio Valerio Scipione Ghezzo Marcantonio Maria Borghese a commandé des hommes, tué des hommes. Sa médaille d'or de la valeur militaire, il l'a gagnée sur les champs de bataille. Il sait ce qu'est une opération, et il sait comment la mener à bien. Celle-ci est parfaitement organisée. Elle ne peut pas faillir.

Les groupes d'intervention sont prêts, les hommes rassemblés au quartier Montesacro dans un chantier qui appartient à Remo Orlandini – l'un des derniers fidèles du Duce –, mais aussi dans un centre sportif, propriété de Saccucci – ex-parachutiste et partisan d'extrême droite – près de la Basilique de la Sainte-Croix-de-Jérusalem, ainsi qu'au siège d'Avanguardia Nazionale – le mouvement d'extrême droite fondé et dirigé par Stefano Delle Chiaie –, via Arco della Ciambella, au cœur de Rome. En même temps, une colonne de deux cents gardes forestiers se prépare à marcher sur la ville.

L'opération Tora Tora n'est pas limitée à la capitale. Le colonel Amos Spiazzi, parmi ses hommes en Lombardie, attend aussi le *go-away.*

À 22 h 15, l'ordre de l'action est enfin donné depuis le centre de commandement, via Sant'Angela Merici, bureaux du major Mario Rosa.

C'est l'heure H.

Les objectifs ont été définis : le siège de la Rai, radio et télévision italienne, les ministères de l'Intérieur et de la Défense. Il faut aussi supprimer le chef de la police Angelo Vicari et enlever le président de la République Giuseppe Saragat. C'est un dénommé Licio Gelli qui est désigné pour arrêter ce président qui signe ses communications avec un retentissant « Vive la Résistance, Vive l'Italie ».

À minuit, certains objectifs ont déjà été atteints. Des centaines d'armes ont été prélevées au ministère de la Défense, des centaines d'hommes poursuivent point par point, selon les prévisions, l'action en cours.

À 1 heure du matin, l'ordre d'arrêter l'opération est donné par le centre de commandement.

Tout le monde rentre à la base. L'opération Tora Tora est annulée.

Torre Cane, Ischia, automne 2010

Quelques heures de sommeil. Mouettes et goélands, hirondelles de mer aux vols fous. Le même fauteuil couvert d'un drap blanc pour don Emanuele, la même chaise droite pour son confesseur, jusqu'au plateau en argent avec la carafe et les verres, les feuilles de menthe, les glaçons qui fondent, l'eau qui tiédit.

Blonde n'est pas là. Le majordome est en train de la chercher en bas, sur l'étroit bandeau de plage et de rochers. On l'a appelée, on a fouiné et demandé partout dans le village de Sant'Angelo, mais elle n'est toujours pas revenue. C'est la première fois qu'elle s'enfuit. Le prince, préoccupé, s'est longtemps tu. Lorsqu'il parle, Saverio sursaute sur la chaise où il est assis.

— On revient souvent vers ce qui nous a fait du bien. Mais, impitoyablement, on revient surtout vers ce qui nous fait du mal, par une pulsion de mort.
— Où voulez-vous en venir, maintenant ?
— Je n'ai jamais, jamais eu peur de rien. J'ai croqué le sel et l'amer de la même manière que le suave et l'âpre. Je n'ai jamais rien laissé d'intenté, ni dans la conquête d'une femme ni dans celle d'un concept qui m'échappait. J'ai lu, regardé, écouté, admiré. Les

livres, les œuvres d'art, la musique. De Rabelais à *La Divine Comédie*, de *L'Odyssée* aux bandes dessinées. Du baroque au rock'n roll. Rien de ce que l'humain peut faire, en bien comme en mal, ne m'est étranger. Je peux comprendre l'élan fou d'un grand créateur comme le désir de destruction d'un tueur en série. En revanche, je ne comprends pas qu'on puisse, comme toi, se résigner...

— Vous ne savez rien de moi.
— Je connais de toi ce que tu ne sais pas toi-même.
— Quoi ?
— ...
— ...
— Ce que je te disais tout à l'heure. La souffrance est une vengeance qu'on retourne contre soi. On va la chercher comme une punition. Il est rare pourtant de savoir, de se rendre compte de quoi on veut être puni. Chez vous, gens d'Église, ça s'appelle expiation, si je ne me trompe pas.

— Réparation, aussi. Il y a des hommes qui payent pour d'autres. Les plus honnêtes, les plus têtus, les plus exposés.

— Je crois que ce que je déteste le plus dans le catholicisme est ce qu'on appelle pénitence.

— Vous y êtes aussi réceptif, en effet, qu'à la contrition. Ça m'étonnerait que vous y ayez été confronté ne serait-ce qu'une fois au cours de votre vie.

— Le désir a été le fil de mon existence, mais ce qu'on appelle caprice aussi. Et puis j'ai eu cette liberté dont peu de gens peuvent jouir, celle de l'argent et de l'éducation. Aucune porte ne s'est jamais fermée devant moi. J'ai pu me promener dans le monde entier, comme je le voulais. Sers-moi un verre d'eau, s'il te plaît.

Les deux hommes se taisent à nouveau. Le soir approche, une brise légère se lève. De la mer viennent les bruits de clochette des mâts, les voiliers semblent respirer dans les longues vagues apaisées.

23 heures, 11 juillet 1979, Milan
Sans doute, je paierai très cher d'œuvrer à la tâche qui m'a été confiée. Mais je le savais avant de l'accepter et je ne m'en plains pas, car pour moi cela aura été une occasion unique de faire quelque chose pour mon pays.

Lorenzo Zanon a conservé le titre de champion d'Europe poids lourd, mais Alfio Righetti s'est bien battu. Match nul. Après la rencontre de boxe qu'ils viennent de voir à la télé, les amis auraient pu rentrer à pied, mais Giorgio a envie de les raccompagner.

Juste à la fin du match il y a eu un coup de fil, muet. Ça arrive souvent. Giorgio préfère ne pas rester à la maison à ressasser.

C'est une soirée tiède, Annalori et les enfants sont déjà à la mer, dans deux jours il les rejoindra. Comme tous les étés, il retrouvera ce temps un peu vide, un peu morne des vacances, la plage parsemée de parasols colorés, les pages du journal qui volettent dans la brise du matin. Une balade dans la pinède, la sieste l'après-midi, une pizza le soir. Pas d'horaires fixes, pas de projets, juste un petit bout de temps à ne pas trop penser, à ne pas trop courir. À quarante-six ans, on ne jouit pas de la vie de la même manière qu'à vingt. C'est plus doux, plus intense aussi. On respire auprès des personnes aimées, on regarde sa femme bouger dans le soleil avec sa nouvelle robe un peu transparente, un peu lâche. On la suit des yeux. Annalori est encore plus belle avec ses quelques rides et ce regard qui couve, qui sait. On en a un nœud dans la gorge, mais c'est quelque chose de tendre.

Filippo pousse vite, Francesca est grande, déjà. Betto, le petit dernier, est plus calme dernièrement. Pendant des semaines entières il restait éveillé la nuit, et quand il s'endormait enfin, épuisé, il faisait des cauchemars.

Giorgio gare sa voiture près de la porte d'entrée. Demain, il faut se réveiller tôt et formaliser le travail accompli ces quatre dernières années par une lettre déclarant que l'enquête est achevée. Quatre années terribles, hérissées d'ombres menaçantes. Les tourments d'Annalori, les cauchemars de Betto. Le maréchal Novembre qui, inquiet, passait la nuit sous ses fenêtres, dormant dans sa voiture, souvent. Les rendez-vous avec des hommes qui ne parlaient que par sous-entendus. Les amis qui ne comprenaient pas, auxquels il était si difficile d'expliquer pourquoi, lorsqu'on vous l'a offerte, vous avez refusé de prendre la place d'un banquier, alors que cela aurait signifié plus de pouvoir et une nouvelle vie. Mais ça s'appelait aussi se faire acheter. Le rôle du liquidateur d'une banque qui perd de l'argent, beaucoup d'argent, est celui de faire les comptes puis de solder les dettes, et non d'accepter les avances d'hommes politiques qui proposent de l'argent, beaucoup d'argent, pour remettre cette banque à flot. Et d'ailleurs, ils venaient d'où, ces milliards qui allaient combler les énormes trous dans la comptabilité ? De la poche des contribuables. Prêtés par ces mêmes hommes politiques qui en avaient profité auparavant pour renflouer leurs caisses et celles de leurs partis. Quant au responsable, le banquier Michele Sindona, il n'avait plus qu'à recommencer, là ou ailleurs. Avec l'appui de son ami Giulio Andreotti.

Non, ce plan infernal qu'il a peu à peu mis au jour, ce système malade qui a choqué ses sentiments de serviteur de l'État, ces combines financières de haut vol qui l'ont gardé éveillé nuit après nuit, ces secrets qui l'ont fait feuler de colère, et les solutions qu'on lui a proposées, puis imposées, et auxquelles il a résisté pour n'en faire qu'à sa tête, qu'à son cœur, il les a trouvés ignobles. Pourtant, Giorgio Ambrosoli n'est pas un communiste, un extrémiste, un janséniste, un fou. Juste un homme avec des valeurs. Ce qu'on appelle un modéré.

Mais maintenant, tout ça est fini. Terminé.

Une démarche banale, celle de demain. Le pire est passé.

Verrouiller les portières. Chercher dans les poches les clés de la maison. Guetter si les lumières aux fenêtres du quatrième étage sont allumées, si Annalori dort déjà. Mais non, c'est idiot, elle est à la mer avec les enfants. Plus que deux jours, ensuite il sera avec elle. Dans ses bras qui le protègent, ses bras lisses, soyeux. Il a été obligé de tout lui raconter, de lui faire entendre les enregistrements des coups de téléphone, les menaces de mort. Elle l'a exigé.

Cet accent du Sud de l'Italie :

— *Pronto avvocato ?*
— *Chi parla ?*
— L'autre jour, vous avez joué au plus malin. Je voulais vous sauver, mais à partir de maintenant, je ne vous sauve plus.

— Vous ne me sauvez plus ?

— Je ne vous sauve plus. Parce que vous n'êtes digne que d'être abattu comme un cocu ! Parce que vous êtes un cocu et un bâtard !

Bastaddo, comme on dit en Sicile.

Annalori n'a pas pleuré. Elle a tremblé et claqué des dents, mais a tenu à tout écouter, jusqu'au bout. Elle veut tout partager avec son homme, le père de ses enfants. À sa manière, elle est aussi résistante que lui. Aussi droite, aussi inflexible.

Parfois, on tombe sur la personne qu'il vous faut dès le départ. Annalori et Giorgio se sont bien trouvés, au cercle monarchiste de leurs débuts.

Les clés à la main, la maison silencieuse. Il faudra ranger les bouteilles vides et nettoyer les cendriers. Trop de fatigue, vite se coucher… Tout ça est fini, c'est incroyable que ça se termine comme ça, d'ailleurs, qu'on le laisse gagner cette partie plus grande que lui. Même si on l'a abandonné, il y est arrivé. C'est fini, fini.

Une présence, une ombre tout près, et une voix à l'accent américain, Giorgio Ambrosoli ? Les clés serrées à s'en blesser les doigts, l'avocat se retourne, acquiesce. Un nœud à la gorge qui empêche de répondre. Pas tendre, la peur.

L'homme sort un énorme revolver. Un 357 Magnum. Il dit, *Mi scusi, signor Ambrosoli*, puis tire quatre coups, se penche sur le corps, le fixe quelques instants, remet le revolver dans sa poche et s'en va.

Giorgio Ambrosoli meurt à l'hôpital, à minuit.

Aucun représentant du gouvernement n'assiste aux funérailles de l'avocat.

Piazzetta de Sant'Angelo d'Ischia, automne 2010

La lumière talquée taille les pierres des maisons en biais. Les ombres s'étendent sur le sable, un souffle tiède ébouriffe les herbes folles. Les branches longues des jasmins se balancent par-dessus les murs asséchés par l'été. Les derniers touristes flânent ; quelques hommes en short aux genoux bronzés, une jeune fille maigre avec le haut d'un Bikini à fleurs. Blonde retrouvée sur ses talons, Saverio râle en faisant des gestes amples, un fou qui parle tout seul. Shootant les cailloux blancs du chemin, sandales poussiéreuses, yeux baissés, sourcils froncés, il mâche un mantra, une prière ou une malédiction, Hélas ! *serve Italie nid de douleur, nef sans nocher dans la tempête, non reine des provinces mais bordel !*, puis, ô Seigneur, et toutes ces *baldracche* mamelles au vent, *ciccioline* et *cicciolone* cul nu devant la haie de *porconi* et de ruffians debout pour la ola à la gloire du grand timonier, grand *puttaniere*, oui, et les ministresses cochonnes, et les ministres barbeaux, votez pour le parti *più pelo per tutti*, plus de poils pour tout le monde, mais que sommes-nous devenus et quand tout ça s'est joué, à quel moment le pays s'est mué en antichambre d'enfer dantesque... s'ils vont encore à la messe c'est parce qu'ils ont peur de l'enfer, mais l'enfer, c'est ici et maintenant, c'est le giron des mous, des indolents, c'est ce pays où on utilise les images sacrées pour les rites d'initiation de la mafia et de la Sacra Corona Unita, où les travailleurs meurent de mort blanche à cause de leurs très catholiques patrons, où les gens conduisent à cent cinquante kilomètres à l'heure le téléphone portable collé à l'oreille, où la classe politique sniffe de la cocaïne et baise des putains de luxe et des transsexuels de bas étage, où des pauvres types sont massacrés en prison, où les parents vendent leur fille pour cinq minutes de télé, où l'on tente encore de faire avorter les femmes avec des pinces de boucher au lieu de leur donner le droit à une pilule – ça leur apprendra, à ces salopes ! –, où ceux qui respectent les règles sont raillés, où la moitié de la population vole l'autre en fraudant le fisc...

Où sont les héros, mon Dieu ? Pour quel idéal peut-on encore vivre – ou mourir ?

Et toi, Matteo, toi mon bel amant, me voici maintenant deux fois plus vieux que tu ne le seras jamais. Personne ne m'a appelé pour voir une dernière fois ton corps martyrisé, pour te dire adieu. Un entrefilet dans un journal : *Extrémiste de droite impliqué dans l'attentat de piazza della Loggia retrouvé mort sur la voie ferrée*, c'est tout ce qu'il m'est resté de toi. Est-ce le remord qui t'as tué ? Ou d'autres l'ont-ils fait ? Est-ce que tu en savais trop ? Pas assez ?

Longtemps, Saverio marche sur la plage, les pieds traînant dans l'eau, les mains enfoncées dans les poches, la tête entre ses maigres épaules. Blonde fait la folle, envoyant en l'air des bouts de bois qu'elle attrape la gueule ouverte, l'eau gicle sous ses pattes mais Saverio ne la voit pas.

Du haut de la route qui domine la langue de sable quelqu'un suit du regard l'homme et le chien, mais Saverio ne s'en aperçoit pas non plus.

Chez Giggetto er pescatore, Rome, décembre 1974

— *Non c'è oggi, Salvatore ?*
— Salvatore ?
— Oui, celui qui vient chanter avec sa guitare…
— Il y a longtemps que Salvatore ne chante que quand il en a envie. Il est devenu riche… Ce sera quoi pour vous, aujourd'hui ?
— Artichauts à *la giudia*, une *amatriciana*, et une bouteille de Rosso di Montalcino.
— Vous auriez pu me dire comme d'habitude, *Monsignore*, j'aurais compris. Et pour vous, *signore* ?
— Pour moi, une assiette de riz blanc et une carafe d'eau.
— *E basta ?*

Le garçon s'en va en faisant un clin d'œil, « pas très drôle, votre copain », mais *Monsignore* ne relève pas. Ce n'est pas son genre. Grand, le nez crochu, une tête d'acteur de série noire aux yeux très durs, très bleus, physique de pilier de rugby, Mgr Marcinkus ne ressemble guère à un archevêque. Ses mots non plus ne ressemblent pas à ceux d'un homme d'oraison, « L'Église ne se gouverne pas avec des je-vous-salue-Marie », a-t-il l'habitude de répondre aux journalistes qui lui demandent comment il arrive à concilier argent et charité chrétienne, business et prière.

Des prières qu'il ne doit pas avoir beaucoup le temps de réciter d'ailleurs, lui qui n'a jamais le temps de rien, pris comme il est entre une réunion d'affaires et une partie de golf. Dans sa voiture, une décapotable sport, il y a toujours son sac rempli de fers. Heureusement sa cohorte de secrétaires, les unes plus blondes que les autres, le tient au courant de ce qui est vraiment important. Être directeur d'une banque comme l'IOR, l'Institut pour les œuvres de la religion, n'est pas de tout repos. D'abord, ce n'est pas un institut de crédit comme les autres : c'est l'organisme financier du Vatican, avec des règles très spéciales et des comptes particuliers, un système unique. Si l'IOR utilise les services bancaires comme les banques « normales », ses bénéfices ne sont toutefois pas reversés aux actionnaires – le seul actionnaire de l'IOR est le pape lui-même – mais aux « œuvres de religion ». Chaque client dispose d'une carte avec un numéro, et nulle part n'apparaît un nom ou une photo. C'est seulement avec cette carte que le client peut être identifié. Il n'y a ni reçus, ni documents de comptabilité, ni carnets de chèques – les clients qui désirent se servir de chèques doivent les demander à la Banca di Roma, conventionnée avec l'Institut. L'entrée à l'IOR n'est ouverte qu'aux membres de l'Église : ordres religieux, diocèses, paroisses, organismes catholiques, cardinaux, évêques et laïques avec la citoyenneté du Vatican et diplomates accrédités par le Saint-Siège. Il y a quelques rares exceptions, mais les critères d'admission sont top secret. À partir du moment où le compte a été ouvert, aussi bien en lires qu'en devises étrangères, le client peut recevoir ou transférer l'argent de et vers le monde entier, sans aucun contrôle. C'est la banque idéale pour les capitaux aux sources obscures car tout transfert d'argent y reste confidentiel, sans contraintes ni limites.

Aujourd'hui, Paul Marcinkus déjeune avec un homme efflanqué, voûté, presque chauve, le regard ardoise toujours en mouvement. Son costume sur mesure est trop ample, ou alors il a beaucoup maigri. Ce n'est pas son riz blanc et son verre d'eau qui vont le requinquer.

Ces deux-là se connaissent bien. Mgr Marcinkus dirige la banque du Vatican. L'autre est une vieille connaissance du pape Paul VI, son homme de confiance dans le monde de la finance. La haute finance, même. Il s'appelle Michele Sindona et il a l'air bien plus vieux que ses cinquante-quatre ans. Alors que Paul Marcinkus dévore ses pâtes à l'*amatriciana*, Sindona a beaucoup de mal à avaler ses quelques grains de riz.

Michele Sindona, Patti, Messine, 1920.
Prison de Voghera, Pavie, 1986
Un parmi les hommes d'affaires les plus géniaux du monde *(Fortune)*, Personnage légendaire de la haute finance *(Forbes)*, Le sauveur de la lire (Giulio Andreotti), Le financier italien le plus génial de l'après-guerre *(Business Week)*, Vous avez été envoyé par Dieu pour aider notre Église (cardinal Giuseppe Caprio)

Fils d'un petit entrepreneur de pompes funèbres, Michele Sindona (membre de la loge P2, n° 1612) entre dans la vie active à quatorze ans pour payer ses études. Après avoir été dactylographe et aide-comptable, il travaille au bureau des impôts de Messine. Il sort de la faculté de droit avec un mémoire sur *Le Prince* de Machiavel.

Grâce aux services rendus aux Américains lors de la dernière phase du débarquement en Sicile, il est enrôlé dans la CIA. En 1946 il arrive à Milan où il devient conseiller fiscal. Intelligent, dépourvu de scrupules, il apprend vite les raccourcis économiques. Pour la riche bourgeoisie milanaise il devient le magicien des taxes, l'expert de comptes chiffrés en Suisse, le prophète des paradis fiscaux.

En 1970 la Banca Rasini de Milan – dont Luigi Berlusconi, père de Silvio Berlusconi, est procureur –

achète une part du capital de Brittener Anstalt, Nassau, qui entretient des rapports avec la Cisalpina Overseas Nassau Bank. Sindona siège dans le conseil d'administration de cette dernière avec Roberto Calvi (membre de la loge P2, n° 519), Licio Gelli (vénérable de la loge P2) et l'archevêque Marcinkus, puis rachète la Banca Privata Finanziaria. En 1972, il arrive à contrôler la Franklin National Bank et crée la Fasco AG au Liechtenstein, qui sera le cœur de son empire financier. En 1973 il reçoit, des mains de John Volpe, ambassadeur américain à Rome, le prix d'« homme de l'année ».

Pouvoir politique, Vatican, franc-maçonnerie et mafia sont les quatre piliers qui vont soutenir sa puissance. Par le biais de trois livrets au porteur, « Primavera », « Lavaredo » et « Rumenia », attribués respectivement à Giulio Andreotti, Amintore Fanfani et Flaminio Piccoli, tous trois dirigeants de la Démocratie chrétienne, il transfère deux milliards de lires dans les caisses du parti. Une part du pactole est versée par le général Vito Miceli, directeur du SID (membre de la loge P2, n° 491), à une vingtaine de politiciens italiens.

En 1974 c'est la débandade. L'empire de Sindona commence à s'effriter avec la faillite de la Franklin Bank, puis de la Banca Privata. En 1975 la magistrature italienne émet deux mandats d'arrêt à son encontre pour banqueroute frauduleuse. En 1979, aux abois, il décide de mettre en scène sa propre séquestration et, pour rendre son mensonge plus crédible, il se fait tirer une balle dans une jambe sous anesthésie par le docteur Crimi (membre de la loge P2, n° 2033). Une dizaine de personnes envoient alors aux États-Unis des lettres appelées *affidavit*, déclarations solennelles assurant de la bonne conduite de Sindona. Ces lettres affirment toutes que le pauvre banquier est poursuivi par d'odieux magistrats italiens à cause de ses croyances anticommunistes. L'une de ces missives vient de Licio Gelli. Elle dit : « En ma qualité d'homme d'affaires, je suis connu en tant qu'anticommuniste. Je suis bien entendu au courant des attaques des communistes contre Michele Sindona qui est pour eux une cible constamment agressée par la presse communiste. La haine que Michele Sindona a pour les communistes trouve son origine dans le fait qu'il est anticommuniste et parce qu'il a toujours soutenu la libre entreprise dans une Italie démocratique. »

Condamné en 1980 par les juges américains à vingt-cinq ans de réclusion, Sindona est extradé en Italie en 1984 et écope en 1985 d'une peine de douze ans de prison. Lors d'un nouveau procès en 1986, il est accusé d'avoir payé le tueur William Joseph Arico, surnommé Bill l'exterminateur, pour qu'il abatte l'avocat Giorgio Ambrosoli. Arico a reçu vingt-cinq mille dollars à la commande et quatre-vingt mille lui ont été virés sur un compte suisse à travail accompli. Le tueur explique au juge qu'il ne voulait aucun mal à Ambrosoli. C'est pour ça qu'il s'est excusé avant de l'exécuter.

Giorgio Ambrosoli, même mort, est l'artisan de la défaite ultime de Michele Sindona.

Quarante-huit heures après sa condamnation à la prison à perpétuité, Sindona boit un café contenant du cyanure de potassium, probablement mélangé au sucre. Il meurt dans l'hôpital de la prison de haute sécurité de Voghera.

Torre Cane, Ischia, automne 2010

— Ça lui apprendra à mettre du sucre dans son café !

C'est comme une scène déjà vue. Dans sa chambre à coucher, le prince attend que Saverio se réveille tout à fait. Le jésuite a encore passé la nuit sur sa chaise, où il s'était installé pour le veiller. Blonde est en vadrouille, et le plateau du petit déjeuner, que le majordome vient d'apporter, trône sur la table basse. Les argents de la théière et de la cafetière étincellent dans la lumière vive, les fruits fraîchement coupés répandent un léger parfum, Saverio bâille sans mettre la main devant sa bouche, un long bâillement animal, avide, de jeune homme, qui fait sourire le prince. Le jésuite se frotte les yeux et secoue la tête :

— Qu'est-ce que vous racontez ?

— Tout à l'heure. Va te brosser les dents et te raser, avant.

— Je m'en passerai volontiers pour l'instant, avec votre permission. Je crois que je n'ai jamais eu si faim de ma vie.

— Tu sais à quoi je pensais cette nuit pendant que tu ronflais ?

— Vous êtes gonflé, don Emanuele...

— Je pensais à Paul Marcinkus. Je pensais au fait que ce ne sont ni les papes ni les présidents qui tirent les fils du pouvoir – eux, ce ne sont que les marionnettes – mais plutôt leurs éminences grises, les hommes de l'ombre, encore qu'appeler Paul Marcinkus un homme de l'ombre, ce serait plutôt un oxymore…

— Une litote, aussi.

— Ne parle pas la bouche pleine. Oui, une litote aussi, tu as raison. Je l'ai côtoyé, tu sais, le Chick – c'était son petit nom –, sans pour autant que nous fréquentions les mêmes gens. C'était un fou de golf, et moi, le golf me fait pleurer d'ennui. C'était un fou de cigares, aussi, on ne le voyait jamais sans son cubain à la main. Et c'était un fou de poker, mais ses amis du cercle n'étaient pas tout à fait recommandables. Souvent, on se rencontrait au restaurant Chez Giggetto ou Chez Georges, ou aux mariages chic… aux enterrements et aux cérémonies d'adieu, aussi. Et il y en a eu, tu sais ! C'est curieux comme tout un pan de monde est tombé, autour de lui. Michele Sindona et Roberto Calvi, ses associés dans la finance. Giorgio Ambrosoli, l'ennemi juré. Jusqu'à la secrétaire particulière de Calvi, la pauvre, qui s'est défenestrée ou qu'on a aidée à le faire, impossible de savoir. Ça n'arrêtait pas, des suicides, des meurtres, des pendaisons avec des mises en scène macabres. Une vraie tuerie. Et lui, serein, au milieu des veuves en deuil et des orphelins. Une statue de pierre. Le Commandeur lui-même n'aurait pu mieux faire.

— Quelle mouche vous a piqué cette nuit ? Et pourquoi ce matin tenez-vous donc à commencer par lui ?

— Parce que… je ne sais pas. Est-ce qu'on sait ces choses-là ?

— Vous mangez votre croissant ?

— Je n'ai pas très faim. Juste un petit morceau, si tu y tiens… Merci… Écoute : on appelait Marcinkus,

Sindona et Calvi « le trio de l'Ave Maria ». Ça devrait te plaire, non ? J'ai rarement connu un curé aussi rétif à l'Église que toi !

— Ne projetez pas vos propres convictions sur moi. Et puis, vous en connaissez beaucoup, des représentants du clergé ?

— Plus que tu ne crois. Bref, on les appelait donc comme ça, ces trois-là. Les combines ont d'abord commencé avec Sindona et Marcinkus. Le directeur de l'IOR passe par Sindona pour entreposer des actions de l'Institut Vatican dans le paradis fiscal luxembourgeois. Ensuite, ils embarquent dans leur affaire Roberto Calvi, directeur du Banco Ambrosiano, la très catholique banque milanaise. En 1971, le jour de Noël exactement, dans le bureau romain de l'étrange banquier italo-uruguayen Umberto Ortolani, numéro deux de la loge P2, ils s'accordent pour acheter une banque à Nassau, où ils pourront faire transiter l'argent sans aucun contrôle. Tout a l'air d'aller pour le mieux dans le meilleur des mondes, tous sont contents. L'empilement de sociétés *offshore* permet le recyclage de l'argent de la mafia, de la politique… et du reste. Jusqu'au krach, la banqueroute. Là, intervention de Giulio Andreotti et tentative de sauvetage. Ensuite, meurtre d'Ambrosoli. Homicide de Sindona. Mise en scène de suicide pour Calvi. Il reste qui ?

— Marcinkus.

— Voilà. Et avant que tu ne files te raser et te reposer, je terminerai par le constat que cet homme-là n'a jamais fait un jour de prison grâce à l'immunité accordée au clergé par les accords du Latran : Marcinkus est resté à sa place pendant les trente-trois jours de pontificat de Jean-Paul Ier – et là aussi, il y aurait pas mal de choses à raconter –, ainsi que pendant celui de Jean-Paul II, dont il a été proche au point d'en être le garde du corps le plus fiable. On prétend même qu'un jour qu'il accompagnait Jean-Paul II au Brésil, une mitraillette Uzi a glissé de sa soutane...

— Marcinkus est mort. Il ne peut plus faire de mal à personne.

— Il y a des gens qui marquent leur siècle avec tant de force, en bien ou en mal, que rien ne sera jamais pareil après leur disparition.

San Giovanni Rotondo, 23 septembre 1968

Il y a une foule qui attend à la porte du monastère. Immense, bigarrée, bourdonnante, gaie. Beaucoup de femmes et d'enfants, des agriculteurs, des ouvriers. Ils sont venus de partout. Dans les Pouilles, terre bénie des dieux de l'extrême sud de l'Italie, en septembre il fait si doux que certaines personnes sont venues à pied. C'est un moment important : il y a cinquante ans, jour pour jour, Padre Pio a été stigmatisé. Padre Pio, né Francesco Forgione, c'est leur *santariello*, leur petit saint. Peu importe que l'Église l'ostracise, qu'elle ait même essayé de le leur soustraire. Eux, les gens humbles, les gens du peuple, ont toujours fait cercle autour de lui. Ils n'ont jamais permis qu'il soit muté dans d'autres couvents, et même lorsque Padre Pio a obéi à la sainte mère l'Église qui lui interdisait la pratique de la confession et celle de la célébration publique de la messe, ils ont attendu sans jamais se lasser, vigilants, aux aguets.

Padre Pio, né dans les Pouilles où il a toujours vécu, est à eux. C'est leur lien avec le ciel, leur promesse d'une vie meilleure, leur messager, leur intercesseur, leur passerelle pour l'au-delà. Ils croient en lui depuis toujours, ils savent que c'est un élu, un vrai. Ce qu'ils ne savent pas, c'est qu'il est en train de mourir, usé par les attaques répétées du Malin qui ne l'a jamais laissé en paix – certains jours, on retrouvait le moine évanoui dans sa cellule, battu avec une violence telle qu'il ne pouvait même plus marcher – et meurtri par les blessures qui lui ont été envoyées comme un cadeau divin, une pénitence, une récompense aussi. Ses mains mutilées, il les a cachées sous des mitaines. Ses côtes transpercées lui ont fait subir le martyre, une Passion qu'il a voulu partager avec son seul amour terrestre, le Christ.

Padre Pio a envoyé ses anges au chevet des malades, assisté des mères qui perdaient leurs enfants. Parfois, même, il a fait revenir ceux qui étaient déjà partis, mais ça, l'Église ne veut pas y croire, elle ne peut pas, les miracles, les bilocations, les lévitations, les hyperthermies – son corps se mettait à bouillir, atteignant 48 degrés –, les parfums de jasmin et de lis qui parfois l'imprégnaient, tout ça sent le soufre, on ne peut pas l'admettre, pourquoi lui, pourquoi cette espèce de frère malingre, obstiné, qui parle le dialecte pouillais et n'en fait qu'à sa tête.

Padre Pio va mourir. À quatre-vingt-un ans, il en a assez. Ce qu'il devait faire, sa mission sur terre, il l'a accomplie. Il a dit à ce jeune prêtre venu de Pologne, il y a des années, qu'il serait pape. Pas tout de suite, il est encore jeune, mais son tour viendra. Il sera un bon pape, ce Karol Wojtyla – qu'on appellera Jean-Paul II –, de ça, Padre Pio est certain. Surtout, Padre Pio a réussi à faire construire son hôpital avec les énormes masses d'argent qui ont afflué à son nom pendant des dizaines d'années. Maintenant, la structure existe, elle accueille les malades les plus pauvres dans des bâtiments modernes : *les anges ne peuvent pas tout faire.*

Bien sûr, l'Église lui a demandé des comptes. Il a dû signer un contrat pour qu'une partie de cet argent aille dans les caisses du Vatican, mais tant pis, il en reste bien assez pour ses œuvres... il s'y est résigné. L'argent, toujours l'argent, cet instrument du diable dont il faut se servir sans qu'il puisse se servir de vous. Assez ! Jamais il n'a désobéi, jamais il ne s'est permis la moindre critique. Jamais il n'a permis qu'on offense le clergé, lui qui sait distinguer un objet béni d'un autre qui ne l'est pas. Il faut bien qu'un peu de sacré transmis par le Christ soit resté dans les plis de la sainte mère l'Église, même après tant de scandales, tant de désordres et de troubles. Même après toutes les erreurs qui ont été commises par ses représentants.

Padre Pio n'a qu'un désir, maintenant, retourner auprès de Celui qu'il aime, le Christ d'amour qui lui apparaît depuis sa plus tendre enfance, qui l'a toujours accompagné, soutenu, assisté, relevé de ses peines.

La nuit dernière, ses stigmates ont disparu. Il le lui avait bien dit, Je te les donne pour cinquante ans, pas un jour de plus. Voilà, il est libéré. Il peut mourir en paix.

Torre Cane, Ischia, automne 2010

— Tu sais ce qu'on murmurait dans les couloirs du Vatican ?

— Encore ? Vous êtes obsédé, don Emanuele.

— Et pas que dans les couloirs, d'ailleurs. On disait – et évidemment on n'a jamais pu le prouver – que derrière la mort soudaine du pape Luciani il y avait la main de… Devine !

— Facile. Marcinkus, non ?

— Oui, facile, c'est vrai. Demande-moi pourquoi, ça me ferait plaisir.

— Pourquoi ? Il n'avait pas aimé que le pape dise que Dieu peut très bien être une femme ?

— Tu penses bien que la dialectique n'intéressait pas beaucoup notre homme. Non, il s'agirait encore d'une sombre histoire d'argent – et de pouvoir. Luciani, en 1972 déjà, alors qu'il était patriarche de Venise, avait eu un différend avec Marcinkus, lorsque ce dernier avait cédé trente-sept pour cent d'actions de la Banca Cattolica de la Vénétie en possession de l'IOR au Banco Ambrosiano de Roberto Calvi sans en aviser les évêques vénitiens. Albino Luciani, une fois élu, tout feu tout flamme, avait décidé de changer radicalement plusieurs réalités qui lui déplaisaient au sein de l'Église. Il trouvait que la richesse, la futilité, la gabegie avaient envahi le cœur d'une institution qui aurait dû, au contraire, donner l'exemple de la pureté, de la pauvreté et de la transparence. Depuis longtemps, il caressait l'idée d'une banque éthique, et pour la créer il fallait évidemment réformer l'IOR – et renvoyer Marcinkus. Son idée était révolutionnaire, en effet : le pape Luciani avait l'intention de distribuer quatre-vingt-dix pour cent des richesses du Vatican pour faire construire des hôpitaux, des écoles, des maisons pour les plus misérables…

— Rien n'a jamais été prouvé, Malo.

— Que fais-tu de l'intime conviction ?

— Rien, justement. Ce ne sont que des soupçons.

— Et il n'y a jamais eu d'autopsie pour le pauvre Luciani…

— Il serait toujours temps, si on le décidait.

— Tu crois vraiment que l'Église peut s'ouvrir, devenir limpide et claire… renoncer à son pouvoir souterrain, se séparer de ses branches occultes – et richissimes – comme l'Opus Dei, se dépouiller de ses biens, qui proviennent entre autres de tout ce que Jésus dans le Temple abhorrait ? Les pourcentages sur les bouteilles d'eau de Lourdes, les médailles et les rosaires de Fatima, les souvenirs et les images sacrées qui empestent tout lieu de pèlerinage ? Toutes ces petites et grandes horreurs qu'on fourgue aux malades et à leurs familles, à ceux qui souffrent et espèrent, ces représentations de saints et de martyrs, et les laides et tristes reproductions de l'amour divin ? De ces *factory outlet* mystiques autour de Padre Pio, par exemple ? Pauvre vieux moine persécuté, et dont on profite maintenant de manière éhontée !

— Ça ne vous fait pas de bien, don Emanuele, de vous mettre dans ces états. La colère ne résout rien, et ce n'est pas aujourd'hui que nous allons trouver une solution aux innombrables maux de l'Église... Tenez, vous connaissez la blague sur la sainte Trinité ?

— Non. Raconte !

— Alors voilà, le Père, le Fils et le Saint-Esprit veulent partir en voyage. Le Père dit, Et si on allait à Jérusalem ? Et le Fils répond, Non merci, je n'en ai pas des souvenirs formidables. Alors le Père reprend, Bon alors, pourquoi ne pas aller voir la place Saint-Pierre ? Et le Saint-Esprit de répliquer, Ah oui, parfait. Je n'y ai jamais mis les pieds.

— Mmm... Il est plus facile pour un chameau et cetera et cetera. En tout cas, s'il est vrai, comme des repentis de justice l'ont répété aux différents procès, que Marcinkus était le lien entre la mafia et la banque du Vatican, alors il faut en tirer les conséquences. On a beau l'oindre lorsqu'il passe par l'IOR, l'argent sale le reste toujours. Celui de la mafia, c'est le fruit de la mort, de la corruption, de l'achat et de la vente d'armes et de drogue, et évidemment, du sexe lorsqu'il représente un marché. Le raccourci va te paraître un peu rapide, mais je te le dis, moi, l'Église disparaîtra si elle ne renonce pas à ses mystères... Si elle n'explose pas, en quelque sorte. De quel droit, dis-moi, d'une chaire aussi peu vertueuse on juge bon de prêcher ? Comment l'Église se permet-elle de condamner une relation hors mariage, un acte sexuel hors procréation, et même l'amour entre deux êtres du même sexe ?

— Bientôt, vous allez me parler de la prophétie de Malachie...

— Serais-tu un peu devin ? Alors donc... l'un des papes était évoqué par les mots *flos florum*, la fleur des fleurs... il s'agirait de Paul VI. Ça lui va bien, non ? D'ailleurs, le lis était présent sur ses armes. Ensuite, il y a la prophétie *de mediate lunæ*, de la moitié de la lune ou du temps moyen d'une lune. Ça correspondrait à Jean-Paul Ier, mort trente-trois jours après son élection. *De labore solis*, de l'éclipse solaire, du labeur du soleil, c'est visiblement Jean-Paul II, le pape solaire. *De gloria olivae*, la gloire de l'olivier, là, je cale. Je ne sais pas en quoi Benoît XVI pourrait correspondre à ça. Mais c'est ici que ça devient intéressant car le dernier pape des prédictions serait *Petrus Romanus*, Pierre le Romain : *Dans la dernière persécution de l'Église chrétienne siégera Pierre le Romain qui fera paître ses brebis à travers de nombreuses tribulations. Celles-ci terminées, la cité aux sept collines sera détruite, et un Juge redoutable jugera son peuple...*

— Ne vous réjouissez pas tant. Je suis un représentant de cette Église que vous exécrez, et c'est vous qui m'avez fait venir pour vous confesser.

— Te confesser quoi, enfin ? L'amour, même dévoyé comme a pu l'être le mien, ne peut être un péché. Souviens-toi : il lui sera beaucoup pardonné parce qu'elle a beaucoup aimé.

Moana santa subito

Elle est née en Piémont le 27 avril 1961, quelques jours après l'entrée du soleil dans la constellation du Taureau, signe du zodiaque régi par Vénus. Son nom, Moana, veut dire « là où la mer est plus profonde » en tahitien. Elle collectionne anges, prie-Dieu, bénitiers et statues de saints. Elle est blonde comme le jour, belle à se damner. Une taille qu'un homme peut serrer entre deux mains, des seins que quatre ne couvrent pas. Un visage de madone. Un mélange explosif d'érotisme et de pureté.

Longtemps, ses livres de chevet sont les œuvres de Nietzsche, Kundera, Marguerite Yourcenar et Moravia. Elle n'a pas beaucoup d'amies, mais Fernanda Pivano, la gourou de la littérature américaine, celle qui a fait connaître Bukowski et Carver en Italie, l'adore.

« Vis comme si tu devais mourir demain et pense comme si tu ne devais jamais mourir. »

Son métier, actrice de films porno.

Moana n'aimait pas faire du porno, dit l'un de ses compagnons des débuts, un garçon qu'à l'époque on appelait encore Rocco Tano, l'un de ceux que la jeune femme préférait avoir près d'elle dans les tournages parce qu'il lui faisait l'amour avec gentillesse, attention et sensibilité. C'était une fille intelligente, continue-t-il, une fille bien, et elle n'était pas faite pour ça. Au départ, elle s'est retrouvée malgré elle prise dans l'engrenage de Riccardo Schicchi, le producteur de *Diva Futura*.

Il est vrai que le premier film amateur qu'elle a tourné avec son petit ami, un film en super-huit qui n'aurait jamais dû sortir sur les écrans, l'a projetée toute nue dans les salles X. Il est vrai qu'elle ne l'avait pas prévu. Vrai aussi qu'à ce moment-là elle travaillait à la télé dans une émission pour enfants, *Tip Tap Club*, et qu'elle a dû démissionner. Encore vrai qu'elle n'avait aucune possibilité de faire du théâtre ou du cinéma « sérieux » après ça : elle était trop. Trop seule, trop belle, trop hardie, trop sauvage, trop tourmentée. Et après ce premier film sorti en salles, elle n'avait plus aucune chance dans le monde du spectacle, où cette casquette-là, personne ne peut plus jamais vous l'ôter. Son horizon, à vingt ans, était déjà bouché. Voilà comme une jeune fille de bonne famille, élevée chez les ursulines, bien éduquée, se retrouve à faire du porno. Mais il y en a peu qui deviennent des stars. Et une seule qui en est le mythe, la reine, vénérée par les hommes et bien-aimée par les femmes : Moana.

Sur elle on a tout dit et pas assez. On a tourné des films, écrit des livres et des articles par centaines sans jamais pouvoir percer ce qu'il y avait sous son sourire d'ange du sexe, derrière ses yeux de chatte qui semblaient défier le monde entier. Intrépide, c'est un mot qui lui va bien. Guerrière aussi. Fragile, sans doute. Blessée, et bien trop fière pour le montrer. Majestueuse devant la caméra, avec ce corps dessiné pour l'amour charnel, tout en courbes douces, un mètre et demi de peau tendue, lisse, blanche, piquetée par des grains de beauté qui en relevaient la netteté. Des mains de princesse, aux longs doigts. Des pieds de danseuse, cambrés. Et cette manière de se faire prendre dans les positions les plus obscènes tout en gardant le respect de soi, le noyau intact, le soi caché. Résolument femme, mais avec l'attitude d'un homme et le cerveau d'un mathématicien. L'argent, elle savait le compter, le gagner, le dépenser. C'était sa façon de se racheter aux yeux de la société.

Elle appréciait les beaux objets, les belles maisons, les belles voitures : coupé Mercedes, Lamborghini Diablo, Ferrari Testarossa, Pontiac Trans Am, Porsche Targa. Elle s'enfilait dans le lit des hommes qui lui plaisaient, et qui ne pouvaient lui dire non. Un seul, avoue-t-elle, lui avait résisté, Roberto Benigni, le réalisateur de *La vie est belle*, des années avant son oscar, J'avais été invitée dans la maison en Toscane du prince Dado Ruspoli avec mon amie Antonella. Roberto était là, et mon amie aurait fait des folies pour lui. Elle avait décidé de parvenir à ses fins, mais lui ne voulait rien savoir. Un soir elle m'a dit, Écoute, je n'y arrive pas toute seule, il est trop timide, tu me donnerais un coup de main ? Nous avons attendu que tout le monde se couche, puis nous sommes allées dans sa chambre et tout doucement, sans qu'il s'en aperçoive, nous sommes entrées dans son lit. Il était rigolo, il dormait avec plein de vêtements, des chaussettes, un slip, un tricot en laine, et il était très mignon aussi. Nous avons essayé de le déshabiller et commencé à le toucher, à le caresser, mais il a sauté à bas du lit et s'est mis à courir partout en criant, Vous êtes folles, j'ai trop honte, arrêtez ! On a ri toute la nuit, puis on s'est endormis tous ensemble à l'aube.

Le matin quand je me réveille et le soir avant de dormir, je prie pour moi et pour les gens que j'aime. Je lis souvent la Bible, je crois en la vie après la mort et j'imagine le paradis comme une vallée pleine d'arbres, où les personnes que j'ai aimées m'attendent, et où le temps n'existe plus.

Moana est morte à trente-trois ans.

Torre Cane, Ischia, automne 2010

— Je l'avais tenue sur mes genoux. Elle était douce, douce, tu ne peux pas savoir.
— J'imagine que vous n'avez pas fait que ça.
— Et tu imagines bien. J'ai été soulagé, et un peu ennuyé, qu'elle n'ait pas parlé de moi dans le livre qu'elle a publié et dans lequel elle mettait des notes allant de 1 à 10 à ses amants. *La Philosophie de Moana*, ça s'appelait. C'était très amusant…
— Je ne sais pas si ça m'aurait amusé.
— Toi, tu es un peu gêné aux entournures, quand on parle de plaisir.
— Vous ne savez parler que de ça.
— Le plaisir, tu devrais te rincer la bouche avant d'en parler. Ce n'est pas l'instrument du diable, comme tu sembles le croire. C'est l'angélique légèreté du monde, ce par quoi l'homme se détache de sa lourdeur terrestre.
— Il y a d'autres missions plus sacrées que d'être personnellement heureux.
— Il n'y a pas de bonheur qui ne commence par soi-même.
— C'est très dangereux pour l'âme ce que vous prêchez, don Emanuele. Dans le plaisir que vous prônez, il me semble ne pas y avoir beaucoup de place pour l'autre, quel qu'il soit.

— Ça va, Saverio, ça va... Tes sermons, garde-les pour d'autres ouailles... Tu ne crois donc pas qu'on peut partager le plaisir ? Aimer la joie de l'autre ? C'est une affaire de nuances, tout n'est pas noir ou blanc.

— Mais rien n'est aussi aisé que vous semblez le croire. Vos postulats laissent la voie libre à l'individualisme et, partant, au narcissisme et à l'insensibilité. Et, pourquoi pas, à la psychose. Se couper de l'autre jusqu'à estimer que le seul réel, c'est soi.

Massacre du Circeo, 29 septembre 1975, Rome.
Sorry angel, 1

Les assassins :
Andrea Ghira, 22 ans, fils d'un entrepreneur, condamné en 1973 à vingt mois de réclusion pour vol à main armée.

Angelo Izzo, 20 ans, étudiant en médecine, auteur du viol de deux fillettes, condamné en 1974 à deux ans et demi de réclusion, peine qu'il n'a jamais purgée grâce à une suspension conditionnelle.

Giovanni « Gianni » Guido, 19 ans, étudiant en architecture, fils d'un banquier. Casier judiciaire vierge.

Les victimes :
Donatella Colasanti (1958-2005), 17 ans au moment des faits.

Maria Rosaria Lopez (1956-1975), 19 ans au moment des faits.

Les deux amies viennent de familles modestes et habitent dans un quartier populaire de Rome. Elles rencontrent Guido et Izzo au bar du restaurant Il Fungo, dans le quartier EUR de Rome.

Les faits :
Donatella Colasanti et Maria Rosaria Lopez ont rendez-vous avec Gianni Guido et Angelo Izzo pour

une promenade à la mer. Les quatre jeunes gens se rendent à Villa Moresca à San Felice Circeo, l'une des plages les plus proches de Rome. La maison appartient à la famille Ghira. Andrea a d'ailleurs promis de les rejoindre au plus tôt.

En attendant, les deux garçons entreprennent les jeunes filles, qui refusent leurs avances. Gianni et Angelo les enferment alors dans une salle de bains, où elles passent la nuit. Andrea Ghira arrive le lendemain. Les deux filles sont séparées. Les tortures commencent. Donatella entend son amie Maria Rosaria se battre longuement, pleurer, supplier. Hurler. Puis le silence.

Donatella, une corde autour du cou, est traînée à travers la maison et frappée à la tête avec la crosse d'un pistolet. Elle s'évanouit. À son réveil, elle est par terre, le pied d'un des garçons sur sa poitrine, « Celle-là est dure à mourir. » On la frappe avec une barre de fer et, la croyant morte, on l'enferme dans le coffre de la voiture avec Maria Rosaria, Regardez comme elles dorment bien. Les deux filles sont emballées dans des sacs en plastique.

Après avoir laissé leur Fiat 127 à via Pola, dans le quartier Trieste près du Club Piper, Gianni, Angelo et Andrea vont dîner dans une pizzeria.

Donatella commence à taper contre le coffre de la voiture. Un veilleur de nuit l'entend et prévient les *carabinieri.* Un reporter intercepte le message transmis à la patrouille Cigno. Ses photos donneront un visage éternel à la souffrance des deux jeunes filles.

Angelo Izzo et Gianni Guido sont arrêtés quelques heures après, Andrea Ghira passe à travers les mailles.

Une foule silencieuse accompagne Maria Rosaria Lopez à sa dernière demeure.

Donatella Colasanti, une fois sortie de l'hôpital, se constitue partie civile dans le procès contre ses bourreaux, assistée par Me Tina Lagostena Bassi. En des termes secs et précis, l'avocate décrit les violences subies par les victimes, brisant pour la première fois le mur de silence des tribunaux.

Le lendemain du massacre, les mères des trois braves garçons sont allées nettoyer les lieux. Au procès, elles ont mis en avant la bonne éducation de leurs enfants, dépravés par ces petites roulures qui les avaient corrompus et entraînés au pire.

Italo Calvino, dans les pages du *Corriere della Sera*, attribue la responsabilité des faits à la culture bourgeoise et superficielle, à la société de consommation et au sentiment de caste et d'« intouchabilité » des jeunes néofascistes. Pier Paolo Pasolini dans le journal *Il Mondo* réplique en se disant certain que des jeunes sous-prolétaires banlieusards, rendus violents par l'impossibilité du rachat social, auraient sans doute pu perpétrer les mêmes crimes de la même façon.

Les suites judiciaires :
Les trois garçons sont condamnés à la prison à vie le 29 juillet 1976. La sentence sera confirmée le 23 octobre 1980.

Guido verra sa peine réduite à trente ans de réclusion grâce au dédommagement payé à la famille de Maria Rosaria Lopez. En 1981 il parvient à s'évader de la prison de San Gimignano. En 1983 il est arrêté à Buenos Aires, mais deux ans après, toujours en attente d'extradition, il s'évade encore une fois. En 1994 il est de nouveau arrêté et transféré en Italie. Le 11 avril

2008 il est confié aux services sociaux. Le 25 août 2009 il sort de prison.

Angelo Izzo, après plusieurs tentatives d'évasion, devient une sorte de repenti. Collaborateur de justice, grand manipulateur, il sème le doute avec des révélations ambiguës sur les attentats fascistes des années quatre-vingt.

Le 28 avril 2005, pendant ses premiers mois de liberté surveillée, il viole et tue la femme d'un ancien compagnon de prison, Giovanni Maiorano, membre de la Sacra Corona Unita, une organisation mafieuse des Pouilles. Il viole aussi sa fille de quatorze ans et l'enterre vivante. En 2007 il est condamné une nouvelle fois à la détention à vie. Dans sa prison, en 2009, il épouse une journaliste.

Andrea Ghira s'engage dans la Légion étrangère espagnole sous une fausse identité. Il en est expulsé en 1994 pour usage de drogues. Une photo, prise en 1995 par les carabiniers, montre un homme marchant dans la périphérie de Rome ; l'analyse de l'image à l'ordinateur confirme qu'il s'agit du fugitif.

Andrea Ghira serait mort d'une overdose et aurait été inhumé dans le cimetière de Melilla, enclave espagnole en Afrique. En décembre 2005 son cadavre a été officiellement identifié grâce à l'ADN.

La Cour européenne, suivant la requête des familles des victimes, a condamné l'Italie pour violation du droit à la vie, selon l'article 2 de la convention européenne des droits de l'homme.

Torre Cane, Ischia, automne 2010

— Je ne sais où plongent les racines du mal. Il ressurgit tout le temps. Il suffit qu'une pomme saine soit touchée par la moisissure pour qu'elle pourrisse. Le contraire est impossible. Une pomme pourrie ne peut s'assainir. Le mal, c'est comme… une entité à part entière, qui touche chacun selon sa faiblesse, ses déchirures, ses blessures aussi. Jusqu'à posséder littéralement certains êtres humains, d'ailleurs. Regardez ce Izzo. Dans la multiplicité de ses facettes – bonhomme devant le juge, féroce avec ses victimes, dénoué d'empathie s'il n'a pas à la feindre devant les caméras, veule et astucieux à la fois –, c'est la proie parfaite du Malin. Une enveloppe de chair traversée, mue, par Satan lui-même. Une machine de mort.

— Si tu penses cela, comment fais-tu pour vivre, dis-moi ?

— J'ai la foi. En Dieu, et dans l'au-delà. Il n'y a que ça qui puisse empêcher la pomme de pourrir, le diable de gagner. La force de l'homme de bonne volonté, l'ange pour l'aider. Et puis, il n'y a pas que le diable et sa force noire, il y a aussi ceux qui commettent des actes infâmes par hasard, bêtise et inanité.

— C'est la majorité.

Latina, 70 kilomètres au sud de Rome, mai 1978.
Sorry angel, 2

— Il n'a rien fait de mal, mon pauvre enfant. Il ne l'a quand même pas tuée, cette fille. Il s'est amusé avec, c'est tout. Et sans doute elle a bien aimé, elle aussi, s'amuser avec lui.

Face au tribunal, les mères des quatre hommes mis en examen et jugés pour viol protestent et se lamentent devant la caméra. L'une d'entre elles crie, Pourquoi elle est allée avec lui, celle-là, alors qu'elle savait qu'il était marié et qu'il avait un enfant ?

Une femme, d'une voix douce, lui demande, Mais madame, s'il avait une femme et un enfant, pourquoi avait-il besoin d'aller s'amuser ailleurs, comme vous dites ? Mais parce que tout le monde le fait ! répond la mère du prévenu. L'homme est homme, continue-t-elle, c'est comme ça, ça ne changera jamais.

À l'intérieur du tribunal, des quatre accusés trois seulement sont présents. Le quatrième est en cavale. Ces hommes, la quarantaine, pères de famille, sont accusés d'avoir proposé un travail de secrétaire à une jeune fille, de l'avoir fait venir jusqu'au lieu supposé de l'embauche, puis de l'avoir violée plusieurs fois à tour de rôle au cours de l'après-midi. Ils se justifient en disant qu'ils avaient offert deux cent mille lires à la jeune fille pour qu'elle « s'amuse » en leur compagnie. Qu'elle était d'accord. Qu'ils ont refusé de lui verser l'argent prévu parce qu'ils n'ont pas été satisfaits de sa prestation. Que si le lendemain ils lui ont proposé un million de lires, c'est parce qu'ils ne voulaient pas qu'elle parle.

La jeune fille a dix-huit ans et s'appelle Fiorella. Elle a donné son accord pour qu'une caméra filme le procès qui la voit partie civile. Le juge l'a ratifié. Pour la première fois, grâce à cette initiative du groupe féministe romain de via del Governo Vecchio, des millions de personnes pourront regarder à la télévision comment se déroule dans la réalité un procès pour viol.

L'avocate de Fiorella est Tina Lagostena Bassi, la même qui avait assisté Donatella Colasanti, la jeune fille ayant survécu au massacre du Circeo. Tina Lagostena Bassi est une grande femme mince, distinguée, au regard perçant et à la voix posée. Jamais elle ne perd son calme. Jamais elle ne laisse jaillir de ses lèvres un mot offensant, jamais elle ne dit une parole qui n'ait été, auparavant, dûment pondérée. Pourtant on la sent frémir, bouillir presque. Une imperturbable révoltée qui souffle la braise quand, droite et précise, elle raconte l'avilissement de sa cliente aux mains des quatre violeurs.

Le procès commence avec l'offre de deux millions de lires de la part des accusés présents. L'argent est posé sur le pupitre du président par l'un des avocats défenseurs. Tina Lagostena Bassi refuse, arguant que sa cliente ne demande qu'une lire de dommages et intérêts pour préjudices moraux et matériels, les frais de justice en plus, car, dit-elle, la dignité d'une femme n'est ni quantifiable ni achetable.

Puis Fiorella fait son entrée.

Coiffée en queue-de-cheval, chemise blanche et pantalon sombre, timide et frêle, elle regarde le juge droit dans les yeux. Jolie, très jolie même. Un peu effrayée, un peu Bambi. Une jeune fille avec des échos d'enfant. Elle confirme, d'une voix claire, ne rien vouloir d'autre que la justice. Pas de transactions financières, la justice, c'est tout.

La cour, après ces préliminaires, sort de la pièce. Longtemps, la caméra reste sur les trois prévenus qui fument et mâchent du chewing-gum en compagnie de leurs avocats. Quelques bribes de leurs conversations arrivent jusqu'au micro, mélange de crainte, de rage, d'incompréhension.

Lorsque l'un des avocats, à la séance suivante, demande très clairement des détails sur l'*eiaculatio in ore* – éjaculation dans la bouche –, le président, avec un soupir, fait évacuer la salle.

Extraits des discours des avocats de la défense : « Les faits ? Regardons-les donc en face, ces faits ! Messieurs, une violence avec *fellatio* peut être interrompue à tout moment par une morsure. L'acte est donc incompatible avec l'hypothèse d'une violence. Tous les quatre auraient donc abandonné leur membre, partie délicate de l'homme s'il en est, dans la bouche de cette fille ? Je tiens à vous rappeler qu'une personne qui effectue un coït oral doit être hautement qualifiée ! Oh oui, la possession dans ce cas est exercée par la femme sur l'homme. C'est elle qui assume le rôle actif ; l'homme est faible, désarmé, passif, dans la bouche de celle qui le prend.

« Ensuite, cette fille a laissé que l'on accomplisse sur elle le *cunnilinctus*, summum de l'acte amoureux, puisque l'homme s'agenouille entre les jambes d'une femme et l'embrasse sur celle que le divin Gabriele D'Annunzio appelait "la deuxième, et plus tendre bouche". L'homme exige, tète son plaisir ! Peut-on donc parler de violence, alors que la violence est le contraire de la sexualité, et qu'il n'y a ni désir ni plaisir dans la violence ?

« La violence a toujours existé. Ne la subissons-nous donc pas, nous aussi, les hommes ? Nous la subissons même de la part de nos épouses… Monsieur le président, qu'est-ce qu'elles ont voulu ? La parité des droits. Elles ont commencé à singer les hommes. Elles ont dit, Pourquoi le soir je dois rester à la maison alors que mon mari, mon frère, mon oncle, mon fiancé vont où ils veulent, comme ils veulent ? Moi aussi je veux aller où je veux. C'est vous, mesdames, qui vous êtes mises dans cette situation. Et voilà ! Chacun récolte ce qu'il a semé. Si cette fille était restée chez elle, si ses parents l'avaient gardée près de la cheminée, rien de cela ne serait arrivé ! »

Extrait du plaidoyer de Tina Lagostena Bassi : « Monsieur le président, je crois d'abord qu'il faut que j'explique une chose importante : pourquoi nous, les femmes, sommes présentes à ce procès. Fiorella, bien sûr, mais aussi les femmes qui ont voulu que ce procès soit filmé, et enfin moi, femme et avocate. Nous ne voulons pas une condamnation exemplaire, ce n'est pas le but. Nous voulons que justice soit faite. Ce n'est pas la même chose. Comme d'habitude – et malheureusement j'en ai l'habitude –, on tente d'accuser la femme. Je ne sais pas si j'aurai la force d'entendre tout cela encore une fois, je ne sais pas comment faire pour ne pas avoir honte de la toge que je porte.

« Aucun avocat ne défendrait le responsable d'un vol dans une joaillerie en se fondant sur la moralité douteuse du joaillier. C'est pourtant ce qui se pratique communément dans les procès pour viol. C'est la victime, et non le violeur, qu'on juge. Pardonnez-moi d'être franche, mais cela s'appelle solidarité masculine, car l'exemple d'une victime transformée en accusée sert à décourager toutes les femmes qui voudraient demander justice à leur tour. Je ne parlerai pas de Fiorella, c'est humiliant pour elle et pour moi de venir nous justifier, de dire, non, Fiorella n'est pas une putain. Et puis, une femme a le droit d'être ce qu'elle veut. Je ne suis pas la défenderesse de Fiorella. Je suis l'accusatrice d'une certaine manière de procéder dans les procès pour viol ! »

Le tribunal a condamné les quatre violeurs. Les sanctions, allant d'un an et huit mois à deux ans et quatre mois de prison, n'ont jamais été purgées du fait de la remise de peine. À l'issue de l'audience, les épouses et les mères des violeurs ont poussé des cris de joie.

Deux millions de lires ont été versés en dommages et intérêts.

Comizi d'amore, *1963, film-enquête de Pier Paolo Pasolini*

— Les enfants naissent… dans les fleurs… les fleurs des sacs à main des mamans. Ou alors ce sont les cigognes qui les portent. Elles vont chercher les enfants chez Dieu, et puis elles les déposent dans les berceaux. Et les mamans sont contentes.

Au début des années soixante, Pier Paolo Pasolini parcourt l'Italie, microphone à la main. Un caméraman le suit partout comme une ombre, dans les cafés, sur les plages, les fermes, sur les places des petits villages, à la campagne, dans les grandes villes. Pasolini pose des questions simples, comment naissent les enfants, est-ce que vous seriez d'accord pour avoir une loi sur le divorce, est-ce qu'il est juste que les filles jouissent d'une liberté limitée en matière de sexe, est-ce que vous vous sentez père de famille ou play-boy, est-ce que la virginité de la femme est importante, quel rôle joue le sexe dans votre vie, quelle est votre idée de l'anomalie sexuelle, que feriez-vous si votre enfant vous avouait ne pas être dans la norme sexuellement, savez-vous ce que le mot sadique veut dire – non – et masochiste – non plus ? Avez-vous déjà vu des images porno ? Non, j'ai vu un *spogliarello* une fois, un strip-tease, mais ce n'était pas en Italie.

Pasolini parle d'une voix tendre, les réponses le surprennent parfois.

Sur une plage, une femme d'une cinquantaine d'années – cinquante ans dans les années soixante –, cheveux gris, maillot de bain pudique, annonce qu'elle est parfaitement heureuse avec son mari et qu'elle « le fait » plusieurs fois par jour.

Une jeune fille lui répond qu'elle ne se sent pas normale. Son amie, les yeux jaloux, l'interrompt, Ben oui, elle a une très jolie voix.

Un garçon en boxer de bain, beau comme une statue, s'exclame en riant, Oui, c'est important qu'une femme soit vierge au mariage, dommage que ça n'arrive jamais.

Un soldat lui dit qu'il ne pourrait pas faire don Juan car il n'a pas le physique du rôle, un autre lui coupe la parole, Et moi, un grand nez.

Ils sont touchants, ces Italiens qui regardent Pasolini dans les yeux pour chercher son approbation quand ils ne trouvent pas les mots. Ils sont charmants, clairs même quand ils sont confus, et polis. Lumineux. D'accord, pas d'accord, les vieilles valeurs, les nouvelles, s'entrechoquent; ils pensent avec leur tête, fouillent dans les sentiments complexes que de telles questions suscitent immanquablement. Ils sont sincères. Pasolini n'a aucune morgue d'intellectuel, ne montre jamais de complaisance. Il éprouve une vraie affection pour les interviewés, de l'estime et du respect, une sorte d'amitié, aussi, ça se voit, il sourit, il leur sourit, la caméra montre juste une pommette saillante, un pan de sa chemise blanche bien repassée, le cou puissant, pas de cravate, un pantalon qu'une ceinture retient, sa maigreur, son affabilité. On a envie de pleurer quand on voit ces images, une envie comme un nœud dans la gorge, Pasolini a quarante ans, il travaille comme un fou, cette année-là il écrit plusieurs choses, poèmes, synopsis, bouts de romans, il tourne beaucoup aussi, ne dort pas, il est fébrile, intelligent, attentif, éveillé. Les gens qu'il interviewe sont francs, hâlés, efflanqués. Ils répondent avec candeur et semblent dire, Est-ce bien ce que je suis en train de penser, et quelle va être l'étape d'après. Ils sont curieux, affamés de comprendre, avides de participer. Et tout, tout a l'air d'être ouvert, le futur, le travail, la vie, les esprits. Tout est frais et neuf, et même si ce ne sont que des vieilles images en noir et blanc tout y est propre, gai, encore possible, réalisable, avec du travail et de la bonne volonté.

Pourtant Pasolini, commentant son travail, dira, « L'Italie pourrit dans un bien-être qui est égoïsme, stupidité, inculture, commérage, moralisme, intimidation, conformisme. Ce film a été une expérience que je ne souhaite à personne, tant les effets traumatisants de déception et de perte d'estime pour ses propres concitoyens sont atroces. »

Toussaint 1975
L'intelligence n'aura pas de poids, jamais, dans le jugement de cette opinion publique. Pas même sur le sang des camps nazis tu n'obtiendras, d'une d'entre les millions d'âmes de notre nation, un seul jugement net, entièrement indigné : irréelle est toute idée, irréelle toute passion de ce peuple désormais dissocié depuis des siècles, auquel sa douce sagesse permet de vivre, mais qu'elle n'a jamais libéré.

P. P. Pasolini

Mamma… mamma, mamma.

Piccinina, ma toute petite maman, ciao ! Le travail est si brutal et si beau, c'est comme si je faisais un long rêve.

Deux larges excoriations avec épanchement de sang aux régions frontales pariétales.

Mamma, mamma, aiuto !

Pier Paolo chéri, mon Nini adoré, il ne se passe pas un instant que je ne te voie et que je ne t'entende dans mon cœur, mais ça ne suffit pas.

Deux fractures de la mandibule.

Mamma, mamma !

Lésions au pavillon auriculaire gauche. Lésion au pavillon auriculaire droit. Oreille pratiquement décollée.

Mamma, mamma.

Fracture de la sixième et septième côtes à gauche, et de la sixième, septième, huitième et neuvième côtes à droite.

— Vous êtes malheureux ?
— Oui, de caractère. Mais je suis aussi passionné et gai. Certaines choses me font souffrir cruellement, mais je me ressaisis, je me libère vite.
— Qu'est-ce que vous auriez pu faire, si vous n'aviez pas écrit et tourné des films ?
— J'aurais pu être un bon footballeur. Après la littérature et le sexe, le football est un de mes grands plaisirs.
— Pourquoi toujours seul ?
— La solitude est la chose que j'aime le plus.

Lacérations du foie.

— Il y a des mois, des années que je répète que je hais les armes, que je trouve stupide toute forme de violence, que je considère toujours valables les méthodes de lutte du Christ et de Gandhi : la douceur, la persuasion.

Fractures des phalanges de la main gauche. Coupures aux doigts. Tuméfaction des testicules.

— *Dans le noir sans lune, nous avons vu une énorme quantité de lucioles qui formaient des bosquets de feu dans les buissons, et nous les enviions parce qu'elles s'aimaient, parce qu'elles se cherchaient dans leurs envols de lumières amoureux, alors que nous étions secs et rien que des mâles dans un vagabondage artificiel.*

Cause du décès, éclatement du cœur.

« Nous avons perdu un poète, et des poètes, il n'y en a pas tant que ça dans le monde, il en naît trois ou quatre par siècle. Quand ce siècle finira, Pasolini sera l'un des rarissimes qui resteront. Le poète devrait être sacré. » (Alberto Moravia sur le cercueil de Pier Paolo Pasolini.)

… car les mots et les choses sont vierges et anciens.

10 heures, Idroscalo d'Ostia, 2 novembre 1975
Je suis un affreux matou qui mourra écrasé par une nuit noire dans une ruelle obscure. *Extrait d'une lettre de P. P. Pasolini à Oriana Fallaci*

— *Goal ! Goal !*

Le ballon passe au-dessus de la clôture mal rapiécée. Un carabinier le renvoie d'un coup de pied, droit au but. Les adolescents recommencent à jouer dans le terrain vague en braillant. Autour du carabinier il y a une petite foule qui murmure en piétinant le sable sale et les détritus. D'autres carabiniers entourent un tas informe par terre, couvert d'un tissu taché. Le médecin légiste arrive. On soulève pour lui le drap, découvrant le corps d'un homme qui n'est plus qu'un grumeau de sang noirâtre. Le médecin légiste s'accroupit, la foule l'encercle plus étroitement. Tout le monde regarde, souffle coupé. Un nom est prononcé dans le silence rompu par les cris des jeunes qui jouent au football à vingt mètres de là. Personne ne bouge, personne ne parle plus.

Je sais. Je sais les noms des responsables de ce que l'on appelle putsch – et qui est en réalité une série de coups d'État que l'on a perpétrée pour protéger le pouvoir en place. Je sais les noms des responsables du massacre de Milan, le 12 décembre 1969. Je sais les noms des responsables des massacres de Brescia et de l'Italicus au début de 1974. Je sais les noms de ceux qui sont au « sommet », ceux qui ont manœuvré aussi bien les vieux fascistes du putsch que les néofascistes, auteurs matériels des premiers massacres. Je sais les noms de ceux qui ont organisé les deux phases différentes, et même opposées, de la tension : une première phase anticommuniste et une seconde phase antifasciste. Je sais les noms des membres du groupe de personnes importantes qui, avec l'aide de la CIA, des colonels grecs et de la mafia, ont, dans un premier temps, lancé (du reste en se trompant misérablement) une croisade anticommuniste, et ensuite, toujours avec l'aide et sous l'impulsion de la CIA, se sont reconstruit une virginité antifasciste. Je sais les noms de ceux qui, entre deux messes, ont donné des instructions et assuré de leur protection politique les vieux généraux, les jeunes néofascistes et enfin, les criminels ordinaires. Je sais les noms des personnes sérieuses et importantes qui manœuvrent aussi bien les personnages comiques que les personnages apparemment ternes. Je sais les noms des personnes sérieuses et importantes qui manœuvrent les tragiques jeunes gens devenus tueurs et sicaires. Je sais tous ces noms et je connais tous les faits (attentats contre les institutions et massacres), dont ils se sont rendus coupables.

Je sais. Mais je n'ai pas de preuves. Ni même d'indices. Je sais tout ça parce que je suis un intellectuel, un écrivain qui essaie de comprendre ce qui se passe, qui essaie d'être au courant de tout ce que l'on écrit à ce propos, et d'imaginer tout ce que l'on ne sait pas ou que l'on tait ; je suis quelqu'un qui met en relation les faits, même éloignés, qui rassemble les morceaux désorganisés et fragmentaires dans une politique cohérente et qui rétablit la logique là où semblent régner l'arbitraire, la folie et le mystère.

L'homme qui a écrit ça dans le *Corriere della Sera* le 14 novembre de l'année précédente et qui maintenant gît à terre est Pier Paolo Pasolini. On l'a violemment battu, une voiture a roulé sur son corps. On l'a abandonné là où il est tombé.

Petrolio

L'explication de la mort de Pasolini est officiellement la même depuis le jour de sa disparition : le 2 novembre 1975, il s'isole dans un endroit tranquille avec un garçon de dix-sept ans – Pino Pelosi, appelé *la Rana*, la Grenouille, à cause de sa frêle constitution – qu'il vient de ramasser à la Stazione Termini. Il force le jeune homme à des actes sexuels qui vont contre sa volonté. Pelosi se rebelle et le tue. Pino *la Rana* est condamné à neuf ans de prison.

L'histoire pourrait s'arrêter là et ne donner lieu ni aux tergiversations judiciaires – l'enquête est ouverte et fermée à trois reprises – ni aux extrapolations et conjectures qui suivent, et cela, même si Pasolini est l'homme qu'on sait, et même si l'Italie vient de perdre l'un de ses penseurs les plus libres dans des circonstances plus ou moins floues.

Seulement, depuis le début, trop de choses sont étranges ; les faits parlent tout seuls. D'abord, Pino est trop faible pour avoir tué Pier Paolo à l'aide d'une tablette en bois pourri ; leur disparité physique est trop grande pour qu'il puisse l'avoir réduit à un grumeau de sang à coups de poing et de pied comme le dit l'autopsie, avant même de lui passer sur le corps avec la voiture.

Pino est fragile, Pier Paolo est athlétique et sportif. Pino a une seule goutte de sang au bas du pantalon quand il est arrêté après la mort de Pasolini, et Pier Paolo est littéralement couvert de son propre sang.

Il y a des témoignages à chaud – puis rétractés – qui font état de plusieurs personnes présentes sur le lieu du meurtre. Il y a les déclarations discordantes de Sergio Citti et des autres amis de Pasolini sur certains points importants de l'enquête, déclarations jamais vérifiées et dont les pistes ne sont pas suivies.

En 2005, Pelosi fournit enfin une autre version des faits, bien différente de celle du début. Il avoue que Pasolini est tombé dans un guet-apens et que lui-même n'a été qu'un témoin de l'agression. Il dit aussi qu'il était menacé, ainsi que ses parents, pendant tout ce temps, et que c'est pour ça qu'il s'est tu. L'enquête n'a ni infirmé ni confirmé ses propos. Elle s'est, tout simplement, embourbée.

Alors, qui étaient les personnes que Pelosi a évoquées et qui auraient tué Pasolini ? Certains éléments très récents laisseraient penser qu'il s'agirait de *picchiatori*, des gros bras, liés à l'extrême droite.

Deux raisons à cela : la première tient compte du fait qu'en 1975 on mourait pour rien, juste parce qu'on avait des idées politiques différentes ou parce qu'on était, comme Pasolini, « communiste et pédé ». Un fait divers typique de ces années-là et qui se serait mal terminé.

La seconde est plus dramatique, et ses conséquences seraient plus graves : Pasolini pourrait avoir été tué parce que certaines pages de son roman inachevé

Petrolio racontaient ce qu'il avait découvert à propos de la mort d'Enrico Mattei et de celle du journaliste Mauro de Mauro.

Pasolini avait dit *Io so*, je sais. D'autres avant lui ont prouvé que c'est assez pour être tué.

Torre Cane, Ischia, automne 2010

— Ça date de quand, les dernières révélations sur la mort de Pasolini et sur la possible disparition d'une partie de son manuscrit ? Tu le sais, toi ?

— Ça date de l'hiver dernier, don Emanuele. Marcello Dell'Utri, éminence grise, pour ainsi dire, de Silvio Berlusconi, s'est pavané dans la presse, soutenant qu'il avait lu le chapitre manquant – *Lampi sull'Eni*, Foudres sur l'ENI (*Ente Nazionale Idrocarburi*, Institut national des hydrocarbures) – du livre de Pasolini.

— Mais, dis-moi, je ne lui connaissais pas ces qualités de bibliophile, à Dell'Utri.

— Ce n'est pas faute d'en faire état à qui veut bien l'entendre, pourtant.

— Moi, je ne me souviens que de sa bourde lorsqu'il a clamé être en possession des journaux intimes de Mussolini, une *bufala* énorme quand même... Non seulement ils étaient faux, mais en plus ils étaient contrefaits avec les pieds. Cela ne l'a pas empêché de déclarer qu'il avait été ému par la bonté du dictateur. Enfin. C'est vrai que cet homme-là, on le connaît plus par les procès qui le connectent à la mafia qu'en tant qu'expert de littératures diverses... Et comment et pourquoi ces pages brûlantes seraient donc entrées en sa possession ?

— Mystère et boule de gomme. Quelqu'un les lui aurait données puis reprises. C'est assez confus. Mais il avait promis de les faire exposer à la Mostra del libro antico, à Milan, au printemps dernier.

— Et ?

— Et, rien. À la place, il y avait autre chose : *Questo è Cefis*, « Cefis, c'est ça », un livre publié en 1972 avec la signature de Giorgio Steimez, pseudonyme qui couvrait Graziano Verzotto, un ami de Mattei. Sur cet ouvrage, disparu pendant de longues années, se fondaient probablement certaines déductions de Pasolini à propos de la mort de Mattei lui-même, dont on devait la disparition, selon lui, aux manœuvres pour que Eugenio Cefis, son second, reprenne les rênes de l'ENI. La même hypothèse que la vôtre, si je me souviens bien. Vous savez ce qui est troublant, dans tout ça ? Que ce soit justement Dell'Utri qui refasse parler de Pasolini et de sa mort obscure, de *Petrolio* et des assassinats de Mattei et de De Mauro. Comme s'il voulait, d'une manière qui nous échappe, mettre en garde quelqu'un, ou faire passer un avertissement, qui sait.

— On a vu des choses plus étranges dans notre pays, non ? Pas besoin du *Da Vinci Code*, chez nous : il suffit de suivre le fil du réel.

— Oui, c'est passionnant. Tragique et fascinant. Une épopée grecque, une œuvre de Shakespeare. Écrite par un génie du mal avec le sens du comique.

— Une œuvre chorale, plutôt. Où chacun écrit son fragment de cadavre exquis.

Un nuage rouge de sang

« *Le soir du 4 août 1974, mon père – qui à l'époque était ministre des Affaires étrangères – aurait dû prendre un train de nuit qui partait de Rome pour nous rejoindre à Bellamonte, dans les montagnes du Trentin, où habituellement notre famille allait en vacances. Il s'était déjà assis à sa place lorsque, à la dernière seconde, des fonctionnaires l'ont fait descendre pour signer des papiers importants. Papa nous a rejoints plus tard, en voiture. Le train qu'il a raté s'appelait Italicus.* » Maria Fida Moro, fille d'Aldo Moro, dans une interview radiophonique.

Cette nuit-là, la bombe qui explose sur l'Italicus fait douze morts et quarante-huit blessés.

Le mois suivant, en septembre, Moro rencontre à la Blair House de Washington Henry Kissinger, secrétaire d'État et ancien conseiller à la Défense nationale. Après le colloque, il a un malaise. C'est son médecin personnel, en accord avec celui du président italien, qui décide d'écourter sa mission diplomatique. Moro rentre précipitamment en Italie. À son retour il n'est toujours pas dans son assiette. Alité pendant des jours, il envisage de se retirer complètement de la vie politique.

Qu'aurait pu lui faire comprendre Kissinger pour qu'il se sente mal à ce point ? Interrogé, le secrétaire d'État a répondu, Rien, ce sont des suppositions ridicules. Aldo Moro ne parlait pas anglais, je ne parle pas italien, quel genre de conversation aurions-nous pu avoir ?

« C'est l'une des rares fois où mon mari me fit part de ce qu'on lui avait dit, sans toutefois me préciser de qui cela provenait. Je vais tenter de me souvenir de ses mots : Vous devez renoncer à votre politique consistant à collaborer directement avec certaines forces politiques de votre pays. Faites-le maintenant ou vous le paierez très cher. » Eleonora Moro, épouse d'Aldo Moro, au procès des BR.

Aux élections législatives de juin 1976, le Parti communiste parvient au score, jamais atteint auparavant, de 34,4 %. Aldo Moro, démocrate chrétien et Premier ministre à ce moment-là, passe à la contre-attaque. Le 16 mars 1978 à 8 h 30, les documents du « compromis historique » dans l'un de ses attachés-cases, il demande à son chauffeur et garde du corps Oreste Leonardi de le conduire au palais du Parlement italien, où il va présenter le programme intégrant les communistes à l'exécutif.

Aldo Moro, très inquiet depuis son retour de Washington, a demandé une voiture blindée, mais sa requête a été rejetée. C'est donc dans sa voiture habituelle, une Fiat 130 bleue, en compagnie de ses cinq gardes du corps le suivant dans une Alfetta blanche, qu'il se met en route pour faire voter le premier gouvernement italien à participation communiste que « le Divin », comme on appelle désormais Giulio

Andreotti, critique âprement. C'est le fruit, dit-il, d'une « profonde confusion idéologique, culturelle et historique ». Puis il ôte ses lunettes à la lourde monture et secoue la tête, regard impénétrable, lèvres serrées.

Dies irae. *16 mars 1978*

Le printemps romain, sa tiédeur et ses parfums, ne sont pas au rendez-vous en ce matin de mars. Il pleut, tout doucement, et le ciel est gris. Aldo Moro aurait voulu prendre son petit-fils Luca avec lui, comme il le fait quand il est un peu en avance sur son emploi du temps, mais sa mère n'a pas voulu, arguant la fraîcheur de l'air. L'enfant sortira plus tard, quand il fera meilleur. Ce qui est plus étrange, c'est le regard que sa fille lui a lancé, un drôle de regard plein d'appréhension. C'est vrai qu'il n'est pas toujours simple pour sa femme et ses enfants de sortir avec une escorte armée, vrai aussi que des faits déconcertants se vérifient de plus en plus souvent, dernièrement. Tant qu'ils s'en prennent à lui, c'est normal, en quelque sorte ça fait partie des risques de son métier, mais qu'ils laissent sa famille en paix. Heureusement il y a ce petit dernier, qui naîtra dans pas longtemps. Quelle joie cette nouvelle créature issue de sa femme et de lui-même, de leur existence pleine d'amour et de respect, comme c'est merveilleux, cette vie qui continue… être grand-père à nouveau, quel bonheur ! Ça console des autres soucis, notamment de cette affaire dans laquelle on essaie de l'impliquer : l'un des quotidiens les plus importants du pays, le journal *La Repubblica*, ce matin-là le met nommément en cause dans ce qu'on appelle le scandale Lockheed, une sale affaire d'avions et de corruption d'envergure internationale.

Moro serait bien passé à l'église, méditer, prier quelques minutes, comme il le fait dès qu'il peut, mais aujourd'hui c'est une journée difficile, longue et compliquée, il vaut mieux y aller, vite, être prêt, la confiance au gouvernement ne va pas se voter toute seule, et lui, l'architecte de ce compromis historique, sait qu'une Italie nouvelle peut naître de cette journée, une Italie débarrassée des miasmes qui l'ont empoisonnée toutes ces années où la peur primaire du communisme l'a bloquée dans une posture qu'il a toujours trouvée stérile, pire, servile. Cette Italie trop souvent prête à courber le dos, à faire passer les intérêts d'autres pays avant les siens propres, il est temps qu'elle redresse la tête ! Elle sera une nation à part entière, avec toutes les forces politiques voulues par le peuple aux commandes. Enfin !

La voiture de Moro approche du carrefour de via Mario Fani et de via Stresa quand une Fiat blanche fait marche arrière et vient se placer en travers de la route. Le chauffeur d'Aldo Moro freine brutalement. Les occupants de la voiture blanche et plusieurs autres individus qui attendaient dans la rue ouvrent le feu sur les gardes du corps de Moro. Un seul des agents a le temps de riposter par deux fois avec son pistolet d'ordonnance avant d'être tué. Les autres tombent sous une pluie de projectiles – au moins quatre-vingt-douze. Aldo Moro, qui n'est pas blessé dans l'opération, est prélevé de force par l'occupant d'une utilitaire bleue qui arrive et repart aussi vite ; des cinq mallettes contenant médicaments, documents secrets et autres papiers, deux seulement, les plus importantes, sont emportées.

À quoi a-t-il pensé lorsque Oreste Leonardi a essayé de se jeter sur lui pour le protéger des coups de feu avant d'être foudroyé sur le siège à côté du sien ? Lorsque son chauffeur a été achevé d'un coup de grâce ? À quoi s'est-il raccroché au cours de cette poignée de secondes qui ont été l'antichambre sanglante de son enfer ? Qu'a-t-il vu pendant que ses hommes, Raffaele Iozzino, Domenico Ricci, Giulio Rivera et Francesco Zizzi, tombaient l'un après l'autre ? Pour Zizzi, c'était le premier jour de service dans l'escorte. Une promotion qui est devenue sa tombe.

Quels ont été leurs derniers mots ?

Si l'État avait traité, Moro aurait été libéré.
Valerio Morucci, membre des Brigades rouges, procès Moro
Le président pouvait sortir vivant. *Anna Laura Braghetti, membre des Brigades rouges, procès Moro*

Carissima Noretta,

C'est la première fois depuis trente-trois ans que nous ne passons pas les Pâques ensemble. Je me rappelle la petite église de Montemarciano et le dîner avec nos amis à la ferme. Quand le rythme est rompu, même les choses les plus simples, dans leur modestie, resplendissent comme de l'or. J'ai confiance en Dieu, qui ne m'a jamais abandonné. J'éprouve tant de reconnaissance et tant d'amour pour ceux qui m'ont aimé, au-delà de mon mérite, qui n'était que ma capacité à les aimer en retour.

Demande à Agnese de dormir à ma place dans notre lit, et de contrôler que le gaz soit bien éteint le soir. À l'université, fais dire pour moi mon chagrin de ne pas pouvoir continuer à donner mes cours.

J'ai laissé mon salaire à la place habituelle. Il y a une de mes chemises qu'il faut aller chercher au pressing. J'espère qu'Anna, pour notre anniversaire de mariage, t'apportera des jonquilles à ma place. Souvenez-vous de moi dans vos prières comme je le fais pour vous.

Lettre à l'épouse, 27 mars 1978

Zac,

Je t'en supplie, arrête, au nom de Dieu. Tu m'as écouté jusque-là, n'en fais pas qu'à ta tête maintenant. Tu ne sais pas. Tu ne te rends pas compte du mal que tu vas faire au Parti. Tu as encore quelques heures, arrête et choisis l'honnête route d'une négociation raisonnable. Que Dieu t'assiste.

Lettre à Benigno Zaccagnini,
secrétaire de la Démocratie chrétienne

Beatissimo Padre,

De la difficile position où je me trouve, me souvenant de votre paternelle bienveillance, j'ose aujourd'hui vous supplier de bien vouloir favoriser une négociation avec échange de prisonniers politiques. Puisque tout cela se réduit à une guérilla, je ne vois d'autre issue que celle-ci. Autrement, des jours terribles vont venir. Mes prières, mes espoirs et ceux de ma malheureuse famille s'adressent à vous, car quelle autre voix, hors celle de l'Église, peut briser ces chaînes, quel humanisme peut-il être plus haut que celui-ci ?

Lettre au pape Paul VI

[…] il manque au Parti, à son secrétaire, à ses membres, le courage civil d'ouvrir un débat sur ma délivrance et mon salut. C'est vrai : je suis prisonnier, et je ne suis pas dans un état d'âme léger. Mais je n'ai subi aucune contrainte, je ne suis pas drogué, j'écris avec ma graphie habituelle et avec mon style, si laid soit-il. On me fait

passer pour irresponsable, je ne mérite même pas, paraît-il, d'être pris au sérieux. Et personne ne veut répondre à mes arguments. Si je demande que la direction du Parti se réunisse, c'est parce que la vie d'un homme et le sort de sa famille sont en jeu. Au lieu de ça, on poursuit ces embarrassants conciliabules qui ne sont que peur, peur du débat, peur de la vérité, peur aussi de signer une condamnation à mort. Il faut vous redire, immobilistes obstinés, que déjà dans nombreux cas des échanges ont été effectués pour sauver des vies innocentes.

[...] Je meurs, si mon parti en a décidé ainsi, dans la plénitude de ma foi chrétienne et dans l'amour immense que j'éprouve pour mon exemplaire famille que j'adore et que j'espère pouvoir veiller du haut des cieux. Mais de ce bain de sang, personne ne sera épargné, ni Zaccagnini, ni Andreotti, ni la DC, ni le pays. Chacun portera sa responsabilité.

Lettre aux membres de la Démocratie chrétienne

Caro Giulio,

Je sais bien que désormais le problème est entre tes mains, et que tu as la responsabilité de tout.

Lettre à Giulio Andreotti

Mia dolcissima Noretta,

Naturellement, je ne peux pas ne pas souligner la méchanceté de tous ces démocrates chrétiens qui m'ont élu à ma charge, alors que je ne la voulais pas. Cette fonction qu'ils ont exigée et obtenue de moi aurait dû être sauvée en acceptant un échange de prisonniers. Je suis convaincu que c'est ce qu'il fallait faire. Il me reste, en ce moment décisif, une profonde amertume : alors quoi, personne ne s'est désolidarisé ? Et Zaccagnini ? Comment peut-il rester tranquille à sa place ? Et Cossiga, qui n'a su imaginer une voie de sortie ? Mon sang retombera sur eux.

Lettre à l'épouse, 4 avril 1978

— *Vous devez porter un message à la famille.*
— *Qui parle ?*
Long soupir.
— *Brigate Rosse. Va bene ? Vous avez compris ?*
— *Oui.*
— *Vous devez aller personnellement porter ce message : nous observons les dernières volontés d'Aldo Moro en communiquant à la famille où elle pourra trouver le corps de l'Onorevole.*
La voix de l'assistant d'Aldo Moro tremble.
— *Qu'est-ce que je devrai faire ?*
Nouveau soupir de l'interlocuteur.
— *Vous m'entendez ?*
— *Oui. Vous pouvez répéter ?*
— *Non, je ne peux pas répéter. Vous devez communiquer à la famille qu'elle trouvera le corps d'Aldo Moro via Caetani.*
— *Via ?*
— *Caetani. Dans une Renault 4 rouge. Les premiers chiffres de la plaque d'immatriculation sont N5.*
— *Je dois téléphoner ?*
— *Non, vous devez vous y rendre personnellement.*
Pleurs.

— *Non, je ne peux pas.*
— *Vous ne pouvez pas ? Vous devez le faire !*
Pleurs.
— *Non… non, s'il vous plaît. Non.*

Dernier coup de téléphone des Brigades rouges
– la voix est celle de Valerio Morucci –
à Franco Tritto, 9 mai 1978

Et maintenant nos lèvres, closes par un obstacle aussi grand que la pierre qui fermait l'entrée du sépulcre du Christ, veulent s'ouvrir pour exprimer le cri, les pleurs de la douleur indicible avec lesquels la présente tragédie suffoque notre voix.

Tu n'as pas exaucé notre supplique pour la vie d'Aldo Moro, cet homme bon, sage, clément, innocent et ami. Mais, Seigneur, tu n'as pas abandonné son esprit immortel marqué par la foi dans le Christ, qui est la résurrection et la vie.

Fais, ô Seigneur, qu'une fois apaisé notre cœur puisse pardonner. Que nous tous puissions cueillir sa noble mémoire, l'héritage de sa conscience droite, de son exemple humain et amical, de son dévouement à la rédemption civile et spirituelle de notre Nation italienne bien-aimée.

13 mai 1978. Homélie pour la mort d'Aldo Moro

Que tout soit calme. Seules réactions possibles, celles, polémiques, autour de la DC. Luca, non aux funérailles.

Ma très douce Noretta,

Ce n'est pas la peine, me semble-t-il, de discuter de cette incroyable sanction qui tombe sur moi, sur mon abnégation et ma modération. Il est vrai que je me suis trompé lorsque j'ai pris ce chemin, mais je l'ai fait parce que je croyais dans le bien. Désormais, il est trop tard pour changer quoi que ce soit. Il ne me reste qu'à reconnaître que tu avais raison, bien que, peut-être, nous aurions été autrement punis, nous et nos petits. Je voudrais crier haut et fort la pleine responsabilité de la DC, avec son absurde, incroyable ligne de conduite. Cent signatures auraient suffi à changer le cours des choses, et on aurait pu négocier. Et ça, c'est assez pour le passé.

Pour le futur, il y a ce moment de tendresse infinie pour vous tous, le souvenir de tous et de chacun, un amour grand, grand, chargé de souvenirs en apparence insignifiants, en réalité précieux.

Embrasse et caresse-les tous pour moi, visage après visage, yeux après yeux, cheveux après cheveux. À chacun, mon immense tendresse qui passe par tes mains. Sois forte, ma très douce, dans cette épreuve absurde et incompréhensible. Je voudrais savoir, avec mes pauvres yeux de mortel, comment nous nous verrons après. S'il y a de la lumière, ce sera merveilleux. Mon amour, sens-moi toujours près de toi, et tiens-moi serré contre toi.

Tout est inutile quand on ne veut pas ouvrir la porte.

Le pape n'a pas fait grand-chose, peut-être en éprouvera-t-il du remords.

Dernière lettre à l'épouse

Et moi je vois la fin / Qui grouille et qui s'amène / Avec sa gueule moche / Et qui m'ouvre ses bras / De grenouille bancroche.

Boris Vian, **Je voudrais pas crever.**

Trop de points de l'affaire Moro restent encore obscurs.

Ce n'est pas vrai que les membres des Brigades rouges étaient les seuls sur les lieux de l'enlèvement : on a prouvé la présence d'une moto Honda avec deux hommes armés, qui ont d'ailleurs tiré à deux reprises sur des passants.

Outre les motards, il est acquis que le colonel du SISMI – Service informations sécurité militaire –, Camillo Guglielmi, collaborateur de Giuseppe Santovito, instructeur de technique de guérilla dans la base Gladio de Capo Marrargiu et affilié à la loge P2, était également présent. Interrogé, il a répondu qu'un ami l'avait invité à déjeuner. À 9 heures du matin ?

À l'intérieur du commando, c'est un tireur d'élite armé d'une mitraillette qui est responsable de la majorité des coups. Ce sont des munitions spéciales sans date de fabrication recouvertes d'un vernis particulier, du même type que celles qu'on retrouvera dans le repaire des Brigades rouges de via Gradoli, où habitaient les brigadistes Mario Moretti et Barbara Balzerani pendant que Moro était détenu dans l'appartement de via Montalcini. Selon l'expert en balistique Antonio Ugolini, ces munitions sont utilisées par des forces militaires non conventionnelles.

Huit photos prises pendant l'enlèvement d'Aldo Moro ont été remises le matin même au juge Infelisi. Des photos qui vont disparaître à jamais.

Et encore : Pourquoi tous les hommes choisis par Francesco Cossiga, ministre de l'Intérieur, pour suivre les différentes phases de l'enlèvement sont inscrits à la loge P2 ? Pourquoi, malgré les nombreux signalements arrivés immédiatement après les faits, le repaire de via Gradoli n'a pas été trouvé ? Qui a décidé par la suite de laisser découvrir cette cache à un moment-clé, et de ce fait d'accélérer la décision des Brigades rouges de tuer Moro ? Pourquoi pendant les cinquante-quatre jours qu'a duré cette mise à mort les Brigades rouges ont utilisé une imprimante qui vient des bureaux RUS (Raggruppamento Unità Speciali, Groupe des forces spéciales) du SISMI pour imprimer leurs communiqués ? Pourquoi l'un des communiqués des Brigades rouges, qui annonce prématurément la mort d'Aldo Moro, a été émis par l'un des faussaires de la Banda della Magliana, une organisation criminelle liée à la mafia et aux services secrets ? Pourquoi dans la célèbre lettre de Paul VI il y a cette phrase « Libérez-le sans conditions », alors qu'il était notoire que cela équivalait à condamner Aldo Moro à mort ? Pourquoi ces rumeurs insistantes et circonstanciées sur le fait que cette phrase aurait été ajoutée par le pape sous contrainte, et quel type de coercition aurait-on utilisé ? Qui a fait disparaître la plupart des écoutes téléphoniques ? Pourquoi les Brigades rouges ont décidé de ne pas rendre immédiatement publiques les révélations du mémorial de Moro sur la Stratégie de la Tension et sur le réseau stay-behind Gladio, ainsi que ses notes sur Andreotti et Cossiga ? Qui est entré en possession, douze ans après les faits, de ce mémorial, découvert en 1990 dans le repaire des Brigades rouges via Montenevoso à Milan ? Qui reste en possession de sa totalité, puisqu'il est clair que certaines pages en ont été ôtées ?

Et enfin : Quel est le fil qui relie l'affaire Moro à deux autres mystères italiens, les meurtres de Carmine Pecorelli, directeur de l'agence OP – Observatoire politique –, et du général Carlo Alberto Dalla Chiesa ? Pecorelli est un journaliste très proche des services secrets, lié par ailleurs à la P2 dont il est membre. Le directeur d'OP s'est occupé, toujours en termes ambigus et critiques, des affaires de Sindona jusqu'à celles d'Andreotti, ainsi que de l'affaire Moro. Que savait-il exactement lorsqu'il a annoncé dans son journal, juste avant l'enlèvement du président de la Démocratie chrétienne, « Le 15 mars 1978, il arrivera quelque chose de gravissime en Italie » ?

Le 20 mars 1979, il sort de la rédaction du périodique qu'il a créé et qu'il dirige. Quatre coups de feu de calibre 7.65, un en pleine face et trois autres dans le dos, le clouent sur place.

Quant au général Dalla Chiesa, après l'opération de via Montenevoso qu'il vient de diriger et au cours de laquelle le mémorial de Moro est retrouvé, il prendra l'avion à Milan pour aller voir la nuit même – à 2 heures du matin – Giulio Andreotti à Rome.

Avec le mémorial dans sa mallette.

Intact ou non, nous ne le savons pas, nous ne le saurons peut-être jamais. Dalla Chiesa a emporté dans la tombe les derniers mots d'Aldo Moro, sa peine, son amertume, sa révolte et ses prophéties. Ses anathèmes aussi, ses bénédictions, et probablement, malgré la douceur de son caractère, ses malédictions.

Saverio, Ischia, automne 2010

Don Emanuele est allé se reposer. Fatigué, certes, mais gai, rassasié. Ces derniers jours, une force surnaturelle semble le soutenir. Saverio est le premier étonné de sa ténacité, de son envie de tout raconter dans le détail, de sa vivacité.

Le soir tombe sur Sant'Angelo. Une soirée douce, calme. Blonde suit Saverio pas à pas. Près de lui, silencieux, le garçon qui, tout ce temps, le guettait. Nino est passé « par hasard » devant la demeure de don Emanuele. Un hasard qu'il avait tenté en vain de provoquer. Jusqu'à aujourd'hui.

Saverio ne fait pas attention à Nino qui se tient, mains dans les poches, à ses côtés. Troublé, immergé dans ses pensées, il marche lentement, sans rien voir autour de lui.

Ce que je suis devenu, je le dois à don Alessandro, à ce qu'il m'a appris. Qui aurais-je été sans lui ? Quels autres choix aurais-je faits ?

Mon Italie. Ma maison, mon pays. Par vocation ou par nécessité, Giorgio Ambrosoli, Pier Paolo Pasolini, Aldo Moro, Carlo Alberto Dalla Chiesa et tous les autres ont été des bombes prêtes a exploser. Voilà les héros. Et tous, tous croyaient que la vérité est une bonne chose, une chose juste, alors que la vérité c'est la porte ouverte.

On peut tout changer, une autre réalité peut se créer, une meilleure justice, s'établir.

On ne l'a pas permis.

Et cette cécité ! Nommer les choses était le délit, et non que ces choses existent. Révélant au monde l'abus et l'injustice, les personnes qui les ont dénoncés sont devenues les responsables.

Quarante ans après, les faits parlent, le fil rouge est là. Un fil de sang. Délits d'État, procès inachevés, collusions entre poseurs de bombe et généraux de l'armée, complicités milliardaires entre banquiers, loge P2, mafia – et ce cher Vatican. Les enfants des victimes révèlent aujourd'hui ce que leurs mères, par pudeur, par souci d'éducation, ont toujours tu. Les soupçons sont devenus évidences. Le tabou qui pesait sur ceux qu'on avait bannis parce qu'ils avaient subi l'outrage extrême, et rien que par leur statut de martyrs ils rappelaient l'arbitraire, le chaos et la folie, est enfin tombé. Mais ça ne semble intéresser personne. Nous sommes au-delà de tout.

— Saverio ? *Non stai bene ?* Pourquoi tu ne me parles pas ?

— Tout à l'heure, Nino. *Stai quieto*, reste tranquille. Tout à l'heure on parlera.

… *Il faut dire que les despotes jouissent d'une enviable bonne santé dans le monde entier. Leur nuisance semble être à la hauteur de leur longévité, Franco mort dans son lit, et Pinochet et Salazar, et Amin Dada, et Bokassa. Staline, aussi.*

Chez nous, même à quatre-vingt-dix ans, les hommes politiques sont aussi frais que le jour de leur première communion. Le matin ils n'ont pas besoin de se laver le visage, il leur suffit de remettre le masque. Derrière leurs rides figées gît ce « secret » que tout le monde connaît, secret de Polichinelle, en effet, qui continue à les protéger. Quand ils trébuchent et tombent, c'est le trottoir qui se brise, et s'ils ont un accident à deux cents kilomètres à l'heure, c'est leur voiture qui part à la casse, pas eux.

On dirait un hasard quand ces gens disparaissent, une erreur sur la personne, une distraction du Très-Haut. Ils nous inondent de blagues qui ne font pas rire, de plaisanteries aussi douteuses que celles des tortionnaires de Salò, le dernier film de Pasolini.

— Nous sommes arrivés. Tu vois, cette barque là-bas, rouge et bleue. C'est la mienne.

— *Sainte-Marie-des-Anges* ? Beau nom. La chienne peut venir ?

— Bien sûr. J'espère qu'elle n'aura pas peur. Viens ici, ma jolie. Laisse-moi te caresser.

... Je vois l'Italie comme don Alessandro devait la rêver. Enrico Mattei aurait fait de l'ENI une entreprise de puissance internationale, Aldo Moro serait président de la République, Giorgio Ambrosoli, président du Conseil. Puis j'ouvre les yeux et ils s'évanouissent, procession d'ombres qui s'en retournent, tête baissée, gouverner une Italie qui n'existera jamais.

— Fais attention, Saverio, ne te mouille pas les pieds. Comme ça. Assieds-toi là. Tu veux mon pull ? Tu as froid ?

... Les fantômes nous poursuivent. Sans sépulture, sans paix. Les nœuds ne sont toujours pas défaits, Brigades rouges et fascistes meurtriers sont en liberté. Sans avoir parlé. Manipulés sans le savoir ou en connaissance

de cause, aucun d'entre eux n'a rien dit. De toute façon, il n'y avait pas grand monde pour écouter.

— Regarde, la lune est presque pleine. Toute jaune. La première de l'automne. Viens, on y va.

... Ce qui n'a pas été, ce qu'on a empêché d'être, continuera de nous hanter.

Miserere

Lorsque Saverio rentre il fait déjà nuit à Torre Cane, mais toutes les lumières de la maison sont allumées. Une ambulance stationne devant la porte d'entrée. Le médecin sort de la chambre de don Emanuele alors qu'il va y entrer. Saverio le prend par le coude et referme la porte derrière lui.

— Que s'est-il passé ?
— Le prince a eu un malaise cardiaque. Il faut l'hospitaliser, mais il s'y oppose. Il s'est tellement mis en colère que je pensais qu'il allait avoir une autre attaque, mais il a refusé tous les soins. Je lui ai fait prendre des calmants, lorsqu'il sera endormi je l'emmènerai.
— Vous n'y pensez pas !
— Qui êtes-vous pour m'en empêcher ?
— C'est assez ! Sortez !
— Mais enfin, c'est stupide, criminel, la manière dont vous réagissez ! Cet homme a besoin d'être soigné...
— Cet homme a besoin de l'extrême-onction. Et de mourir en paix. Où il veut.
— Bien. Vous en serez garant... C'est votre responsabilité qui est engagée.
— Je ne m'y soustrais pas. Allez-y maintenant. Et excusez-moi.

— Vous êtes fous tous les deux, vous savez ? Il va souffrir. Nous pourrions lui donner des analgésiques à l'hôpital.

— Bonne nuit.

— La vôtre ne le sera pas. Courage.

— Merci.

En ouvrant doucement la porte, Saverio appelle le prince. La voix de Malo, en réponse, est un murmure :

— C'est toi, mon cher Saverio ? Tu es revenu ?

Le jésuite s'approche du lit en désordre. Les draps sont sales, froissés, une mauvaise odeur flotte dans la chambre en même temps que le parfum des jasmins et des gardénias, tout frais cueillis sur la table de nuit.

— Vous ne dormez pas ?

— Dormir, je n'ai plus le temps. Les pilules, je les ai recrachées.

— Bravo. Félicitations.

— Le temps des morales est révolu. Approche-toi. Donne-moi ta main, comme ça. Tu sais, tu auras été le seul, à la fin. J'ai été injuste envers toi. Ta vie aurait pu être tellement différente si seulement…

— Ne parlez pas. Reposez-vous. Je suis là. Vous ne me devez rien. Si j'avais voulu savoir, j'aurais su. Peut-être même j'ai toujours su.

— Non, Saverio. C'est ma faute. Le mal qui a été fait ne peut plus être réparé. Je compte néanmoins sur toi pour une dernière faveur, mon garçon.

— Une faveur. En échange de quoi ?

— De la vérité. Je veux voir la mer. Maintenant. Emmène-moi.

— Ça peut vous être fatal, dans les conditions où vous vous trouvez… Mais que faites-vous ?

Saverio vient de retirer sa main, aussi vite que si elle avait été mordue. Humide. Mais les bruits qui montent du lit du prince ne sont pas des sanglots, plutôt une sorte de rire. Un soupir, une moue comme s'il se moquait, puis :

— Mourir, la belle affaire. Il faut bien en passer par là, non ? J'ai tout ce qu'il me faut dans ma trousse pour partir en paix. Tu penses, un vieux drogué comme moi !

La chienne est entrée, silencieuse, dans la chambre, puis a bondi sur le lit du prince en jappant tout bas. Saverio la prend par le collier pour la faire descendre, mais Malo l'interrompt :

— Laisse-la. Elle a le droit de me dire adieu, non ? L'une des femelles les moins casse-pieds de ma vie...

Saverio soupire. Le prince sourit :

— En fait, je t'ai menti. Ce n'est pas seulement une faveur que je veux de toi, mais plusieurs. Et les huiles saintes, aussi. C'est mon droit, non ? Ça ne peut pas me faire du mal, là où en on est. Et ne me dis pas que l'Église désapprouve le suicide. Je n'ai pas besoin d'elle. J'irai directement en discuter avec le chef.

— Je vous les donnerai. Que voulez-vous encore ?

— Que tu prennes Blonde avec toi. Après.

— Et puis ?

— Être enterré au côté de Paola. Que tu pries pour nous.

— Je le ferai.

Via Aurelia, vide, la nuit

— Marcelloooo… Maaarcelloooooo !

Sur cette étroite route consulaire bordée de pins parasols qui de Rome mène à la mer, une Appia GT grise roule vite, rattrapée par une Flavia blanche puis par un coupé Flaminia Zagato. En klaxonnant, une Giulietta dépasse tout le monde. Le couple à l'intérieur hurle à nouveau, Marceeelllooooo !!!!

Les phares trouent le noir tout autour, jetant des ombres rapides sur les troncs des arbres. Les jeunes gens qui conduisent les cabriolets se dressent en criant quand ils doublent les autres voitures de la bande, puis s'arrêtent devant une barrière en bois blanche, à l'entrée d'une grande villa. Il a plu, par terre les flaques brillent dans les lumières dansantes. Pierone, l'ami homosexuel de Marcello, assis dans l'Alfa Romeo entre la conductrice et trois autres filles, se met debout, mains sur le pare-brise, et demande ce qu'il faut faire, maintenant, puisqu'on n'a pas de clé. Marcello répond, On défonce le portail avec les voitures. *Uno due tre*, la barrière cède, un caillou jeté sur une baie vitrée et tout le monde entre, *Hiiii, here we are !*

La fête commence. Marcello, costume blanc et chemise noire, un seau à la main, distribue de l'alcool à la louche :

— À la santé de Nadia, qui a recouvré la liberté. À l'annulation de son mariage. À l'annulation de son mari. À l'annulation de tout !

La caméra montre un homme et une femme qui dévorent des cuisses de poulet, jambes pendantes dans l'escalier, puis glisse sur un garçon habillé en fille qui veut que l'on joue *Jingle bells*. Plumes sur la tête et mini-manteau en strass, deux travestis descendent en minaudant dans la pièce où la fête bat son plein. Pierone applaudit :

— *Eccoli !* Ne vous moquez pas d'eux, il y en a un qui est l'amant d'un sénateur.

— Ces deux-là ne vont pas arriver jusqu'à Noël. Ils vont être tués avant, dit un type chauve en tapant dans les mains.

La caméra suit les travestis, les encadrant de dos. Au moment où les deux garçons sortent du cadre, elle s'arrête sur une blonde habillée d'une robe chasuble qui rit trop fort. Elle apostrophe Marcello :

— Mais, dites, vous ! Autrefois, vous n'étiez pas une sorte d'écrivain ?

La fête s'enlise. Le travesti tombe après un croc-en-jambe. Tout le monde boit, mange, s'ennuie.

— Je n'ai jamais vu une fête aussi soporifique. Notre Nadia s'embête. Est-ce qu'on peut trouver quelque chose pour l'amuser ?

— C'est vrai, Marcello, tu as raison pour une fois, lui répond la blonde en chasuble. Pourquoi tu ne ferais pas un strip-tease ? Oh, et puis non, ce n'est pas une bonne idée. Tu dois avoir la poitrine creuse.

— Si vous mettez la musique du *Marché indien*, je vais le faire, moi, votre strip-tease, assure une fille à la poitrine débordante.

— Non, pas toi. Tout le monde t'a déjà vue à poil.
— Bon, je vais prendre les choses en main.

Marcello se lève, mèche sur l'œil, regard lourd, chemise lâche et veste en désordre.

— J'en ai mille, deux mille, d'idées, pour vous garder enfermés ici une semaine, mais vous devez faire tout ce que je vous dirai. Première chose, on tire les rideaux. Et puis je propose que notre danseuse américaine fasse l'amour avec un homme. Je parie que tu n'as jamais eu un homme pour toi toute seule, non ? Et c'est Titus Brutus qui va s'en occuper et faire de toi une femme, enfin.

Une créature en robe noire et parfaite mise en plis se lève pour partir.

— Non, non, non, personne ne sort d'ici !

Un polochon est jeté sur Marcello, trop violemment. Le propriétaire de la villa intervient.

— Tu nous fatigues, Marcello. Ça suffit tes conneries. Tout le monde dehors ! Je dois me lever à 6 heures du matin, moi.

— Non, non. Je vais faire en sorte que toi aussi, tu t'amuses. Cette fête ne doit plus jamais se terminer.

— Jolie phrase ! Des mots d'écrivain ! relance la blonde en chasuble.

— Écoute-moi, toi qui meurs d'envie de faire l'amour avec moi, toi avec qui personne n'a envie de coucher, et alors il ne te reste que brailler dans tes petits disques sans souffle, sans voix, sans rien…

— Tu sais quoi ? Tu me fais pitié.

Marcello soupire, tendre et cynique, puis lui envoie son verre à la figure. La blonde rit, rit jusqu'à en pleurer. Marcello, éméché au point de ne pas tenir debout, s'écroule entre les genoux d'une fille assise par terre :

— Te voici, toi, ma belle cochonne ! Viens, on va leur montrer à cette masse d'impuissants, *giù, stai giù, cosi !*

Au milieu des danseurs indifférents, Marcello chevauche la fille qui avance à quatre pattes, lui claquant les fesses et tirant jusqu'à les briser sur les fines bretelles qui soutiennent sa robe. Quand elle s'affale il lui agrippe les cheveux et la gifle plusieurs fois. La fille glousse, soûle à ne plus pouvoir articuler, s'extrait des bras de Marcello qui lui colle des plumes sorties d'un oreiller sur la figure, recommence à marcher à quatre pattes. Marcello la suit, lui tape sur la tête avec l'oreiller. Elle murmure des phrases insensées, il parle tout seul.

Brutus danse avec Pierone qui le maltraite un peu.

— Aïe. C'est vraiment des plaisanteries de garçon, ça !

Les deux travestis se recoiffent en papotant.

— J'ai une telle mélancolie ce soir... Tu me trouves comment, avec ce nouveau rouge à lèvres ?

— Tu ressembles à une pute.

— Mmm !

Tout le monde tape des mains autour de la fille et de Marcello qui continue de lui jeter rageusement de pleines poignées de plumes à la figure.

Soudain, la musique s'arrête. La fille se relève, regarde Marcello en souriant, Rimmel coulant sur les joues, et, enlevant quelques plumes de ses lèvres, comme si elle le suppliait, comme si elle le remerciait, elle lui susurre : *E' stata una bella festa, pero' adesso basta. Basta. Basta.* C'était une belle fête, mais assez, maintenant. Assez. Assez.

Torre Cane, Ischia, automne 2010

Nunc et in hora mortis nostrae. Maintenant et à l'heure de notre mort. *Amen.*

Malo, en penchant la tête – bruit de noisette qui craque –, voit le bout des pieds de Saverio, nus dans ses sandales. Il les avait fait coudre par son bottier personnel pour lui en faire cadeau, et alors qu'il devrait se repentir de toute son âme au moment de l'absolution, le prince songe à la tenue du jésuite. Saverio est toujours si propre, si net. Si élégant même quand il est sale et fatigué.

Saverio suspendrait peut-être son geste s'il pouvait voir l'expression de don Emanuele à cet instant, ce mélange d'orgueil et de frivolité, de tendresse aussi, mais sa main ne tremble pas lorsqu'elle relève le front ridé et y trace le signe de croix rédempteur. Le prince a mis plus de quatre-vingts ans à mériter cet enfer si rapidement soustrait.

— Saverio, aide-moi à me relever, veux-tu ?

Après l'absolution, Saverio a tenu à faire agenouiller le prince pour son acte de contrition. Il n'a qu'une envie, laisser le plus longtemps possible à genoux cet homme dont la superbe nonchalance a fléchi les êtres et les événements, qui n'a jamais eu peur de rien et que sa naissance et sa caste ont protégé de tout. Qui en finira comme il l'a décidé, en épicurien même pas repenti, en voluptueux jusqu'au bout.

Un gémissement le détourne de ses pensées. Le prince est tombé sur le flanc. Les bras maigres de don Emanuele sont étendus devant lui dans un geste de capitulation, mais Saverio ne se baisse toujours pas pour l'aider. Il tourne le visage vers la mer, à la fenêtre, et ferme les yeux.

Dolce Vita, *aube sur la mer*

Marcello à genoux sur le sable, beau, défait, regarde l'adorable jeune fille qu'il avait rencontrée dans un restaurant où, armé d'une machine à écrire, il s'était mis en tête de commencer son roman. La petite l'a reconnu. De l'autre côté d'un bras de mer, elle lui fait signe de venir. Le vent, les vagues empêchent Marcello d'entendre. Ou alors il est trop fatigué pour faire encore un pas.

Derrière lui sa bande de fêtards, incongrue au milieu des pêcheurs qui viennent de rapporter une grosse prise dans leurs filets, s'extasie devant un énorme poisson, un monstre qui semble les étudier.

La jeune fille joint les mains. Une dernière prière à Marcello qui ouvre les siennes, hausse les épaules et retourne vers ses amis qui l'appellent déjà.

L'avant-dernière image de *La Dolce Vita* est celle de Marcello qui se cache les yeux avec les doigts.

La dernière, celle de la jeune fille au visage de madone qui sourit, une main levée à hauteur de la bouche pour le saluer dans un geste qui peut aussi bien être un au revoir qu'un adieu.

Torre Cane, Ischia, automne 2010

La lune est en train de se coucher. L'île de Capri, émergeant de la ligne d'horizon au milieu des eaux calmes, en est comme allumée.

— Don Emanuele. Malo. C'est à vous maintenant.
— Aide-moi à me relever avant.
— Non. Restez comme ça. Ça me plaît. Mon père a été à vos pieds, prince de Valfonda, toute sa vie. Et ma mère, Dieu seul sait ce qui lui est arrivé, là-bas, à Palmieri, pour que ses cheveux deviennent blancs d'un coup quand elle est tombée enceinte de moi.
— Ne me demande pas ce que tu sais déjà.
— Je suis votre fils, c'est ça ?
— Non. Tu ne l'es pas.

Saverio se penche pour relever le prince. Il tremble tellement qu'il risque de tomber. Malo s'accroche à ses jambes, à ses bras, et, une fois son visage à la hauteur de celui de Saverio, les yeux dans les yeux, il lui murmure tout bas :

— Tu n'as pas deviné, alors ? Depuis tout ce temps ? Avec ton grain de beauté près de la tempe, comme lui ? Et la forme de ton menton, et celle de ton nez. Père est mort avant d'établir son testament. Ou alors, c'est mère qui l'a caché. Pourquoi pas.
— Je ne comprends pas.

— Mon père a eu un bel amour dans sa vie. Long. Heureux. Ta mère. Tout le monde le savait. Sauf toi.
— Alors je suis… ?
— Oui. Maintenant prends-moi dans tes bras et emmène-moi à la mer, là-bas. Le compte à rebours a commencé.

Étrange groupe de piété, les deux frères s'enfoncent dans la nuit pure et noire, sachant tous les deux que, la disparition du péché entraînant celle de la vertu, tout ce qu'ils représentent sera bientôt avalé par le vide du ciel, étoiles aussi mortes que si elles n'avaient jamais existé.

Post-Italie

9 mai 1978. Au moment où l'on retrouve le cadavre d'Aldo Moro, le journaliste Peppino Impastato, candidat aux élections en Sicile, est enlevé, enchaîné aux rails du chemin de fer et tué, un paquet de dynamite posé sur la poitrine. Assassinat attribué à la mafia.

27 juin 1980. Un avion parti de Bologne explose en vol à dix minutes de l'atterrissage, au-dessus d'une île sicilienne. Quatre-vingt-un morts. Explosion provoquée par un missile. Douze militaires liés à l'enquête périssent de mort violente au cours des années suivantes, suicidés par pendaison ou tués dans des accidents de l'air et de la route. Sachant que les suicides représentent 1,75 % de la population d'un pays et les accidents, 5 %, ce taux de mortalité est décidément supérieur à la moyenne.

2 août 1980. Une charge de T4 et de TNT explose à la gare de Bologne, faisant quatre-vingt-cinq victimes, dont six enfants en bas âge et trente-trois très jeunes gens. Le 23 novembre 1992, la Cour de cassation condamne à la prison à vie en tant qu'exécuteurs matériels les néofascistes Valerio Fioravanti et Francesca Mambro, qui se déclarent innocents. Le chef de la loge P2, Licio Gelli, et l'agent du SISMI – Service informations sécurité militaire – Francesco Pazienza,

ainsi que les officiers du service secret militaire Pietro Musumeci et Giuseppe Belmonte sont condamnés à leur tour pour avoir faussé l'enquête. Une autre condamnation a été ajoutée en 2000 pour le directeur du SISMI de Florence.

L'expertise a par ailleurs démontré que le mélange de T4 et de TNT employé était compatible avec celui utilisé par les agents secrets en question.

En 1984, une bombe placée dans un train fait dix-sept morts et deux cent cinquante blessés. Le procès, présidé par le juge Giovanni Falcone, établit que les responsables sont liés à l'extrême droite et à la loge P2.

En 1992, les magistrats Giovanni Falcone et Paolo Borsellino sont assassinés au cours d'attentats aux mises en scène dignes d'un film américain. Autour de celui qui tue Falcone émergent peu à peu des indices d'intelligence entre services secrets et mafia.

Entre-temps, le mur de Berlin est tombé et, soudain, la Stratégie de la Tension s'est arrêtée.

Aux élections de 1994, l'opération « Mains propres » – nettoyage du système de corruption et de pots-de-vin – ayant éliminé du paysage politique la Démocratie chrétienne et le Parti socialiste, la coalition de gauche assemblée autour du Parti démocrate est la grande favorite du scrutin. Silvio Berlusconi déclare à ce moment-là son intention de briguer la fonction de président du Conseil : « J'ai choisi de descendre sur le terrain et de m'occuper de la chose publique. Je ne veux pas vivre dans un pays non libéral, gouverné par des forces immatures et des hommes liés à un passé politiquement et économiquement désastreux. »

Berlusconi est élu. Parmi ses collaborateurs :

Guido Lo Porto, arrêté en 1969 pour port illégal d'armes de guerre en compagnie de Pierluigi Concutelli, militant d'extrême droite condamné trois fois à la prison à vie pour une série d'homicides. Sous-secrétaire au ministère de la Défense.

Ilario Floresta, deux fois mis en examen pour collusion avec la mafia – notamment après l'assassinat de Giovanni Falcone. Cas archivés sans condamnation. Sous-secrétaire à la Défense.

Mario Borghezio, condamné à une amende pour avoir battu un enfant marocain; participe régulièrement aux célébrations de la République mussolinienne de Salò. A été arrêté pour activité mafieuse et condamné pour spéculation immobilière. Croit que les gouvernements cachent au peuple l'existence des extraterrestres. Sous-secrétaire à la Justice.

Franco Rocchetta, ancien militant d'extrême droite. Proche de Mario Merlino et Stefano Delle Chiaie, deux des figures les plus controversées de notre histoire. Sous-secrétaire aux Affaires étrangères.

Silvio Berlusconi indique lui-même avoir eu 90 procès et dépensé 168 millions d'euros en frais de justice.

Il est accusé entre autres de faux bilan et d'appropriation indue dans le cadre de l'achat de droits télévisés, de subornation de témoin dans le procès pour l'achat de droits télévisés et d'avoir versé 600 000 dollars à l'ancien avocat britannique David Mills pour obtenir de lui un faux témoignage. (Dans cette affaire, M. Mills a été condamné à 4 ans et 6 mois de prison en février 2009, pour être relaxé fin février 2010 par la Cour de cassation qui a jugé les faits prescrits.)

Il est accusé de corruption d'inspecteurs de la brigade des Finances. En première instance, il a été condamné à 2 ans et 9 mois, puis relaxé en appel.

Il est accusé de financement illicite de partis politiques. Condamné en première instance à 2 ans et 4 mois, il a bénéficié de la prescription en appel.

Il est accusé de faux en bilan dans le cadre du transfert d'un footballeur, et relaxé pour prescription.

Il est accusé de faux en bilan lors de l'acquisition de la maison de production Medusa. 1 an et 4 mois de prison en première instance, relaxé en appel.

Il est accusé de corruption de juges dans l'affaire du rachat de la maison d'édition Mondadori. Relaxé pour prescription mais rattrapé par la justice civile qui le condamne à verser 750 millions d'euros de dommages et intérêts.

Il est accusé de fraude fiscale avec création de caisses noires à l'intérieur de Fininvest entre 1989 et 1996. Prescription.

Jusqu'à présent, il n'a jamais été condamné définitivement.

Dans une interview, Licio Gelli, ancien vénérable de la loge P2, a dit : « Je regarde le pays, je lis les journaux et je me dis que j'avais déjà écrit cette histoire il y a trente ans. Justice, ordre public, télé : tout se termine comme je l'avais prévu. »

Dans la loge P2, Silvio Berlusconi était inscrit sous le n° 1816.

Paris, juillet 2008
Robion, juin 2010

NOTES ET REMERCIEMENTS

J'ai emprunté des réponses mais surtout des questions à Carlo Lucarelli, écrivain et producteur de l'émission *Blu Notte-Misteri Italiani*, des réflexions sur l'amour à Damien Rice, chanteur et compositeur, des points de vue à Sergio Zavoli, journaliste d'exception, des tournures de phrase à Edmondo Berselli, l'un des plus élégants chroniqueurs, une citation sur la vieillesse au *Guépard*, le film de Luchino Visconti, des larmes brûlantes aux lettres de Mara Cagol, quelques mots à une chanson de Yo Yo Mundi qui parle d'elle, les vers *Ahi serva Italia di dolore ostello nave senza nocchiero in gran tempesta, non donna di provincia ma bordello* – « Hélas ! serve Italie nid de douleur, nef sans nocher dans la tempête, non reine des provinces mais bordel » – à Dante Alighieri (*Purgatorio*, VI, 76-78), des indignations au forum de Stefania Rossini pour le journal *L'espresso*, des informations – introuvables ailleurs – sur Frère Mitraillette à Jules Bonnot de la Bande, les extraits des lettres d'Aldo Moro, réunis par Eugenio Tassini, à l'ouvrage *Aldo Moro, ultimi scritti* (Éditions Piemme, 1998), un extrait sur Roberto Benigni du livre *La Philosophie de Moana*, de Moana Pozzi, quelques mots de Pasolini aux lettres à sa mère, ses appels au secours aux déclarations – rétractées, murmurées, abjurées – des témoins de sa mort, la description de son martyre et celle de son autopsie à différents quotidiens italiens, les détails sur les procès à Silvio Berlusconi dans le journal *Le Monde* du 8 novembre 2009.

Un merci du fond du cœur à la grande Franca Rame, dont le monologue théâtral *Lo Stupro*, « Le Viol », est libre de droits.

Et un grand merci à ma précieuse collaboratrice Nicoletta Pacetti.

BIBLIOGRAPHIE NON EXHAUSTIVE

Ouvrages généraux

Acitelli, F., *Miagola Jane Birkin, Filologia degli anni Sessanta*, Coniglio editore, 2009
Alexis, G., *Ora parlo io*, EA Management Editore, 2004
Baldoni, A., Provvisionato, S., *Anni di piombo*, Sperling & Kupfer, 2009
Cerami, V., *Fattacci, Il racconto di quattro delitti italiani*, Einaudi, 1997
Costantini, C, *Sangue sulla Dolce Vita*, L'Airone editrice, 2006
Littera 05 HB (journal intime et politique d'Italie), janvier-février 2006, www.littera05.com
Littérature et « temps des révoltes » (Italie, 1967-1980), colloque, Lyon-Grenoble, novembre 2008, http://colloque-temps-revoltes.ens-lsh.fr
Montanelli, I., *I conti con me stesso*, Diari 1957-1978, Rizzoli, 2009
Nuzzi, G., *Vaticano S.p.A.*, Chiarelettere, 2009
Stajano, C., *Un eroe borghese*, Einaudi, 1991
Vasile, T., *Un villano a Cinecittà*, Sellerio editore, 1993

Zavoli, S., *Diario di un cronista*, Mondadori, coll. « Oscar », 2002

Zavoli, S., *La notte della Repubblica*, Mondadori, coll. « Oscar », 1992

Sur Federico Fellini

Bertelli, G., *Dive e paparazzi*, La Dolce Vita *di Fellini*, Le Mani-Microart's Edizioni, 2009

Delouche, D., *Mes felliniennes années*, P.A.S., 2007

Fellini, collection de l'Arc, n° 45, Duponchelle, 1990

Fellini, F., *Cinecittà*, Nathan Image, 1989

Fellini, F., Simenon, G., *Carissimo Simenon, Mon cher Fellini*, Éditions de l'Étoile/Cahiers du Cinéma, 1998

Flaiano, E., *Diario notturno*, Adelphi, 1994

Kezich, T., *Noi che abbiamo fatto* La Dolce Vita, Sellerio editore, 2009

Kezich, T., *Su* La Dolce Vita *con Federico Fellini, Giorno per giorno la storia di un film che ha fatto epoca*, Marsilio, 1996

Pettigrew, D., *Fellini, je suis un grand menteur*, collection « Les films de ma vie », 2006 (2 DVD)

Russo, G., *Con Flaiano e Fellini a via Veneto. Dalla* Dolce Vita *alla Roma di oggi*, Rubbettino, 2005

Sur Marcello Mastroianni

Hochkofler, M., *Marcello Mastroianni, Le Jeu plaisant du cinéma*, Gremese, 2001

Sur Pier Paolo Pasolini

Ceccatty, R. de, *Pier Paolo Pasolini*, Gallimard, coll. « Folio biographies », 2005
Costa, A., *Storia del cinema italiano*, VII settimana (a. a. 2001-2002); www.muspe.unibo.it (site Internet du département de musique et spectacle de l'université de Bologne, Italie)
Fernandez, D., *Dans la main de l'ange*, Grasset, 1982
Fernandez, D., *Le Voyage d'Italie*, Dictionnaire amoureux, Perrin, 2007
Naldini, N., *Breve vita di Pasolini*, Guanda 2009
Rondolino, G., *Storia del cinema*, UTET-Libreria 1991
www.pasolini.net
www.republique-des-lettres.fr

Aspects de la vie italienne

Borgna, G., *Città aperta, Vita culturale a Roma dal '44 al '68*, DVD, Istituto Luce, 2008
Croce, G., *Tutto il meglio di Carosello (1957-1977)*, livre et DVD, Einaudi, 2008

Revues

Cinecittà a nudo, L'*Europeo*, n° 9, 2009
« *La Prima Repubblica era proprio da buttare via ?* », L'*Europeo*, n° 2, 2005

Quelques films italiens 1959-1979

1900, de B. Bertolucci
À chacun son dû, de E. Petri
Accatone, de P. P. Pasolini
Affreux, sales et méchants, de E. Scola
Amarcord, de F. Fellini
Bandits à Milan, de C. Lizzani
Berlinguer ti voglio bene, de G. Bertolucci
Bianca, de N. Moretti
Cadavres exquis, de F. Rosi
Ces messieurs dames, de P. Germi
Divorce à l'italienne, de P. Germi
Drame de la jalousie, de E. Scola
Ecce bombo, de N. Moretti
Enquête sur un citoyen au-dessus de tout soupçon, de E. Petri
Fais-moi très mal mais couvre-moi de baisers, de D. Risi
Huit et demi, de F. Fellini
Io ho paura, de D. Damiani
Je suis un autarcique, de N. Moretti
L'Éclipse, de M. Antonioni
L'Emploi, de E. Olmi
L'Évangile selon saint Matthieu, de P. P. Pasolini
L'Homme aux cent visages, de D. Risi
L'Incompris, de L. Comencini
La Califfa, de A. Bevilacqua
La Chine est proche, de M. Bellocchio
La Ciociara, de V. De Sica
La classe ouvrière va au paradis, de E. Petri
La Femme du prêtre, de D. Risi
La Fille à la valise, de V. Zurlini

La Nuit, de M. Antonioni
La Stratégie de l'araignée, de B. Bertolucci
La Vengeance du Sicilien, de C. Lizzani
Le Bel Antonio, de M. Bolognini
Le Christ s'est arrêté à Eboli, de F. Rosi
Le Conformiste, de B. Bertolucci
Le Désert rouge, de M. Antonioni
Le Fanfaron, de D. Risi
Le Général Della Rovere, de R. Rossellini
Le Grand Embouteillage, de L. Comencini
Le Guépard, de L. Visconti
Le Jardin des Finzi Contini, de V. De Sica
Les Monstres, de D. Risi
Les Oiseaux petits et grands, de P. P. Pasolini
Les Poings dans les poches, de M. Bellocchio
Main basse sur la ville, de F. Rosi
Malizia, de S. Samperi
Mamma Roma, de P. P. Pasolini
Marcher ou Mourir, de G. De Santis
Mariage à l'italienne, de V. De Sica
Mes chers amis, de M. Monicelli
Mimi métallo blessé dans son honneur, de L. Wertmüller
Nous nous sommes tant aimés, de E. Scola
Padre padrone, de P. et V. Taviani
Pain et Chocolat, de F. Brusati
Parfum de femme, de D. Risi
Porcherie, de P. P. Pasolini
Rocco et ses frères, de L. Visconti
Roma, de F. Fellini
Salvatore Giuliano, de F. Rosi
Sandra, de L. Visconti
Satyricon, de F. Fellini
Séduite et abandonnée, de P. Germi

Théorème, de P. P. Pasolini
Todo modo, de E. Petri
Un bourgeois tout petit petit, de M. Monicelli
Un homme à brûler, de P. et V. Taviani
Un maledetto imbroglio, de P. Germi
Une journée particulière, de E. Scola
Une poule, un train… et quelques monstres, de D. Risi
Vanina Vanini, de R. Rossellini

FILMOGRAPHIE ANNÉES DE PLOMB, AFFAIRE MORO, P2, STRATÉGIE DE LA TENSION

A proposito di quella strana ragazza, de M. Leto
Aldo Moro il presidente, de G. Tavarelli
Arrivederci amore, ciao, de M. Soavi
Buongiorno, notte, de M. Bellocchio
Colpire al cuore, de G. Amelio
Donne armate, di S. Corbucci
Facciamo paradiso!, de M. Monicelli
Gli invisibili, de P. Squitieri
Guido che sfidò le Brigate Rosse, de G. Ferrara
I banchieri di Dio, de G. Ferrara
Il Divo, de P. Sorrentino
Il Terrorista, de G. De Bosio
Innocents (The Dreamers), de B. Bertolucci
Italia : ultimo atto ?, de M. Pirri
Kleinhoff Hotel, de C. Lizzani
L'Affaire Aldo Moro, de G. Ferrara
L'Affaire des cinq lunes, de R. Martinelli
L'Affaire Mattei, de F. Rosi
La Tragédie d'un homme ridicule, de B. Bertolucci
La Chute des anges rebelles, de M. T. Giordana

La fine è nota, de C. Comencini
La Seconde Fois, de M. Calopresti
Le Diable au corps, de M. Bellocchio
Ma génération, de W. Labate
Mains fortes, de F. Bernini
Maudits je vous aimerai, de M. T. Giordana
Mon frère est fils unique, de D. Luchetti
Nos meilleures années, de M. T. Giordana
P2 Story, de G. Ferrara
Secret d'État, de G. Ferrara
Segreti segreti, de G. Bertolucci
Una fredda mattina di maggio, de V. Sindoni
Uno bianca, de M. Soavi
Vite in sospeso, de M. Turco

Quelques chansons de l'Italie des années 1959-1979

A chi, Fausto Leali (www.faustoleali.com)
Alice, Francesco de Gregori (www.francescodegregori.net)
Amor mio, Mina (www.minamazzini.com)
Anima mia, I cugini di campagna (www.cuginidicampagna.com)
Baila morena, Zucchero (www.zucchero.it)
Bandiera Bianca, Franco Battiato (www.battiato.it)
Bella senz'anima, Riccardo Cocciante (www.coccianteclub.it)
Bocca di rosa, Fabrizio De André (www.fondazionedeandre.it)
Ciao, amore, ciao, Luigi Tenco (www.luigitenco.tripod.com – site non officiel)

Cuore matto, Little Tony (www.littletony.com)
Fortuna, Renato Zero (fanclub.renatozero.com)
Gli uomini non cambiano mai, Mia Martini
Gloria, Umberto Tozzi (www.umbertotozzi.com)
Ho rimasto, Don Backy (www.donbacky.it),
I maschi, Gianna Nannini (www.giannanannini.com)
Il ballo del mattone, Rita Pavone (www.ritapavone.it)
Il cielo in una stanza, Gino Paoli (www.ginopaoli.it)
Il mio canto libero, Lucio Battisti (www.luciobattisti.info)
Il mondo, Jimmy Fontana (www.jimmyfontana.it)
Il ragazzo della via Gluck, Adriano Celentano
In ginocchio da te, Gianni Morandi (www.morandimania.it)
Io che ho te, New Trolls (www.newtrolls.it)
Io che non vivo senza te, Pino Donaggio (www.zafara.org)
Jesahel, Ivano Fossati (www.ivanofossati.it)
Julia, Tony Dallara
L'anno che verrà, Lucio Dalla (www.luciodalla.it)
L'Italiano, Toto Cutugno (www.totocutugno.it)
La bambola, Patty Pravo (www.coltempo.it)
Legata ad un granello di sabbia, Nico Fidenco
Lei non è qui... non è la, Edoardo Bennato (www.bennato.net)
Luci a San Siro, Roberto Vecchioni (www.vecchioni.it)
Luglio, Riccardo Del Turco
Ma che freddo fa, Nada (www.nadamalanima.it)
Nel sole, Al Bano (www.albanocarrisi.it)
Nessuno mi puo' giudicare, Caterina Caselli (www.sugarmusic.com)
Noi non ci saremo, Francesco Guccini (www.francescoguccini.it)

Non ho l'età, Gigliola Cinquetti
Non sono Maddalena, Rosanna Fratello (www.rosannafratello.it)
Pensiero d'amore, Mal (www.mal.it)
Piccolo grande amore, Claudio Baglioni (www.baglioni.it)
Quello che le donne non dicono mai, Fiorella Mannoia (www.fiorellamannoia.it)
Questo folle sentiment, Formula 3
Roma capoccia, Antonello Venditti (www.antonellovenditti.it)
Rose rosse, Massimo Ranieri (www.massimoranieri.it)
Sarà perché ti amo, Ricchi e poveri
Senti l'estate che torna, Le Orme (www.le-orme.com)
Senza fine, Ornella Vanoni (www.piudime.ning.com – site non officiel)
Stasera mi butto, Rocky Roberts (www.rockyroberts.com)
Una lacrima sut viso, Bobby Solo (www.bobbysolo.com)
Una rotonda sul mare, Fred Buongusto (www.fredbuongusto.com)
Vita spericolata, Vasco Rossi (www.vascorossi.net)

Du même auteur :

LA DOUCEUR DES HOMMES, roman, Stock, 2005

ÉTOILES, nouvelle, Flammarion, 2006

COL DE L'ANGE, roman, Stock, 2007

LES MAINS NUES, roman, Stock, 2009

L'ODEUR DU FIGUIER, roman, Flammarion, 2011

Composition réalisée par DATAGRAFIX

Achevé d'imprimer en avril 2012 en France par
CPI BRODARD ET TAUPIN
La Flèche (Sarthe)
N° d'impression : 68721
Dépôt légal 1re publication : mai 2012
LIBRAIRIE GÉNÉRALE FRANÇAISE
31, rue de Fleurus – 75278 Paris Cedex 06

31/6177/5